This is the Airport

ディス・イズ・ジ・エアポート

飛鳥井千砂

Asukai Chisa

光文社

This is the Airport

Contents

装画

いとうあつき

装幀

長崎 綾

（next door design）

第一話

外国の女の子

エレベーターの扉が開くと、一気に視界が抜けた。我先にと外に降り立った娘の理衣奈《りいな》が、「わあ」とはしゃいだ声を出す。

「これが空港かあ。きれーい！　大きーい！　すごーい！」

元より細長い体を、更に伸ばすようにして、辺りを見回す。俺と、隣に立つ妻の彩子《あやこ》も倣《なら》った。

理衣奈の言う通り、白い床に銀色の支柱はまだ新しいのかピカピカだし、ガラス張りの壁からは外の光も差し込んでいて、きれいだ。天井は吹き抜けで、奥行きのあるフロアは、とても大きい。入道雲にアサガオ、麦わら帽子と、夏を思わせる影絵のようなパネルが吹き抜けの上から吊《つ》り下げられていて、すごい――。空港って、こんなところだったのか。

吹き抜けの上の方には、昔の日本風の橋のようなものも見える。飲食店や本屋、お土産《みやげ》屋と、まるで商店街のようにお店も沢山並んでいるようだ。とっくに一周したのに、あっちにもこっちにもと、止まらず視線を動かしてしまう。

「ねえ、あのカウンターみたいなのは何？」

理衣奈が指差す方に顔を向ける。アルファベットが書かれたプレートの下に、カウンターが何列も連なっていて、ところどころに大きな荷物を持った人の行列ができている。その人たちを誘導しているような、旗を持った女性の姿も目に入った。

「改札じゃないのか」

俺は答えた。並んでいる人の中には外国人もいるようだから、今から飛行機に乗るか降りたかしたのではないか。旗の女性は整備係か何かだろうか。行列に視線をやりながら歩き回る警察官らしき男性も目に入ったが、何か騒ぎが起きている風はない。警察官ではなくて、警備員かもしれない。

「へえ、あそこが？　でも通り抜けできなさそうじゃない？　それに、飛行機はどこにいるの？」

理衣奈に更に質問をされて、助けを求めようと彩子の顔を見た。でも、無言で首を振られるだけだった。その顔は、「私だってわからないよ」と語っている。そりゃそうだ。中、高の同級生の俺と彩子は、今年で三十七歳になるのだが、二人とも生まれてこの方、飛行機なんて乗ったことがない。つまりは空港に来るのだって、理衣奈と同じく今日が初めてである。

「まあ、いいか。早くクリスタを迎えに行ってあげないとね。どこから来るんだろう？」

理衣奈が話を逸《そ》らしてくれて、ホッとした。三人で周りを見回していたら、首にスカーフを巻いた制服姿の女性が、「何かお困りですか？」と話しかけてきた。綺麗《きれい》にまとめた髪に、丁寧な化粧、きりっとした口調と、普段接することのないタイプだったので、「ああ、えっと」と俺は緊張してしまった。

「あの、外国の女の子を迎えに来たんですが」

でも空港のスタッフのようなので、頼ることにする。「私の友達で、パリから来るんです」と理衣奈が付け足した。

「到着の方のお出迎えですね。それなら……」

スカーフの女性は、きりっとした口調ながら、笑みを浮かべて丁寧に案内をしてくれた。どうやら俺たちは、降りる階を間違えてしまったらしい。ここは出発ロビーと言って今から飛行機に乗るための場所で、到着ロビーは一つ下の階だという。

お礼を言ってエスカレーターに向かう途中で、彩子が「きれいな人だったね。スチュワーデスさんかな」と呟《つぶや》いた。

「お母さん、今はスチュワーデスさんじゃなくて、CAさんって言うんだよ。キャビンアテンダント、ね」

「そうなの？　キャビンアテンダント？　どういう意味？」

理衣奈と彩子の会話に耳を傾ける。俺も今はCA、キャビンアテンダントと言うのは知らなかったが、昔で言うスチュワーデスなら、さっきのスカーフの女性の雰囲気も納得できる。美人で頭もいい女性がなる職業というイメージだ。

エスカレーターで下っている際、上りに乗って近付いてきた二十代と思われる男二人組が、理衣奈に視線を寄越《よこ》したのがわかった。すれ違ってからこっそり振り返ってみると、やはり理衣奈の後ろ姿を見ながら、何やらコソコソ話している。彩子に小声で「こら、睨《にら》まないの」と注意されて、顔を前に向ける。いやらしい目線ではなかったので許してやるが、父親が男から娘に向けられる視線を気にするのは、仕方ないだろう。今のように理衣奈は、容姿で注目を浴びることが多いのだ。スチュワーデス、じゃなくてCAが美人で頭のいい女性がなる職業なら、理衣奈だって目指せるのではないかと思う。

俺も彩子も決して目立つ容姿ではないのに、なぜか理衣奈は、十六年前にこの世に生まれ落ちた瞬間から、目が大きく、鼻が高く、唇はぷっくりして、色白で、本当にかわいらしかった。十六歳、高校一年生の現時点で、身長は百六十七センチ。小顔で手足も長く、ファッションや美容に興味があり、いつもオシャレな格好をしているから、街を歩いていて「モデルに」「タレントに」と声をかけられたことも、一度や二度ではない。

しかし本人は、そういった表に出る職業にはまったく興味がないそうだ。小学生の頃から、将来は「デザイナーかスタイリストになりたい」と言い続けている。そのために、いつかパリかロンドン、ニューヨークなどのファッションの街に留学するのが夢で、実は今日初めて空港にやってきたのも、それを叶《かな》える一環だ。

理衣奈がいつの間にか自分で登録していた、海外の学生との交流サイトで知り合ったという、パリに住む十七歳、高校二年生の女の子、クリスタの初めての日本来訪の、ホームステイ先に我が家がなるのだ。理衣奈の通う高校では、二年生と三年生でアメリカやフランスへ留学できる制度があり、それに選ばれるには、その国と関わりを持っておくと有利になるから、引き受けて欲しいと頼み込まれた。

「CAさんが言ってた到着口って、あそこだね、きっと」

エスカレーターを下りてしばらく歩くと、前に人だかりができている扉が見つかり、理衣奈が指を差した。衝立《ついたて》で通路が作られていて、そこを通って様々な人種や格好の人たちが、扉から出てくる。カチッとスーツを着た白人男性。黒い頭巾《ずきん》のようなものを被《かぶ》って、目許《めもと》しか見えていない女性を含む家族は、どこの国の人だろうか。日本人に見えるけれど、日本語じゃない言葉で喋《しゃべ》っている団体は、中国人か韓国人か。扉から人が出てくる度に、人だかりの中から誰かが前に出て、歓声を上げたり挨拶を交わしたり、ハグをしたりが繰り返されている。

　俺たちも人だかりの一角に立ち、クリスタを待った。金髪の白人の女の子が出てきて、彩子と共に目で追った。しかし理衣奈は無反応で、女の子も俺たちの前を素通りしていった。クリスタかと思ったが、違ったらしい。二人はお互いの写真をスマホで送り合っていて、顔を合わせればすぐにわかるそうだ。

　人が増えてきたので、立つ場所を少し変えようと体を動かしたら、肩に軽い衝撃を感じた。斜め後ろ辺りにいた人とぶつかったようで、「あ、すみません」と顔を向ける。次の瞬間、俺は「うおぉっと」と変な声を出してしまった。

「あ、えっと。エクスキューズミー、ソーリー、ごめんなさい」

　若い黒人女性が立っていた。東京にももちろん外国人はいるし、黒人だって見たことがないわけではないのだが、圧倒される容姿だったので、たじろいでしまった。

　女性なのに、百七十四センチある俺と、ほぼ同じ背丈。けれど目線は俺よりも高い。つまり顔、頭が、とんでもなく小さいのだ。鮮やかな黄緑色のTシャツに、極細のブラックジーンズというファッションで、それが腰の位置の高さと、長く引き締まった手足を目立たせていた。背筋がぴっとしていて姿勢もよく、まるでスーパーモデルやアスリートのようだった。

「ノープロブレム。ダイジョウブ、デス」

　黒人女性がにっこりと笑う。気を悪くはしなかったようで安心したが、その笑顔にまた圧倒された。しゅっと吊った形のいい目が更にシャープになり、唇の端が上がったことにより、口が三日月を横にしたようなきれいな形になった。その中から大きく白い歯がこぼれ見えて、耳の下でカールした髪は、踊るように揺れた。

ふと見ると隣で彩子も、口を半開きにして黒人女性に見惚《みと》れていた。俺もたじろぎながらも目を奪われていたが、俺から視線を外した黒人女性が、長い腕を伸ばして、理衣奈の肩にポンと手を置いたので、「えっ、何?」とまた叫んでしまった。

「オー! クリスタ!」

振り返った理衣奈が甲高い声を上げる。

「ハアイ、リイナ!」

今度は黒人女性が歓声を上げ、二人はお互いの肩に両手を回し合った。

「そうなんだ。クリスタ、だいぶ前に出てきてたけど、私たちがいないから、そこのベンチで座って待ってたんだって。間違って出発ロビーに行っちゃってたから。ごめんね」

理衣奈が英語で黒人女性と喋った後、俺たちに何やら伝えてきた。しかし、内容がまったく頭に入って来ない。

「お父さん、お母さん、クリスタだよ。クリスタ、マイペアレンツ」

「オオー、ハジメ、マシテ」

理衣奈と黒人女性が、改まった様子で体を俺と彩子の方に向ける。

「クリスタ、デス。ヨロシク。オセワニナリマス」

腰を折って丁寧に挨拶をされたが、俺と彩子はそれにどう応えたのだろう。よく覚えていない。

二人して無言でただただ、頷《うなず》いていただけな気がする。

空港から自宅までの、車で一時間ほどの道中も、俺と彩子はほとんど声を発しなかった。片や理衣奈と黒人女性——クリスタは、後部座席でずっと、きゃっきゃっとお喋りをしていた。

我が娘ながら、俺は理衣奈が英語でスラスラと会話をしていることに感心した。学校での英語の成績もずっといいし、中学時代に海外から来た男子転校生と仲良くなって以来、今もずっと英会話を習っているから、ある程度できるのは知っていたが、実際に使っているのを目の当たりにするのは初めてだった。俺には「ペラペラ」と言っているようにしか聞こえないから、大したものだ。

自宅の町が近付いてきた頃、信号待ちで停車したタイミングで、ちょうど二人の会話がふと途切れた。待ち構えていたかのように、彩子が「ねえ、理衣奈」と、顔を少し後ろに向けて話しかける。

「クリスタちゃん、無事に日本に着いたってご家族に連絡したのかな？　心配されてるんじゃない？」

「そうだね、した方がいいよね。スマホ、使えるようにしたって言ってたし」

理衣奈がクリスタに伝えると、クリスタは「オー！」と叫んでバッグからスマホを取り出した。高速で指を動かした後、運転席と助手席の間から少し顔を出し、彩子に向かって「アリガトウ」と言う。

ええ、ああ、うん、と彩子が曖昧な返事をした。笑っていたが、明らかに緊張しているのが、暗がりで横目で見ただけでもわかった。

信号が青になり、俺は無言のままアクセルを踏み込んだ。

クリスタは飛行機で夕食を済ませたそうなので、自宅マンションに着いた後は、荷物の整理をして、もう今晩は眠ろうということになった。俺たちも夕食は、空港に向かう途中で、ファミレスに寄って食べていた。

2LDKの狭いマンションなので、案内というほどでもないのだが、トイレ、風呂、洗面所と、理衣奈が家の中について、クリスタに教えて回った。滞在中クリスタには、理衣奈の部屋に敷いた客用布団で寝てもらう。サイズが小さくないかと気になったが、部屋を覗《のぞ》いたクリスタは、「フトン！　ニホンノモノ！　ウレシイ！」と喜んでくれて、ホッとした。

理衣奈の訳を通してだが、「タオルは持ってこなかったので、貸して欲しい」とか、「スマホの充電をさせてください」など、自らリクエストをしてくることにも、安心した。理衣奈が小さい頃は仲良しの友達を預かって、遊園地や動物園へ、よく一緒に遊びに連れて行ってあげたが、遠慮して何がしたいかはっきり言わない子だと、かえってこちらも気疲れするのだ。

クリスタ、理衣奈の順に風呂に入った。理衣奈が入っている間は、三人でリビングにいることになり緊張したが、すぐにクリスタが「テレビ、イイデスカ」と言ったので、間が持って助かった。日本のテレビ番組全般に興味があるのか、クリスタは特定の番組ではなく、ニュース、ドラマ、バラエティと、次々にチャンネルを変えて見入っていた。

「じゃあ、おやすみ。明日《あした》からよろしく」

「アリガトウ。オヤスミナサイ。グッナイ」

パジャマ姿の二人がリビングから出て行き、理衣奈の部屋のドアが閉まる音を確認すると、「ねえ、ちょっとちょっと！」「おい！　ちょっと！」と、彩子と俺は示し合わせていたかのように、ソファで身を寄せ合った。

「どういうこと？　なんで黒人さんなの？」

「わかんねえよ。おかしいよな。だってパリから来たんだよな？」

早口で囁《ささや》き合う。そんな気がしていたが、やはり空港からずっと、同じことを考えていたようだ。

「パリってフランスだろ？　黒人はアフリカだよな。あと、アメリカか」

「アメリカもなの？　あ、そうか。前に黒人さんの大統領がいたね」

「うん。でも、フランスはおかしいよな。フランスって、ヨーロッパだろ？　ヨーロッパは白人だよな？」

確かに、事前に理衣奈に確かめたりはしていなかった。でもパリから来る女の子と聞いて、さっき空港で見かけたような、金髪でかわいらしい白人の子だと思い込んでしまっていた。

「だよね。あ、待って！　もしかしてパリじゃないんじゃないの？　パリンとか、パリイとか、そういう名前の国がアフリカにあって、私たち、聞き間違えたんじゃない？　似た名前の国って多いじゃない」

「オーストラリアと、オーストリアとか？」

「そうそう、アルジェリアとナイジェリアとか」

彩子がスマホを手に取った。俺も覗き込む。「アフリカの国名」と検索をする。しかし一覧で出てきた中に、パリに似た名前の国は見つからなかった。

「いや、やっぱりフランスだよ。だって理衣奈、クリスタをホームステイさせたいって言った時、お父さんもお母さんもフランス語どころか、英語も全然できないんだから無理だって言ったら、クリスタはフランス人だけど、英語ができるから大丈夫、って言ってただろ」

「言ってたね！　それで、じゃあ理衣奈が英語で通訳してくれるなら、ってOKしたんだもんね。え、じゃあ、フランスにも黒人さんがいるってこと？」

彩子は今度は、「フランス　黒人」で検索をした。その結果で出てきたサイトをざっと読んだところ、どうやらフランスにも黒人が住んでいるということがわかった。アフリカ系フランス人と言って、アフリカから移住してきたか、先祖がアフリカ系か、ということらしい。

「そうなんだ」「いるんだ、フランスにも黒人さんが」と呟いて、俺たちは顔を見合わせた。どちらからともなく、ふうっと息を吐く。

「じゃあ、あの子はパリから来た子で間違いないんだな。いや、でも何ていうか、びっくりした。あ、悪い意味じゃないからな」

「わかるよ。大人っぽいし、スタイル良過ぎ、カッコ良過ぎでビックリしたよね。本当に女子高生？　理衣奈の一つ年上なだけなんて、信じられない！」

激しく首を縦に振り合って話し込んでいるうちに、だんだんと興奮して、声が大きくなっていることに気が付いた。理衣奈の部屋の扉を窺《うかが》う。起こした風はなくよかったが、クリスタの話はもうやめることにした。

「俺たちも、もう風呂に入って寝るか。明日からあちこち出かけるかもしれないから、ちゃんと休まないと」

「そうだね。びっくりはしたけど、外国の女の子をしばらく預かることには変わりないんだから、しっかりしないとね」

　彩子の言葉に、「うん」と深く頷いた。先に風呂に入るように促し、リビングを出て行く背中を見送る際は、彩子には聞こえなかったようだが、「頑張ろうな」という言葉が自然に出た。一人になったリビングで、何ということもなく天井を仰ぎ見た。今度は「人生、何があるかわかんないな」と言葉が漏れた。

　俺と彩子は茨城の田舎町《いなかまち》出身で、ヤンキーなわけではなかったが、二人とも勉強は苦手だった。中、高時代は仲間うちで、下校時にコンビニかスーパーで買い食いをして、駐車場で暗くなるまで駄弁《だべ》るような日々を過ごしていた。

　高二の頃から自然に付き合い出し、高校卒業後は俺は工務店、彩子は被服会社と、共に地元の小さな企業に就職した。二十一歳の時に彩子が妊娠し、退職。慌てて入籍をした、いわゆるできちゃった婚だ。二人とも子供好きなので、当時は妊娠がわかった直後から、お腹《なか》の子にきょうだいを作ってあげようと話していた。

「子供は多いに越したことないもんな。四人？　いや、五人でもいいかも」

「ちょっと、産むのは私なんですけど。でも私も最低三人は欲しいな」

　しかし、理衣奈は何事もなく健康体で生まれてきたのに、産後の彩子の体調がなかなか回復せず、あれこれ検査を重ねたら、子宮にとある病気が見つかった。薬を服用して、理衣奈が一歳になった頃には手術もして、普段の生活には支障がなくなったが、医者から、「もう妊娠と出産は難しいかもしれない」と告げられた。

　最初の半年間は夜な夜な二人で泣き明かし、その後は何の根拠もなく、「医者はああ言ったけど、案外あっさりできるんじゃないの？」と励まし合った期間があった。でも性行為はしているのに、理衣奈が三歳、四歳になっても彩子がまた妊娠する兆しはなく、理衣奈が五歳になったのを機に、腰を据えて二人で話をした。

「俺たちは多分もう、子供は一人しか持つことができないんだと思う」

「うん、そうだね。私ももう、そう思ってるよ」

東京で就職していた高校時代の先輩から電話があったのは、それからちょうど一週間経《た》った頃だった。勤めているオフィス用品を扱う通販会社で営業社員を募集しているが、お前どうだ、と誘われた。茨城から出たことがなかったので上京には畏《おそ》れがあったが、彩子に話してみたら、すぐに「いいんじゃない」と乗ってきたので、勢いで決心をした。

当時勤めていた会社よりだいぶ給料が良かったからというのもあるが、地元から離れたいという思いも強かった。周りには自分たちと同じく仲間うちで結婚した夫婦が多く、みな第一子は理衣奈より年下でも、二人目、三人目と、ぽんぽん子供を産んでいた。そんな環境から、彩子を遠ざけてやりたかった。

そうして上京して、今年で十一年目だ。娘が目立つ容姿でモデルやアイドルに頻繁にスカウトされるとか、英語が喋れて、グローバル教育だかに力を入れている私立高校に進学したなど、予想外の出来事はこれまでにもあった。でも現在の生活に不満は、一切ない。私立高の学費を払うのは決して楽ではないが、俺は飛び込み営業も辞さず、新規の顧客獲得による報奨金を必死に稼いで、彩子は近所のドラッグストアでのパート時間を今年から増やして、何とか頑張っている。

しかし、それでも——。たった一週間とはいえ、口を開けて見惚れてしまうようなカッコいい容姿の黒人の女の子と生活を共にするなんてことが、自分の人生に起こるとは。それはまったく、夢にも想像していなかった。

翌朝、決して大きくはない我が家のテーブルで、四人で朝食を摂《と》った。トーストにサラダ、ハムエッグにコーンスープという、いつもと同じような献立だ。彩子は「せっかく外国から来たんだから、和食を作ってあげるといいのかな」と昨夜《ゆうべ》の風呂上がりに迷っていたが、最初から慣れないものを食べさせて、体調を崩すとよくないのではと話し合い、パン食に落ち着いた。

クリスタは、「イタダキマス」とパンを頬張って、「オイシイデス」と、どんどん食べてくれた。彩子が「よかった」と笑顔になったが、食後に（理衣奈の訳によると）「昨日、渡すの忘れてた。これ、フランスからのお土産」と、パリの人気店のものだというチョコレートを差し出されて、食器を下げながら、「やっぱり日本のものを食べさせてあげればよかった」とぼやいていた。「まあまあ。これから何回も食事はするんだし、その時で」と、俺は彩子に声をかけた。

一息ついたところで、理衣奈に今日はどこに行きたいかを聞いてもらった。観光目的の来日とのことなので、行きたい日本の観光地に、どこでも連れて行ってあげようと、前もって彩子と話していた。

例えば浅草《あさくさ》や両国《りょうごく》、少し足を延ばして鎌倉《かまくら》とか。もっと頑張って、富士山《ふじさん》を見に行くのもいいかもしれない。クリスタが望めば、急いで近くの宿を手配して、五日間のどこかで皆で一泊してあげたっていい。理衣奈は夏休みで、俺も盆休みを前倒しにしてもらったので、今週一週間は丸々休みなのだ。彩子もクリスタがいる間はパートを全日休んだし、このイベントのために多少のお金も用意してあり、準備は万全だ。

「イキタイトコロ、カイタ。ニホンゴ、レンシュウ」

クリスタが席を立って、荷物を置いてある理衣奈の部屋に向かった。ノートを持って戻ってくる。広げて見せられたそれには、不慣れそうな文字で「スーパー」「でんしや」などと書かれていた。他にも書いてあったけれど、それは（多分）英語だったので、クリスタがノートを閉じるまでの間に、俺が読むことはできなかった。

「スーパー？　って、食材とか売ってるスーパーのこと？」

彩子が訊《たず》ね、理衣奈が「ちょっと待ってね」とクリスタに訳し始めた。それにクリスタが返事をするのを、俺たちは黙ってただじっと待っている。待つしかない。理衣奈の通訳で話すことについて深く考えていなかったが、これはどうやら中々にストレスのかかる作業のようだ。すぐ目の前にいる人との会話なのに、普段の何倍も時間がかかる。

「あのね、ショッピングモールみたいなところに行きたいみたい。レストランや他にも色々お店が入ってて、休みの日に家族で行くような、って言ってる」

彩子と顔を見合わせた。そういうショッピングモールなら、ここから車で三十分もかからない場所にあるので、すぐにでも連れて行ってあげられる。でも何故、遠い国からやってきて、最初に行きたいのがショッピングモールなんだろう。フランスについて、いやフランスに限らず、すべての外国に俺は全然知識がないが、パリが大きい都市だということぐらいは何となくわかるので、パリにもショッピングモールはあるだろう、と思った。

「いいよね。じゃあ行こう。準備してくるね」

理衣奈が立ち上がり、クリスタも一緒に部屋に向かった。

「行きたいって言うなら……、行く？」

「うん、まあ、そうだな」

拍子抜けしながらも、俺と彩子も準備に取りかかる。

何故と思ったショッピングモールの中でもクリスタは、百円ショップとか、チェーンの安い衣料品店とか、だからどうして、と思う店ばかりに行きたがった。百円ショップでは、洗濯ばさみやタワシ、トイレの掃除道具など、十七歳の女子高生とは思えない生活感の溢《あふ》れるものばかり手に取っては、しげしげと眺めていた。でも見るだけで、今のところ何も買っていない。

理衣奈がクリスタのぴったり脇に付き、俺と彩子は少し離れてその様子を見守るという態勢で、ずっと歩き回った。すれ違いざまにクリスタを見上げ、後からまた振り返ってじろじろと見つめる人が、とても多かった。離れた場所から連れと声をかけ合って注目したり、こそこそ何か話したりする人も沢山いた。

とある衣料品店では、若い男性店員二人がクリスタを見て、本人には聞こえなかったと思うが、「おお」「カッコいい」と堂々と声を上げた。良心的な価格帯の店だが、衣料品店のスタッフなので、クリスタの着こなしを称賛しているようだった。今日のクリスタは、昨日と同じジーンズにオレンジ色のタンクトップ。銀色の星型が付いているチョーカーをしていた。シンプルなファッションだが、確かにそれだけで、とてつもなくカッコいいのだ。

ぼんやりと男性店員二人を見つめていた彩子が、「なんか」と、急に呟いた。

「クリスタちゃんと一緒だと、理衣奈は別に目立たないね」

実はちょうど同じことを考えていた俺は、返事に困って黙ってしまった。

「ねえ、そろそろお昼にしない？　お腹減ったよー！」

理衣奈から声がかかって、助けられた。

「おう。何食べる？」

彩子を促して二人に近付く。店を出る時、彩子がまた、「ここ、メンズ服だよね」と呟いていた。


和食を食べさせてあげたかったので、理衣奈に蕎麦《そば》屋や回転寿司を勧めさせた。けれどクリスタは、俺たち家族がここに来たら、一番よく行く店で食べたいと言っているという。

ここで我が家が一番行くのは、三階にある、イタリアンのファミレスだ。イタリアンだからフランスとは違うけれど、せっかくだからやっぱり和食がいいんじゃないかと、店に着くまでの間、彩子と二人で何度も理衣奈を通して伝えた。でもクリスタは、「一番よく行く店で」と譲らない。仕方ないので、腑《ふ》に落ちないながらも入店した。

席に着くと注文も、我が家がいつも食べているものがいいと言った。ミートパスタにチーズピザ、フライドポテトとシーザーサラダを頼む。いつもこれを三人で分けて食べるのだ。今日は一人多いので、デミグラスソースハンバーグと、フォカッチャも付けてみた。「わあい、いつもより豪華だ！」と理衣奈が喜んでいる。

運ばれてきた料理をクリスタは、朝食と同じく「オイシイデス」と言いながら沢山食べた。俺と彩子は「よかった」と笑顔を返したが、頭の中は、「どうして」でいっぱいになっていた。

食後はインテリア雑貨やキッチングッズの店を見て回り、夕方にはモールを出た。帰宅すると、「おやつにしようか」と彩子が準備を始めてくれた。クリスタにもらったチョコレートを出すようだ。いつもは貰《もら》い物のお菓子は箱のままテーブルに出すのに、今日はお皿に盛りつけている。彩子なりに一生懸命、クリスタをもてなそうとしているようだ。

「いただきます」と各々席に着いた後、「ねえ、理衣奈。クリスタちゃんに聞いてくれる？」と、彩子が改まった顔で理衣奈を見た。

「クリスタちゃん、何も買わなかったけど、どうしてショッピングモールに行きたかったの？朝見せてくれたノートに、他には電車とかも書いてあったと思うんだけど、それは何で？　せっかく外国から来たのに、日本らしいところに観光に行かなくていいのかな？」

俺も知りたいので、一緒に理衣奈を見つめた。

「観光っていうか、日本の文化とか生活について知りたいって前からメールで話してたから、別に有名な観光地じゃなくてもいいんじゃないかなあ？」

理衣奈は俺たちほど疑問には思っていなさそうだが、聞いてはくれるようで、クリスタに英語で話しかけ始めた。俺たちは二人の会話が終わるのを、またじっと待つ。

ところが、話の途中でクリスタが突然吹き出し、愉快そうにケラケラと笑い出した。

「え、何？　何で？　ホワッツ？」

理衣奈にも事態が理解できないらしく、戸惑った顔をしている。

クリスタが軽やかな笑い声を上げながら、理衣奈の肩をペシペシと叩《たた》いて、何か告げた。次の瞬間、えっ、と理衣奈が声を上げ、顔をみるみる赤くした。そして唇を噛《か》んで下を向き、そのまま黙り込んでしまった。

「何?」「どうしたの?」と俺と彩子は訊ねたが、理衣奈は無言のままで答えてくれない。その後クリスタが何か話しかけても、微《かす》かに首を縦に振る反応しかしなかった。

クリスタがお皿に手を伸ばし、「イタダキマス」とチョコを一つ取った。

「あ、こちらこそ。いただきます」

彩子が日本語で言い、自分も手を伸ばす。

「うわあ、おいしい! パリのチョコ、すごい! ねえ理衣奈、クリスタちゃんのお菓子、すごいよ、おいしいよ!」

理衣奈にはしゃいで話しかけた。明らかに空気がおかしいので、盛り上げようとしているのだろう。俺もチョコを取り、口に放り込んだ。

「おお、ほんとだ。甘い! すごい!」

俺には正直甘過ぎたが、甘い物に目がない理衣奈は喜ぶだろうと笑いかける。

理衣奈も手を伸ばし、チョコを食べた。けれど「本当だ、おいしい」「クリスタ、サンキュー」とぼそぼそ言っただけで、様子は元に戻らなかった。結局、モールに行きたがった理由も聞けないままになった。

おやつの後は、彩子が夕食を作ってくれている間、クリスタがまたテレビを見たがったので、俺と理衣奈とクリスタでソファに座った。クリスタはまたチャンネルをあれこれ変えている。

「訳してあげたら?」と言ってみたが、「全部なんて無理だし」と理衣奈は引き受けず、自分はテレビを見ずに、さっきからずっとスマホをいじっている。

クリスタがトイレに立った隙に、「おい」と俺は理衣奈に話しかけた。

「どうしたんだよ、さっき何があった？　クリスタ笑ってて、楽しそうだったじゃないか」

キッチンから彩子が、こちらを窺う。

「違うよ。笑われたんだよ、私が」

「笑われた？　何で？」

「私の英語、時々だけど訛《なま》ってるんだって。シングリッシュだね、かわいい！　って言われちゃった」

俺と彩子は、こっそり視線を合わせた。

「悪い。シングリッシュって何？」

「シンガポール訛りのこと。ほらスカイ、シンガポール出身だったでしょ」

また顔を赤くして、溜息《ためいき》を吐《つ》きながら理衣奈は言った。スカイとは、中学の時に理衣奈が仲良くしていた、外国からの男子転校生だ。

「あ、電話。ちょっとごめん」

スマホを持って、理衣奈が自分の部屋に移動した。入れ違いにクリスタがトイレから戻ってきたが、彼女もスマホを手に持ち、高速で操作を始めた。きっとフランスのお父さんにメールをしているのだろう。昨日、車から無事に着いたとの報告を送った後、明日から夕方になったら、お父さんにその日の様子をメールで知らせると言っていた。こちらが夕方の時にフランスは朝で、その時間帯が双方起きていて、ちょうどいいそうだ。

俺はキッチンに移動して、彩子と小声で話をした。

「訛ってる？　英語に訛りってあるの？」

「シンガポールって、国の名前だっけ。スカイのことはよく覚えてるけど、どこの国から来たのか、覚えてないな」

「英語を教わるぐらい仲がいいのか、もしかして付き合ってるのか、ばっかり気にしてたもんね、あの頃」

そんなことを言われて、黙ってしまう。人見知りせず、明るい性格の理衣奈は小さい頃から、男女問わず友達が多い。それはとても良いことだと思っているが、特定の男子と仲良くなると、どうしても俺は「付き合ってるのか？」と心配になる。

でも理衣奈は、これまで彼氏がいたことはない、と思う、多分。俺が常に心配で目を光らせているのに、「これは、こいつと付き合っているな」と感じたことがない。スカイも仲は良かったが、付き合っていたわけではないようだった。中学卒業を待たずしてまたどこかに転校していったので、多少淋《さび》しがってはいたものの、今も連絡を取っている風もないし、ただの友達だったのだと思う。

「スカイの話はいいとして、訛ってるって笑われたぐらいで、あんなに落ち込むか？　情けないヤツだな。かわいいって言ってくれたなら、悪い意味じゃないんだろ」

気を取り直して言ってみたが、「私は理衣奈の気持ち、わかるよ」と彩子に返された。

「私もパートに出だした頃、訛ってるって言われて、本当に恥ずかしかったもん」

確かに彩子は、上京してパートを始めたばかりの頃、職場のおばさんたちに「それ、茨城弁？」「初めて聞いた！」「すごい訛ってるね」などと言われたと、暗くなっていた時期があった。

俺と話すとどうしても訛るからと、しばらくは家の中でも無口だったほどだ。

「理衣奈、思春期だし。落ち込むのも仕方ないんじゃないの？」

また俺は黙るしかなかった。娘のことを、女親の方にそんな風に言われてしまったら、もう何も言えない。

夕食の間も、理衣奈は無口だった。献立は豚肉と野菜の炒め物と、サラダとスープで、またクリスタは「オイシイ」と言ってくれたものの、炒め物もソースの味付けだったので和食とは言えず、彩子も消化不良な顔をしていた。理衣奈が落ち込んでしまったので、改めて買い出しに行く空気にもならず、ありあわせの物で作るしかなかったのだ。


翌朝、俺と彩子が起き出すと、理衣奈がもうリビングにいて、出かける準備を始めていた。

「おはよう。クリスタに、今日はどこに行きたいか、もう聞いてくれたのか？」

「ううん、まだ。でもごめん、私、今日は学校に行く」

えっ、と俺と彩子は顔を見合わせた。昨日の電話は、理衣奈が所属する吹奏楽部の部長からで、今日の夏休み練習に急きょ出席するように言われたという。

「なんで？　クリスタがいる間は休むって申請を出したんでしょう？」

「うん。でも練習メニューが変わって、全員揃《そろ》わないとできないことをするんだって。仕方ないよ」

「ちょっと待て。理衣奈がいないと、お父さんたち、クリスタと話もできないんだぞ」

「一緒に出かけるだけだから、何とかなるでしょ。ジェスチャーとかで頑張ってよ」

「急にそんなこと言われても」

言い合っていたらクリスタが起きてきたので、一旦中断した。が、理衣奈は朝食を食べ終えると、本当にそそくさと出かけてしまった。クリスタには短い言葉で事情説明をしたようで、「オーケー、オーケー」と言われていた。

俺は玄関から出て行く理衣奈を追いかけて、本当に絶対に行かなきゃいけないのか、英語を話すのが嫌で逃げてるんじゃないのかと、追及してやりたい衝動に駆られた。でも考えを見透かされたのか、彩子に視線で止められて我慢した。

仕方なく、彩子と二人でクリスタに向き合い、「トゥデイ、ホェアー?」「キョウハ、ドコニイキタイ?」と会話を試みた。俺たちが言いたいことは、すぐに伝わったようだ。でも、クリスタの返事を俺たちが聞き取れない。

最初の方が「ユニヴァ」と聞こえた気がしたので、「ユニバーサル・スタジオじゃない?」と、彩子がスマホでサイトを表示させて見せてみたが、首を振られた。今日急に大阪に行くのは無理なので、違ってよかったが。

クリスタが昨日のノートをまた持ってきて、英語の部分を指差した。「university」と書かれている。彩子のスマホで検索をすると、「大学」と訳が出てきた。

「へえ、大学かあ」

「大学ってユニバーシティって言うんだな」

やっと答えがわかって、二人で一瞬満足しかけたが、すぐにハッとなって、また顔を見合わせた。

大学、とは——。どうするんだ。俺と彩子は大学なんて、生まれてこの方、行ったことないのに。

長い時間をかけて聞き出したところによると、大学の指定はないとのことだったので、スマホで地図を見て、家から近い大学に順番に、「部外者なんですが、今日見学はできますか？」と、片っ端から電話をかけまくった。知らなかったが、大学は高校と夏休みの時期が違うらしく、今日も開いているところがほとんどだった。でも見学は、軒並み断られた。「関係者の紹介がないと」とか、「オープンキャンパスの際にいらっしゃってください」なんて、意味のわからないことを言われたりもした。

何校目かでようやく、「申込書の提出と、身分証明書の提示をしてくだされば、いいですよ」と言ってくれたところがあり、そこに行くことにした。既に家からだいぶ離れていたので、車を出す。俺と彩子は一昨日《おととい》の空港と同様に、生まれて初めて「大学」という場所に足を踏み入れるとあって、駐車場に車を停《と》める段から、そわそわしていた。

門の近くの守衛室で受付手続きをする。なぜ日本人夫婦が黒人の女の子を連れているのか、関係性を問われるかと身構えたが、「留学生ですか？　あ、これ申込書です」「ホームステイ先になってるんですか？　はい、身分証明書、どうも」と手続きの合間に言われただけで、あっさり通してもらえた。

クリスタは昨日のショッピングモールと同様に、興味の赴くままにといった感じで、図書室、食堂、中庭、校舎を幾つもと、どんどん見て回った。授業をやっている教室で、後ろの扉から、しばらく覗いたりもしていた。

俺と彩子も昨日と一緒で、少し後ろを付いて回った。緊張している一方で、「おお、校舎きれいだなあ」とか、「メニューいっぱいあるんだね！　オムライスおいしそう」などと、観光気分で、少し楽しんでもいた。たまにちらっと見られるぐらいはしたけれど、クリスタは昨日のショッピングモールでほど、注目されていないように思えた。寧《むし》ろ俺たちの方が、「この、先生でもなさそうな、妙におどおどした、おじさんとおばさんはなんだ」と、よく視線を向けられている気がする。

クリスタがさほど注目されないのは、学校内に他にも外国人が沢山いるからだと思う。中庭では、空港で初めクリスタかと思った子によく似た白人の女子学生が、日本人の学生たちと楽しそうにお喋りをしていた。食堂では、どこの国の人かはわからないのだが、家から一番近いコンビニのレジにいつもいるアルバイト店員とそっくりな男子が、オムライスを頬張っていた。クリスタと違ってふくよかな体型だったが、授業を覗いた教室には、黒人の女の子もいた。きっと留学生たちなんだろう。守衛も口にしていたし、この大学は留学生の受け入れが盛んなようだ。

門から一番離れた校舎の三階を歩き回っている時だった。クリスタが急に廊下で立ち止まった。掲示物が気になるらしく、スマホで写真を撮ったり、ノートを取り出し何やら書き込んだりしている。

「ねえ、もしかしてクリスタちゃん、日本に留学したいのかな？　日本の大学に入るつもりなのかも」

その姿を見ながら、彩子が言った。

「あるかもな。理衣奈が留学のために情報収集してるサイトで、知り合ったんだし」

「ね！　だから昨日、日用品やインテリアを見てたんじゃない？　留学して一人暮らしする時の下見？　服は背が高いから、日本で買うならメンズものだなって思ってたのかも。電車は、練習で乗っておきたいのかな」

「なるほど。じゃあ理衣奈も、そろそろそういう準備をしなきゃいけないのかな」

俺がそう言った後、しんみりした空気が流れて、会話が止まった。きっとまた、二人で同じことを考えている。

そのために今の高校に入ったのだし、理衣奈が本気で留学したいと強く望むなら、経済的なことも含めて、俺も彩子も全力で支援してやるつもりではいる。でも一方で、言うまでもなく、不安で心配で仕方がない。

そして理衣奈ではなくて俺たちが、「娘を留学させる」なんてことを、本当にできるのか、と思う。早ければ来年の今頃には、理衣奈はもう家を出ているかもしれないのだ。理衣奈がいない生活に、俺たちは耐えることができるのか――。

「えっ、やだ！　クリスタは？」

彩子の声で我に返った。掲示物の前にあったクリスタの姿が消えている。

「嘘《うそ》だろ、おい！」

走り回って捜したところ、下の階に向かう階段の踊り場で、クリスタは見つかった。学生と思われる細身の男子と、（多分）英語で何か話していた。クリスタがこちらに背を向けていて、二人とも俺たちに気付いていないが、共にスマホを取り出すのが見えた。

「なんだ、まさかナンパか？」

反射的に俺は一歩踏み出したが、「待って待って！」と、彩子にシャツの裾を掴《つか》まれた。

「クリスタちゃん、嫌がってないかもしれないじゃない。あの子なら、嫌だったらきっぱり断れそうじゃない？」

「そうか……。いや、でも！　俺たち、今はあの子の保護者なんだぞ。知らない男と触れ合わせちゃダメだろ」

彩子の手を振り払って、「クリスタ！」と叫んだ。「オー！」とクリスタが笑顔で振り返り、男に何か告げた。男はこちらに軽く会釈を寄越し、クリスタに何か言った後、下の階へ去って行った。

「今のやつ、学生？　何話してたの？　嫌な思いしてない？」

駆け寄って質問したが、興奮して全部日本語になったので、まったく通じなかった。とりあえず怖がったり、嫌がったりはしていなさそうなので、留学生の多い大学だし、きっと軽く話しかけられただけだろうと信じて、それ以上は追及しなかった。

その後も少し校舎を見学し、やがてクリスタが「アリガトウ。オモシロカッタ」と言ったのを機に、帰路に就いた。

帰りの車で彩子が突然、「そうか、朝みたいに翻訳すれば話せるじゃない！」と口にし、バッグからスマホを取り出した。何やら打ち込んだ後、赤信号になるのを待って、「どう？」と俺に画面を見せる。

翻訳サイトで、「どうしてショッピングモールや大学に行きたかったの？　日本の大学に入りたいの？」という文の下に、英文が表示されていた。いいんじゃない、という意味で頷くと、彩子は満足そうに、「ねえねえ」とスマホを後部座席のクリスタに見せた。

クリスタが、アーと声を発した。伝わったようだ。しかし質問の返事は「ノー」のようだ。首を振ったのがミラー越しに見えた。

「そうなの？　じゃあ、どうして？」

彩子が言いながら、またスマホを操作する。今度は「じゃあ、どうして」と翻訳させたようだ。再び画面を見たクリスタは、また「アー」と言った後、自分のスマホを取り出した。あちらも翻訳サイトを使ったようで、打ち込んだ後、運転席と助手席の間から、スマホを伸ばす。

画面を見た彩子が、「え……」と声を漏らした後、固まった。「何？」と聞いたが返事をしない。クリスタがまだスマホを固定してくれていたので、赤信号になった際に、俺も見た。そこには「話したくありません」と書かれていた。

俺が見たのを確認して、クリスタはスマホを戻す。青になる直前に、彩子に目をやった。彩子は前を向いたまま、完全に表情を強張《こわば》らせていた。


翌朝も理衣奈は、「練習が」と学校に出かけて行った。昨日は夕食前に帰ってきて、前日の夜よりは口数が増え、クリスタとも会話していたが、初日のようなきゃっきゃした感じはなく、まだ完全には立ち直っていないようだった。そして今朝は、彩子までもが離脱した。パート先で病欠の人が出て、呼び出されたのだという。

今日こそ俺は、出て行く二人に「本当に？」と問い詰めたかった。嘘だとは思わないが、断ることもできるのに、していないんじゃないかと思う。

彩子は昨日の「話したくありません」が堪《こた》えているようで、あれ以来ずっと暗い顔をしている。気持ちはわかるが、機械の訳なので、ニュアンスの違いが生じているのではと、俺は思っている。ずっと一緒にいて、楽しそうにしてくれているし、クリスタが俺たちを拒否しているとは思えない。でも、じゃあなぜ「話したくない」のかはわからないから、彩子を上手《うま》く慰められなかった。

結局クリスタの手前、問い詰めることもできず、仕方なく俺は一人で挑むと覚悟を決めた。まったく我が家の女たちは、繊細過ぎる。

「トゥデイ、ホェアー？」

クリスタに訊ねる。いざとなったら翻訳サイトも使うかもしれないが、彩子が落ち込んだ件を考えると、できるだけ自力で乗り切りたい。

「カイシャ、ミタイ」

「会社、の見学ってこと？　会社って、仕事の？　ええと、ジョブ？」

「イエス」とクリスタが笑った。

「会社か。俺の会社でいいのかな。あー、マイ会社、ＯＫ？」

自身の胸を指して聞くと、クリスタは頷いた後、「デンシャデ、イク」と言った。

しばらく考えた末に、「ちょっと待ってね」と断ってから会社に電話をかけた。理衣奈だって連れて行ったことがないので迷ったが、一日一人でクリスタをもてなせる自信もないので、受け入れてもらえたらありがたい。外国との取引はないから、会社では英語は使われないが、大卒の従業員たちなら話せるかもしれない。少なくとも、俺よりはマシな人は絶対にいるだろう。

電話に出たのは俺を引き入れた先輩で、事情を話すと、「おおー、パリから来てる子、連れてくるの？　いいんじゃない？」と言ってくれた。社長も二つ返事でＯＫし、二十人程度の他の従業員も、みな歓迎ムードだという。陽気な奴《やつ》らが多く、助かった。

駅まで並んで歩き、ホームに上がると、クリスタが「ワァオ」と声を上げた。まだ通勤時間帯だから人が多く、驚いたようだ。「電車はもっとすごいけど、大丈夫？」と言ってみたが通じず、翻訳サイトを使おうか迷っているうちに電車がやってきて、そのまま乗り込むことになった。

乱暴にされるようなことがあれば守ってやらないと、と意気込んでいたが、その必要はなさそうだった。いつも通りの乗車率で混雑しているのに、なぜか俺とクリスタの周囲には余裕ができている。普段は少しでも楽な体勢を取ろうと、人を平気で押しやったり、体を持たせかけてくるような奴が沢山いるのだが、どうも皆、クリスタにそれをすることを避けているようだ。

カーブで大きく揺れた際、近くにいた大柄で顔つきもいかついサラリーマンが、カバンをクリスタの肩に軽くぶつけた。

「すみません、ソーリー！　ごめんなさい！」

見た目に似合わない、か細い声を出す。「ノープロブレム」とクリスタが笑いかけたが、サラリーマンは愛想笑いにもなっていない妙な表情をして、少しずつ俺たちから離れていった。

俯《うつむ》いて、俺は苦笑いする。空港でクリスタにぶつかった時の俺も、きっとこんな感じだったのだろう。

会社は駅から徒歩で十分ほどの、ボロくもないが、新しくてピカピカでもないビルの三階に入っている。

「おはようございます。急にすいません」

挨拶をしながら扉を開けると、先輩が「おお、来たか！」と声をかけてくれた。他の従業員も顔を上げる。

「コンニチハ。クリスタ、デス」

クリスタが姿を見せると、ほんの一瞬だが、時間が止まったような緊張が走った。ええ、おお、とざわつく人、声は出さないが目を見開いた人と、反応はそれぞれだったが、皆一様に驚いたようだ。

休みを取る時に、パリから来る高校生の女の子のホームステイ先になると詳しく話していたので、俺と同じく白人だと思い込んだ人も多かったのだと思う。そしてやはり、「女子高生？　本当に？」「大人っぽい。カッコいい！」という声も聞こえてきた。

「ええと、仕事の見学をしたいんだよね？」

クリスタに言ってみたが、通じない。「あ、よかったら」「私も」と、二人の従業員が席を立った。二十代後半の広報の男子と、四十代半ばの事務の女性だ。クリスタに近付いて英語の長文で、順番に話しかけてくれる。クリスタが満面の笑みになって、やはり長文で二人に返事をした。

「うん。会社の案内をして欲しいって。いいですか？」

「どんな風に仕事をしてるか、知りたいんですって」

二人に聞かれた社長が、「いいよ、いいよ。何でも教えて、見せてあげて！」と、手を振った。

まずは廊下の奥にある倉庫を見学させるのか、二人がクリスタと話しながら、オフィスから出て行った。俺も付いていこうか迷ったが、クリスタがまるでこちらを見ていなかったので、その場に残った。休むための仕事の手配は完璧にしたので、まったく必要ないのだが、やることがなくて自席に着き、なんとなく書類を眺めたり、メールをチェックしたりする。

それなりに長い時間が経った後、二人とクリスタがオフィスに戻ってきた。俺には「ペラペラ」と言っているようにしか聞こえない言葉で口々に何やら喋って、時に笑う、どころか爆笑し合っている。大いに盛り上がりながら、二人はオフィス内もあちこちクリスタに見せて、書類や伝票を手に取らせたりもしてくれた。俺はその光景を、ただぼんやりと眺めていた。

広報の男子は有名大学出身で、多忙で体を壊して辞めたらしいが、確か前職は外資だったので、英語ができるのは不思議ではない。でも事務の女性は俺と同じく高卒で、うちではパート契約なのに、なぜ、と思った。

「田島《たじま》さん、年に一回海外旅行するのが趣味で、もう十年ぐらい英会話を習ってるそうですよ」

疑問が顔に出ていたのだろうか。斜め向かいの席の、同じく事務職で田島さんの後輩の女性と目が合った際、そう教えられた。

皆に、特に二人にはしつこいぐらいにお礼を言って、昼休みになったのを機に、クリスタを連れてオフィスを出た。「ランチ、どうする?」と聞いたら通じたようだ。「オトウサン、イツモ、タベルモノ」との返事だった。

駅までの道の途中に、週に一、二回は買うキッチンカーが今日も出ていたので、そこで弁当を二つ買って、帰宅してから一緒に食べた。でもカレーの弁当だから、結局まだ一度も和食を食べさせてあげられていない。

食後は、もうクリスタは自分でテレビを点《つ》けて、またあれこれチャンネルを変えたり、スマホをいじったり、持参したらしい日本のガイド本のようなものを眺めたりと、自由に過ごしていた。

俺も一緒にぼんやりとテレビを見たり、スマホを眺めたりして、だらだらと過ごした。

翌朝もまた、理衣奈も彩子も出かけて行った。俺はもう開き直った気分で、業務的にクリスタに「トゥデイ、ホェアー？」と訊ねた。

クリスタがスマホ画面を見せてきた。翻訳サイトで、「今日は一人で出かけます」とある。

「えっ、そうなの？　でも、大丈夫？」

すべて日本語になったが雰囲気で通じたようで、「ダイジョウブ」とクリスタが返事した。

「デンシャ、ノリカタ、シッタ」

しばらく考えたが、やがて俺は「そっか。わかった」と了承した。既に、かなり疲れていたのかもしれない。頭がうまく回らず、本人が希望しているんだから、いいだろう。自分の意思で動ける子だし、大人にしか見えないから、危険な目に遭うこともないだろうしと、この時は考えてしまった。

「じゃあ、気を付けて。行ってらっしゃい」

玄関でクリスタを見送った後、リビングに戻り、ソファにどすんと座った。体がみるみる軽くなっていくような気がした。部屋の中を見回してみる。我が家って、こんなに広かっただろうか、と感じた。こんなことを言うのは悪いけれど、ここ数日、体の大きなクリスタが常に家の中に存在していて、少し窮屈感があったように思う。

またテレビやスマホをだらだら見て過ごし、昼ご飯はキッチンを漁《あさ》ったら見つかった、カップ麺の大盛りで済ませた。食後にソファで横になると、今度は体がまるで鉛のように、どんどん重くなっていくように感じた。クリスタは無事に電車に乗れただろうか。そういえば、どこに何をしに行くんだろう。ぼんやりと、そう考えたところまでは覚えている。

脇腹に刺激を感じて、体を起こした。眠っていたようだ。体の下に潜り込んでいたスマホが震えたらしく、取り出して画面を見て、「嘘だろ」と声を上げた。もう夕方になっている。昼寝で五時間近くも寝てしまった。

メールを受信したようで、開いて見る。タイトルも本文もおそらく英語で、迷惑メールかと、スマホを一旦ソファに投げ捨てた。が、何かが引っかかって、再び手にした。「Christa」という文字列を見た気がする。

本文をすべてコピペし、翻訳サイトにかけた。おかしな文章になったが、頑張って読み解く。クリスタのお父さんからのメールのようで、第一の緊急連絡先として理衣奈のアドレスを教えられていたが、そちらにメールをしても返信がないので、第二のこちらにも送るというようなことが書かれていた。

「娘が大変ありがとうです。いつもの時間にメールない。何かある心配にございます」
「日本は平和と言う誰も。でも私は行った過去ない不安。どうかよろしく連絡欲しい、ヤマシタ家族の方」

心臓の鼓動がどくどくと速くなってきた。自分で音が聞こえそうだ。俺はクリスタのお父さんの年齢も顔も知らない。パリがどんな街なのかも、ここからどれぐらい離れているのかもわからない。

けれど、頭の中に確かに見えた。遠い国の街中で、娘のことを心配して不安で、いてもたっててもいられなくなっている、一人の父親の姿が――。

「くそっ!」と自分を罵倒し、家を飛び出した。どうして俺は、一人で行かせてしまったのか。しかも行き先も、クリスタのスマホの番号さえも聞かなかった。

駅までの道を、首を左右に激しく動かしながら走った。電車に乗る風だったので、もう戻ってきて家に向かっていて、途中で出くわさないかと期待した。けれど駅前通りに出るまで、遭遇することはなかった。

駅前のロータリーに差し掛かった頃、中学生ぐらいの女の子二人組とすれ違った。

「足めっちゃ長くて、やばかったよね」

「ね! 私もあんなスタイルになりたい」

会話が耳に入って、もつれそうになりながら足を止めた。「ねえ、ちょっと!」と、振り返って二人を呼び止める。

こちらを見た二人は、あからさまに怯《おび》えた顔をした。汗だくのおっさんに突然呼び止められたのだから、その反応は正しい。しかしこちらも必死なので、「ごめん、怖いよね。でも教えて! 今の話、黒人の背の高いお姉さんのこと? どこにいた?」と両手を合わせて拝むようにしながら訊ねた。

二人は怯えながらも、「あそこ」とロータリーに面したファストフード店を指差してくれた。

「ありがとう。ごめんね! 本当にありがとう!」と叫んで、また走り出す。

店に入ると、クリスタの姿はすぐに見つかった。一番奥の席で、見覚えのある細身の男と向かい合い、ドリンクを飲んでいた。大学の踊り場で話していた男だ。あいつ、やっぱりナンパだったのか――。

　息を整えながら、大股で近付く。二人は俺に気付いていない。「あ、クリスタ」と男が指で、自分の頰を触った。クリスタが首を傾《かし》げる。男が手を伸ばし、クリスタの頰を触ろうとした。

「おい！　何やってんだ！」

　気付いたら、そう叫んでいた。クリスタと男がびくっと肩を震わせる。けっこうな大声が出たようで、周りの席の客も「ひゃっ！」「なに？　びっくりした！」などと叫んだり、椅子をガタッとさせたりした。

「あっ。え？　ちょっと、なんですか？」

　こちらを見た男は、俺が誰だか気付いたらしい。俺は次に何を言うかまだ決まっていないまま、男を睨みつけて、口を開きかけた。

「お父さん！　何してるの？」

　背後から声が響いて、阻止された。よく知っている声だった。


　理衣奈とクリスタが前を歩き、俺が小さくなりながら後ろを付いていくという、何とも情けない構図で帰宅した。

「あれ、どうしたの？」

　一階のエントランスで、ちょうどパートから戻った彩子と遭遇した。

「お父さんが大変だったの。詳しくは上で話すよ」

　理衣奈が溜息を吐く。

部屋に上がり、ダイニングテーブルを四人で囲んだ。まずはクリスタに、お父さんに無事である旨をメールしてもらう。連絡を忘れていたことについては、「ゴメンナサイ」と頭を下げて謝ってくれた。理衣奈もクリスタのお父さんからのメールに気が付かなかったことを、俺に素直に詫びた。

送信するのを見届けてから、「もう一回、ちゃんと話聞いてみるね」と、理衣奈がクリスタに話しかけ始めた。理衣奈はさっきの店でも事態を重く見てか、久しぶりに自分からクリスタにどんどん話しかけて、通訳を買って出てくれた。

「うん、やっぱりナンパではないみたいよ。あの男の子、いい人だと思うよ」

理衣奈の訳を通したクリスタの説明によると、大学で声をかけてきたのは確かに男の方からだったが、決してナンパではなかったという。踊り場ですれ違う際に肩がぶつかりそうになり、反射的にクリスタがフランス語で謝ったら、男が「フランスからの留学生？」と話しかけたそうだ。彼は日本人だが、小学生の頃に親の都合で数年間フランスに住んでいたことがあり、懐かしくなったのだという。

話が盛り上がり、連絡先を交換しないかと提案したのは、クリスタの方だった。そして、彼が我が家から数駅先の町で一人暮らしをしていると知って、今日会えないか、色々と話がしたいと誘ったのも、クリスタだった。昨日、会社から帰ってきた後、俺と二人でリビングで過ごしている時に、やり取りをしたそうだ。

行きはクリスタの方から出向いたが、帰りはホームステイ先の家まで送ってあげると彼が言ってくれて、お礼にあの店でドリンクを奢《おご》っていた。

「送ってくれたんだ。それは……申し訳なかった。あの男の子にももう一度、俺が謝ってるって、伝えてもらえるかな」

俺もクリスタに、深々と頭を下げた。理衣奈に訳してもらう。クリスタの頬に触れようとしたように見えたのは、水滴が付いていたので指を差して教えようとしただけだったという。この件については店内で判明したので、俺は彼と、驚かせてしまった周囲の人にも、その場で謝罪をしていた。

クリスタが俺に向かって頷き、何となく場が落ち着いたところで、「ええと」と、ずっと黙っていた彩子が口を開いた。

「事情はわかったし、何事もなくてよかった。でもクリスタちゃんはどうして、今日あの男の子に会いに行ったの？　その、つまりクリスタちゃんの方が、ナンパしたってことなのかな？」

おずおずといった感じで、理衣奈とクリスタの顔を順番に見る。理衣奈がクリスタに訳し始めた。「ナンパ」をどう伝えたのかが気になったが、クリスタはすぐに「ノー！」ときっぱり言った。

「違うの？　じゃあ、どうして？　何の話がしたかったんだろう」

また理衣奈が訳す。クリスタが「アー」と声を発した後、急に両手をパン！　と音を立てて頬に当てた。俯き加減になり、視線をあちこちに動かす。そして理衣奈に顔を近付け、内緒話のように、小さな声で何やら伝えた。

「えー！　そうなんだ！　わー、そうなの？」

理衣奈が甲高い声を上げる。クリスタはまた頬に手を当てて、今度は顔ごと右に左にと動かした。理衣奈が何か訊ね、クリスタが小刻みに頷く。俺たちに伝えていいかどうか、許可を取ったように見えた。

「クリスタ、同じクラスに彼氏がいるんだって！　お父さんが日本人で、お母さんがフランス人の」

え、と俺と彩子は顔を見合わせた。その後クリスタに視線をやると、目が合ったが、すぐに逸らされた。またクリスタは頬に手を当てていて、これは――。この仕種《しぐさ》は、恥ずかしがっているように見える。

その彼氏が、来年から家族でしばらく日本に移り住むので、クリスタとは遠距離恋愛になる。大学や、もしかしたら就職も一旦日本でするかもしれず、クリスタは日本の大学生や社会人の生活について、詳しくイメージしたかったのだという。

「だから日用品やメンズ服を見てたんだ」

「電車と会社、家族でいつも行く店、か。なるほど」

俺たちの呟きを理衣奈が訳す。クリスタはまだ視線を落ち着かなく動かしながら、無言で何度も頷いた。

俺と彩子はまた顔を見合わせた。きっとまた、同じことを考えている。照れて落ち着かないその姿は――。なんて、かわいらしいんだろう。

今、目の前にいるクリスタは、理衣奈と何ら変わらない。十七歳の、女子高生の、とてもかわいらしい外国の女の子、だ。

クリスタが風呂に入っている間に、三人で話をした。まず理衣奈と彩子が、途中からクリスタの世話を離脱したことについて、俺に改めて謝ってきた。

「まあいいけどさ。大変か大変じゃなかったかって聞かれたら、まあ大変だったよ」

わざと嫌味ったらしい言い方をしてやる。

彩子を落ち込ませた「話したくありません」については、「恥ずかしくて言えない」という意味だったんだろうということで、落ち着いた。理衣奈の訛りを笑われた件については、「訛りは、武器になることだってあるんだぞ」と語ってやる。

上京したばかりの頃、訛っていたのは俺だってもちろん同じだ。当時の俺は、先輩が会社に引き入れてくれたからには早く結果を出さなければと、来る日も来る日もあらゆる会社に営業電話をかけまくっていた。

間に合ってます、今忙しいので、などと言われてすぐに切られてしまうことがほとんどなのだが、諦めずに何度も何度もかけ続けていたら、そのうちに「また、あなたか」「山下《やました》さんね、そろそろまたかかってくるかと思ってたよ」などと、好意的に言ってくれる人たちが現れ始めた。

「なんかね、あなたのその訛り、気に入っちゃったんだよね」

「この間、違う社員が応対したでしょ。あの後、あのすごく訛ってる人ねって盛り上がったよ」

そんな声を受けて、相手の反応によっては、わざと訛りを強くして喋ったりするようになった。そうやって俺は、少しずつ顧客を獲得していった。

「そうだったんだ。私は落ち込むだけだったな」

「私も。お父さん、すごいなあ」

シュンとする二人を見つめながら、「まあいいけどさ」と、俺は今度は口には出さずに念じた。

「俺たちは多分もう、子供は一人しか持つことができないんだと思う」

「うん、そうだね。私ももう、そう思ってるよ」

あの会話をした日の夜、眠る前に俺は一人でベランダに出て、空を見上げながら誓ったのだ。

この先の人生は、彩子と理衣奈を守ることに、全力を注ぐのだ、と。

だから、大変ではあったけれど、まあいい。


車を降りた途端に「ワァオ!」とクリスタが、おそらく日本に来てから一番だと思う大きな声を上げた。俺も久々に見るその姿に、ほうっと息を吐く。富士山が俺たちの目の前に、堂々と佇んでいる。今日は朝からあまり天気が良くなかったので、綺麗には見えないかもしれないとクリスタに伝えていたが、まるで見計らったかのように、俺たちがビュースポットに着くまでに、雲が退いて晴れてくれた。

クリスタは明日の午前中の飛行機で、パリに帰る。一日動けるのはもう今日が最後だから、どこか行きたいところはあるかと、昨夜クリスタの風呂上がりに、理衣奈に聞いてもらった。

「みんなのおかげで、彼氏にまつわる体験は全部できたから、明日は日本の観光地に行きたい。お勧めはある?」

そう返事をされ、三人で相談した。彼氏はおそらく都内に住むとのことなので、浅草や両国、鎌倉は、クリスタが彼氏のところに遊びに来た時に行けるのではという話になり、富士山を見に行こうと提案した。日帰り強行軍で、運転手の俺だけがまた大変だが、来てよかったと思う。

「クリスタ！　記念写真撮ろう！　ほら、理衣奈と並んで並んで！」

子供たちだけじゃなく、彩子まで大はしゃぎしている。

昨夜、俺が風呂に入っている間に三人は、クリスタの彼氏の写真を見せてもらったり、馴れ初《なそ》めを聞かせてもらったりと、いわゆる女子トークで盛り上がったらしい。彩子は急激にクリスタと仲良くなったようで、ずっと「クリスタちゃん」と呼んでいたのに、俺が風呂から上がった頃には呼び捨てになっていた。

「ねえ、来年か再来年、理衣奈がフランスに留学するとしたら、クリスタの家にホームステイさせてもらえるのかな」

更には二人が寝た後、そう話しかけてきた。

「ああー、留学の時ってホームステイ先を自分で探すのかな？　クリスタの家で預かってもらえるなら安心だよな。お父さんとメールもしたし」

「ね！　だったらいいよね！」

彩子の声は弾んでいた。これまで留学の話になると、いつもしんみりしていたのに、急激に意欲的になっている。

「パリのホテルって高いのかな？　飛行機は幾らぐらいするの？　私たちが遊びに行ったら、クリスタ色々案内してくれるかな？　私、あのチョコレート屋さんに行きたい！　大量に買ってパート先で配ったらさ、みんなおいしくてびっくりするよ！」

しかも、自分までちゃっかり遊びに行く気満々だった。チョコレートに興奮していたのは、空気を戻すためだけでなく、素だったようだ。まったく、金がかかって仕方ない。

「キレーイ！　オオキーイ！　スゴーイ！」

何度も富士山を見上げては、クリスタが日本語で称賛の言葉を叫ぶ。どこかで聞いたことのあるフレーズだ。ああ、そうだ、空港だ。

クリスタを迎えに行った時、初めて空港を見た理衣奈が同じことを叫び、俺も本当にそうだと思ったのだった。

そういえばクリスタは、感想や気持ちを伝える時は、必ず日本語を使ってくれていた気がする。ウレシイ、オイシイ、オモシロカッタ、アリガトウ――。対して俺がクリスタに使った英語は、エクスキューズミー、ソーリー、ぐらいではないか。

休みが明けて出勤したら、さほど親しくはないのだが、田島さんに話しかけてみようか。中学英語のレベルにも達していない俺でも、受け入れてくれる英会話教室があるか、教えて欲しい。

きれいで、大きくて、すごい富士山を見上げて、もう一度ほうっと息を吐く。――まったく、金がかかって仕方ない。


展望デッキに向かうために乗ったエレベーターで、赤ん坊を抱いた母親と乗り合わせた。びええ、と赤ん坊が泣いてしまい、母親が体を揺らしながら、「すみません」と俺たちに頭を下げる。

「いいね！　元気だねー！」と理衣奈が赤ん坊に笑いかけ、母親にも「わあ、飛行機のよだれかけ、かわいい！　こんな小さいうちから飛行機が好きなんですか？」と話しかけた。「そうなんです。飛行機、好きみたいで」と母親はすっかり安心した顔になり、デッキの一つ下の階で、会釈をしながら降りていった。

俺と彩子は顔を見合わせる。俺たちからしたら理衣奈だって、つい最近まで赤ん坊だったのに。いつの間にこんなやさしい気遣いができる、「お姉さん」になったのか。

「おおー、思ったより広い！　空、きれいー！　見て！　飛行機ってあんなに大きいんだ！　あれが飛ぶんだよね、すごーい！」

デッキに上がると、また理衣奈が聞いたことのあるフレーズを連発した。今日も俺は、本当に、と頷いた。こんなにきれいで、大きくて、すごい場所から、理衣奈が新しい世界に飛び立つのなら、それは決して悪くない。いや、きっと、とても素晴らしいことなんだろう。

遠くない将来、理衣奈が留学を実行するなら必要だと思い、さっきクリスタが飛行機に乗る前に、恥を捨てて空港の仕組みについて教えてもらった。改札のように見えた場所はチェックインカウンターと言って、飛行機に乗る手続きや、荷物の預け入れをする場所だそうだ。その後、保安検査場というところを通って、イミグレと呼ばれる出国審査を受けて、それでやっと飛行機がいる搭乗口というところまで行けるらしい。

「あの旗を持ってる人たちは、何かの係？　この間もいたよね」

理衣奈が俺も気になっていたことを訊ねた。今日は小柄で丸顔の女性が、手を必死に伸ばして旗を振っていた。

「あれはツアー旅行の添乗員だと思う」

クリスタの返事を聞いて、俺と彩子は顔を見合わせた。きっと同じことを考えていた。添乗員が付くツアー旅行なんてものがあるのか。じゃあ、俺たちがフランスに行く時は、それを利用するといいんじゃないか、と。

チェックインカウンターで手続きを済ませた後、「アリガトウ」「サヨウナラ」「マタ、アイタイ」「タノシカッタ」と沢山の日本語を繰り出して、手を振りながらクリスタは保安検査場に消えていった。

早ければ来年には、理衣奈が同じ手順を踏んで、遠い国で「外国の女の子」になる。

「ねえ、クリスタの飛行機、あれだよね！　もう動き出してるよ！　飛ぶよ飛ぶよ！」

柵にへばりついていた理衣奈が、振り返って俺たちに手招きをする。

俺たちのたった一人の大切な大切な娘は、いつの間にかこんなに大きくなっていて、時に些細《ささい》なことで落ち込んだりしながらも、やさしい気遣いもできる、明るく伸び伸びとした女の子に育った。英語だけじゃなく、親の俺たちができない、知らないことを、もう沢山できるし、知っている。

だから、大丈夫だ。この空港から、広い世界に飛び立ちたいというのなら、行って来い。全力で応援してやる。心の底からそう思っているのに、どうしてだろう。

もう一人の外国の女の子を乗せた飛行機が飛び上がった瞬間、俺の視界は何かで滲《にじ》んだ。

第二話

扉ノムコウ

今日もあの扉が近付いてくる。飛行機を降りて長い廊下を歩き、イミグレに荷物の受け取り、税関を済ませたら、あと二十メートル、十メートル――。

扉が近付くにつれ、私の手足はじんわりと強張《こわば》る。心臓の鼓動も徐々に速くなっていく。けれど素知らぬふりをして、周囲に忙《せわ》しく視線を動かす。今日のお客は十人。その十人を、あの扉の向こうまで、無事に送り届けるのが私の使命だ。

いよいよ扉を抜ける時は、目を閉じ呼吸も止める。抜けた。衝立《ついたて》で作られた通路を歩きながら、そっと瞼《まぶた》を開き、こっそり深呼吸をする。あとはお客の確認だ。

「あ、お父さん！　お母さん、お父さん来てくれてるよ！」

淡い水色のトランクを引いた、二十代前半の会社員だという女の子が、嬉《うれ》しそうな声を上げる。後ろを歩いている五十代の母親も、「あら、ほんとだ」と微笑《ほほえ》んだ。衝立の先の人垣の中から、背の高い中年男性が前に出て、二人に近付く。

「おかえり。今回はどうだった？」

「楽しかったよ！　お土産《みやげ》あるからね」

二人で年に一度海外旅行をするのが恒例だという、母娘《おやこ》のお客だった。迎えに来た父親も含め、とても家族仲が良さそうだ。この後、土産話をしながら帰宅するのだろう。一安堵《あんど》め。

「はあ、お疲れさま。ねえ車って、何階に停《と》めたっけ？」

「三階じゃない？　いや、二階？」

「やだあ、忘れちゃったね」

「だって、もう一週間経《た》ってるもんね」

元同僚だという四十代の女性四人組は、到着口を抜けてもまだテンションが高い。旅行中も、常に一番賑《にぎ》やかだった。空港までも、一人の大型自家用車で一緒に来たと言っていた。この後もわいわい乗り合わせて帰るのだろう。二安堵め。

「加藤《かとう》さん、どうもお世話になりました」

「本当に。おかげでいい思い出ができました」

三十代の新婚夫婦が近付いてきて、並んで丁寧に頭を下げてくれる。「えっ、新婚旅行なんですか？」「やだー、おめでとうございます！」と、行きの飛行機から元同僚四人組によく構われていた。二人ともおとなしそうなので、実は嫌がっていないかと気になっていたが、楽しんでくれたなら良かった。

「こちらこそ、お二人の門出に立ち会えて光栄でした。どうぞ、お幸せに」

私も丁寧に頭を下げ返し、三安堵め。

あと一組、六十代の夫婦は――。

「おーい加藤さん、こっちこっち」

件《くだん》の夫婦の旦那さんに、人垣から手招きされた。脇には旅行中もずっとにこやかだった奥さんと、奥さんにそっくりな若い女性が立っている。娘さんのようだ。

「こちら、今回お世話になった加藤さんだ。いやあ、彼女のおかげでいい旅になったよ。こんな小さい女の子なのに、大きな荷物もひょいひょい運んで、何でも知ってて凄《すご》いんだぞ。大変な仕事だと思うのに、立派だよねえ」

旦那さんが饒舌《じょうぜつ》に、娘さんに私を紹介してくれる。この夫婦も定年以降、年に一度の海外旅行が恒例で、今回で七回目だと言っていた。

「どうも、両親がお世話になりました」

「とんでもないです。お父様たちが旅慣れていらっしゃるから、私も色々助けられました」

娘さんの斜め後ろには、小さな女の子を抱いた若い男性が遠慮がちに佇《たたず》んでいた。娘夫婦と孫も一緒に、楽しく帰路に就くようだ。最後の安堵。

ああ、良かった。今日の私のお客は十人全員、不安な思いも、哀《かな》しい思いもすることなく、扉の向こうに辿《たど》り着けた。

新婚夫婦に一緒に記念撮影をと求められたので応じ、四人組にマッサージが受けられるところがないかと聞かれたので店の名前と場所を伝え、六十代夫婦に「次はスペインに行きたいんだよね。加藤さんが担当のツアーある?」と聞かれて、「今、具体的に予定はないですけど、スペインもよく担当しますよ。またお会いできたら嬉しいです」と愛想を言い、仲良し家族にリムジンバスの乗り場を聞かれたので教えて、全員が視界から見えなくなったのを確認してから、到着ロビーの隅のベンチに腰を下ろした。

ふうっと息を吐きながらスマホを取り出し、ツアー主催の旅行社の番号を呼び出す。受話器を上げる音がして、女性社員が機械的な口調で社名を告げた。

「お疲れさまです。ええと、初秋のミュンヘン、フランクフルトわくわく周遊八日間ツアー担当の、加藤です。今、空港に着きました。お客様十名、全員無事の到着です」

私も機械的に伝える。途中、ツアー名を忘れてしまって、トランクの外ポケットに差し込んでいる旗を見た。背が低いので、空港や現地での待ち合わせの際は、こういうツアー名の書かれた旗を振って、「こちらでーす!」と声を張り上げている。

そう、私は海外旅行ツアーの添乗員だ。今年で三十五歳になるので、もう「女の子」ではないし、好きでしていることなので「立派」かどうかもわからない。でも自分でも、まあまあ「大変な仕事」をしているとは思う。一年の間で日本にいられるのは百日程度。先週の同じ曜日に発《た》って、今戻ってきたばかりのここ、東京の海沿いの空港に、次に出勤してくるのは三日後の早朝、時間でいうと約六十時間後だ。この空港も、私の職場だと言っていい。

こんな生活を、もう十年も続けている。


電話を切った後、彼氏の慎吾《しんご》にメッセージを送った。

「お疲れさま。今、空港に着いたよ。夜は会えるかな?」

付き合って一年半になる慎吾は私より三歳下で、イタリアンレストランの厨房《ちゅうぼう》で働いている。日本時間で二十時を回ったところなので、今はまだ仕事中だが、メッセージを入れておけば、夜に私の自宅マンションか、近くの行きつけにしているバーで会えるかもしれない。

慎吾と出会ったのも、そのバーだった。今日と同じように夜にこの空港に着き、機内食も食べたけれど、もう少し何かお腹《なか》に入れたいと、バーでパスタとビールを飲食していたところ、一つ空けた席に座っていた、慎吾に声をかけられた。

「俺以外にも、こんな時間に飯食ってる人がいる！　同業者かな？　レストランの人？」

「へえ、海外ツアーの添乗員！　ここから空港、近いもんね。今日カナダ帰りなんだ？　カッコいいね！」

慎吾はいつの間にか隣の席に移動してきて、店を出る頃には連絡先を交換させられていた。数日後に「ご飯でもどう？」と誘われて、迷いながらも出向いたら、その帰り道にはもう「付き合ってよ」と言われて戸惑った。その日は適当に断って帰ったが、めげずにその後も何度も連絡が来て、三カ月経った頃に、受け入れて交際を始めた。

ベンチから立ち上がり、エスカレーターに向かう。今日もやはり機内食は食べたものの、まだお腹に何か入れたいので、飲食店の多い四階の江戸フロアにでも行ってみよう。

「あら、添乗員さん。また会っちゃいましたね」

江戸フロアの蕎麦《そば》屋の前で、仲良し家族と出くわした。

「お父さんが夕ご飯食べたいって言うんだけど、私とお母さんは機内食を食べてるから、食べられるかなって相談してたところです」

「どうも。食べ始めると意外と入るもんですよ。こちらの時間に合わせて寝て食べてをした方が、時差ボケも早く治りますしね」

「そうなんですか。さすが経験が違いますね」

「じゃあ食べようか。ありがとうございます。さようなら」

店内に入っていく家族を見送った後、自分の脇腹をつまんで苦笑した。今話したことは嘘《うそ》ではないが、すぐにこちらの時間に合わせて寝食を繰り返すと、もれなく太れるのも哀しい事実だ。

ここ十年の体重の増加は十キロ。ご丁寧に一年で一キロずつ増えてくれた。

私も蕎麦が食べたかったが、「さようなら」と言われてしまったので、同じ店に入るのは憚《はばか》られた。これ以上太るのも勘弁だし、軽食が食べられるオープンカフェに方向転換する。

「ヒコーキ！　ヒコーッキ！」

日本の航空会社の、飛行機のイラストのパネルの前で、一歳ぐらいかと思う男の子が、叫びながら飛び跳ねていた。

「飛行機だねー。でも、ぶつかったら危ないからね」

お団子頭のお母さんが、あやしながら子供を制している。

「よかったら、写真お撮りしましょうか？」

飛行機の中にパイロットとＣＡがいて、顔出しパネルになっているので声をかけてみた。

「え、いいですか？　ありがとうございます」

お母さんが必死に腕を伸ばし、抱っこした男の子をパイロットから、自分はＣＡから顔を出したところを撮影した。

「僕、飛行機好きなのかなー？」

スマホを返しながら男の子に話しかけると、「そうなんです」とお母さんが返事した。お父さんが仕事で海外と行ったり来たりの生活で、赤ちゃんの頃からよくこの空港に見送りや出迎えに来ていたら、大好きになったそうだ。

「今日はパパのフライトはないんですけど、夕方からずっとヒコーキ！　って叫んでるので、食事ついでに空港に遊びに来たんです」

写真のお礼は丁寧にしてくれたが、お母さんは疲れているのか、少し苦笑い気味だった。

母子と別れて再び歩き出したところで、「早織《さおり》さーん！」と背後から下の名前を呼ばれて、振り返った。大きなトランクを引いた、金に近い色の長い髪を一つにまとめた男の子が、手を振りながら近付いてくる。登録派遣会社も契約旅行社も違うが、同じく海外ツアー添乗員仲間の、ジュンちゃんだ。最近の添乗員は派遣契約が主流で、派遣会社に登録した後、どこかの旅行社と契約を結ぶというスタイルが多い。契約といってもツアーごとの受注制で、給料は日当で、一月《ひとつき》ごとに振り込まれる。

「お疲れさまです。戻りですか？」

「うん、お疲れさま。ミュンヘンとフランクフルトの周遊だったよ」

「僕は行きです。ヨーロッパ四カ国ツアー。早織さん、今見てましたよ。男の子に写真撮ってあげてましたね。やさしい！」

「ああ。スタッフじゃないけど、この空港は私の仕事場みたいなものだから、ついね」

「わかります。僕も困ってそうな人がいたら、これはグランドスタッフさんや、案内所の人の仕事かなあと思いながらも、つい声かけちゃう」

ジュンちゃんは集合時間より早く着いてしまったそうで、小腹が減っているというので、一緒にカフェに入ることにした。二人ともホットドッグとコーヒーのセットを頼み、奥の席に向かう。

途中ジュンちゃんが不自然に動線を変えて、吹き抜けを通して三階の出発ロビーが、より見下ろしやすい方の席に、私が座れるようにしてくれた。気が利き過ぎて、笑ってしまう。見飽きている風景だが、せっかく譲ってくれたので、そちらに座る。

「見て！　ディスプレイ、変わってませんか？　季節ごとなのかな？　紅葉ですね、綺麗《きれい》な色！　あっ、隠し絵みたいになってる！　リスさんがいますよ！　あっちは小鳥さん！」

興奮気味に、ジュンちゃんは吹き抜けのディスプレイをあちこち指差す。

「本当だ。ジュンちゃん、そういうのよく気付くよねえ。私が出発する時は、確か花火かなって思うオブジェがあったかな」

「どんな人が作ってるんだろう。いつも人がいない時に、変えてくれてるんでしょうね。すてき！　そんな童話がありましたよね。小人が靴作るんだったかな」

妙な視線を感じて、こっそり店内を見回した。少し離れた席に座っている、スーツ姿の中年サラリーマン二人組が、奇妙なものを見るような目つきでジュンちゃんを眺めて、何やらひそひそ話していた。ホットドッグを食べるために口を開けるついでに、こっそり溜息《ためいき》を吐《つ》く。確かにジュンちゃんは声も常に大きめで、身振り手振りも派手だから目立つのだが、多様性が唱えられるようになって久しいというのに、まだまだこういう反応をする人が少なくなくて、鬱々《うつうつ》とする。

ジュンちゃんは生まれ落ちた体の性別は男の子、性自認は女の子、だ、多分。私はそう認識しているけれど、本人に聞いたわけではないので、実際のところはわからない。恋愛対象が男性なのか、女性なのかも知らない。恋愛をしない人の可能性だってある。年齢は確か私の七つ下で、現在二十八歳。添乗員としてのキャリアは三年目だっただろうか。私にとってジュンちゃんは、いつも明るくて気が利くかわいい後輩、とそれだけなので、これ以上の情報は欲していない。

少し違う話だけれど、一年ほど前に、同じく他者に好奇の目を向ける人に、溜息を吐かされた出来事があった。パリとウィーンのツアーを担当した際、行きのパリに向かう飛行機内で、私のお客の年配の女性三人組が、近くに座った黒人の女の子に興味津々になってしまった。

「あらあ、黒人さん。足長いねえ、背も高い！」

「顔もきりっとして綺麗ねえ。モデルさんみたい！」

「ねえ、今ドリンクもらって、ありがとうって言ったよ！　日本語使った！」

本人にも聞こえてしまうかもしれない音量で、ずっと彼女の話をし続けるので、私は聞かれてもいないのに、現地で回る観光地について、やたらとその三人組に話しかけたりと、余計な労働をさせられた。当人たちに悪気はないし、お客なので強く注意することもできず、ああいう時はどうするのが正解なのか、未《いま》だにわからずにいる。

「僕の今からのツアー、最初はパリなんですよ。久しぶりだから嬉しい！　チョコレートとマカロン、いっぱい食べるんだ」

ジュンちゃん本人は慣れているのか、サラリーマンたちの目線は気にしていないようだ。いつも通りのかわいい声と仕種《しぐさ》で、楽しそうに私に話しかけ続ける。

「ジュンちゃん、甘い物好きだから、パリ大好きだよね」

「あ、そうですね。でも一番好きなのはロンドンですよ。初めて行った海外だし、留学してたしね。早織さんもロンドン仲間ですよね」

「ああ、そうだったね。あれ、留学前にもロンドンに行ってるんだっけ？」

「はい。高校生の時に。って僕、前にもその話、何度かしてますよ」

「そうだっけ、ごめん。私は初めての海外はイタリアだったよ。大学生の時ね」

ジュンちゃんとは二年ほど前にこの空港で、添乗員仲間に紹介されて親しくなった。大学卒業

後にロンドンに二年間語学留学し、その後、添乗員に——という経歴が私とまったく同じで、

「えー、一緒です！」「すごい！　偶然だね！」と盛り上がって以来、懐かれている。

「そうそう早織さん！　この間、戻りの飛行機でケンタさんと一緒になって聞いたんですけど、早織さんって今年で今の派遣会社、勤続十年なんですね。おめでとうございます！」

ケンタさんが、まさしくジュンちゃんを紹介してくれた添乗員で、登録派遣会社も旅行社も同じの、私の先輩だ。四十代半ば、勤続二十年以上のベテランで、別の登録会社、別の旅行社の添乗員たちからも、お兄さん的に慕われている。生まれ落ちた体の性別、性自認、恋愛対象がすべて男性で、事実婚状態で十年以上一緒に住んでいる、同世代のパートナーがいるそうだ。これは本人から直接聞いたから、確かである。

「ありがとう。そうなの、気付いたら十年！　私、同じことをコツコツ続けるのが苦手だから、自分でもよく頑張ったなあって思うよ」

「うんうん！　ねえ、それで！　早織さんの登録会社、十年の時に有休と報奨金がもらえるって本当ですか？」

「そうなの。次の次のツアーから帰って来たら、私それで十日間休みなんだよね。別に使う当てないからいらない、繁忙期だし、お金は手当で還元してくれたら仕事も出ますって言ったんだけどね。他の人が受け取りにくくなるからって、結局もらうことになったの」

「あ、休み、もうすぐなんですね。使う当てないって、そんな哀しいこと言わないで！　プライベート旅行するのはどうです？」

ジュンちゃんが私の顔を覗《のぞ》き込む。

「えー、休みまで旅行？　それはいいかな」

　投げやりに私は返事をした。元々は旅行が好きで添乗員になったのだし、新人の頃は自分のスキルや知識を高めるために、確かに休みでも、世界各国を飛び回っていたりはした。けれど三十を過ぎた頃から、仕事以外では疲れてしまっているというのが正直なところだ。慎吾もどうせ長期の休みは取れないだろうし、勤続十年のご褒美のその休みは、きっと家でぼんやり過ごすんだろうと思っている。

「じゃあ気軽に国内旅行は？　どこか行きたいところあったら、いつもお世話になってるから、僕、手配してあげますよ！」

「何言ってるの。私、別にジュンちゃんの世話なんて全然してないよ。ジュンちゃんしっかりしてるし、私の方がいつも癒やされてお世話になってるぐらいだよ」

　笑って返事をしたところで、テーブルの隅に置いてあったジュンちゃんのスマホが震えた。アラームのようで、「ごめんなさい、僕そろそろ行かないと」と、立ち上がってホットドッグの最後の欠片《かけら》を口に放り込む。

「行ってらっしゃい。気を付けてね。戻りはいつ？」

「十日間のツアーです」

「私、三日後から七日間のツアーだよ。じゃあ戻りでまた会うかもね」

「そうなんだ！　じゃあ早織さん、それまでに国内旅行で行きたいところ、決めておいてくださいよ。ツアー中でも、連絡くれたら僕、ちゃんと返信しますよ！」

「ええ？　いつの間に旅行に行くことになってるの、私」

呆《あき》れ笑いしながら、手を振ってかわいい後輩を見送った。

私鉄乗り場に向かってロビーを歩いている時に、肩をトントンと叩《たた》かれた。「落としましたよ」と、精悍《せいかん》な顔つきの若い男性警備員さんが、ツアー旗を差し出してくれた。

「すみません。ありがとうございます」

そそくさと受け取り、頭を下げる。

「旅行の添乗員さんですか？　お疲れさまです」

爽やかに笑って、警備員さんは去って行った。背中に「警視庁」という文字が見えた。警備員ではなくて、警察官だったようだ。

電車に乗り込む際、入れ違いに車両から出てきたまとめ髪の女性と、どちらからともなく会釈を交わし合った。きっとCAさんで、知り合いではないが、何となく顔を認識している気がした。向こうも同じように思ったのだろう。

今から搭乗勤務だろうか。勤務体系の不規則さではこちらも負ける気はしないが、この時間からきっちり髪をまとめて、きれいに化粧をして、背筋を伸ばして働くのは絶対に真似《まね》できないから、強い尊敬に値する。

シートに体を落ち着けて、CAといえば——と、ぼんやりと思考をめぐらした。子供の時に私を助けてくれたあのCAさんは、今どこで、どうしているだろう。まだ現役だとしたら、もしかして機内や空港ですれ違っている可能性もあるかもしれない。

小学生の頃、私は年に一回は必ずこの空港を訪れ、飛行機に乗っていた。実家は、埼玉県内のニュータウン。同じデザインの家が沢山立ち並ぶ中の一つが、我が家だった。父、母、四歳上の兄と私の、ごく平凡な核家族だ。でも、父が市内の総合病院の臨床検査技師で、母が部活にも力を入れている中高一貫の私立校の教師だったので、共働き家庭の中でも取り分け、親が常に多忙で不在がちだったようには思う。

兄と私は幼少期から、よく言えば放任、悪く言えばほったらかしで育てられた。兄は親が多忙な家の長子らしく、しっかり者の優等生だったので問題なかったが、私はそうはいかなかった。忘れ物が多く、時間を守るのが苦手な、気が散りやすい子供で、常に親を悩ませていた。習字教室に道具を忘れて手ぶらで行ってしまい、何もできずすごすご帰ってきたり、日曜日に友達家族に一緒に遊園地に連れて行ってもらうのに、待ち合わせに二時間も遅刻して、友達の両親を閉口させたり。授業中にノートを取っていたつもりが、気付けば当時好きだったバンドのアルバム曲の歌詞を、一曲目からすべてびっしり書き連ねていて、先生に叱られるのを通り越して、怖がられたり。そういうエピソードに事欠かない子供だった。

小学校に上がってからは、夏休みになると必ず、私は九州にある母方の祖母の家に預けられた。兄は少年野球と塾に通っていたので、日中に親がいなくても過ごせるのだが、私は習い事は続かないし、家に一人で置いておくと何をするかわからないので、祖母に託されたのだ。

祖母は私が一年生の時にまだ六十歳手前だったが、祖父を病気で早くに亡くしており、母は一人っ子なので周りに近親者もおらず、毎年、私の来訪を大歓迎してくれた。祖母の家は山間《やまあい》の田舎町《いなかまち》にあり、天気がいい日は近所の子と川遊びをしたり、庭のスイカを好きなだけ収穫して食べたり、前日に遊び過ぎて疲れたら次の日は昼まで寝たりと、自由気ままに過ごせるので性に合っていて、私も祖母宅で過ごす夏休みが大好きだった。

六年生の夏休みも、終業式の翌日にはもう飛行機に乗った。低学年の頃は、出発空港の搭乗口まで親が同伴し、着陸した空港ではCAやグランドスタッフが、到着口の外で待っている保護者に引き渡してくれるサービスを利用していたが、この頃にはもう着陸後は一人で到着口に向かえるようになっていた。自宅から出発空港までは、親ではなくて高校生になった兄が送ってくれた。

到着口の扉が近付き、いつも通り、満面の笑みの祖母がそこにいて、「早織ちゃん！　待ってたよ！」と出迎えてくれることを期待して、心が躍った。しかし、扉を抜けたのに、その日、そこに祖母の姿はなかった。

少し動揺したけれど、祖母の家から空港までは、車で高速を使って一時間以上かかるので、渋滞にでも引っかかって遅れているんだろうと判断し、ベンチに座って待つことにした。祖母も私も携帯電話は持っておらず、到着ロビーに公衆電話はあったものの、もう出発しているから意味がないだろうと、祖母宅にかけることもしなかった。

三十分、一時間経っても祖母は現れず、動揺に加えて、何かあったのだろうかと不安が膨らんでいった。でも、まだ平静を装うぐらいの余裕はあり、ロビー内の売店でアイスクリームを買って、ベンチに座って楽しみながら食べている風を演じたりした。

一時間半、二時間経っても祖母は現れず、動揺、不安と共に、強い恐怖心にも襲われ始めた頃だ。「あれ、どうしたの？」と、通りかかった若いCAさんが声をかけてくれた。

「さっきの東京からの飛行機に一人で乗ってた子だよね？　ご家族のお迎えは？」

飛行機が着陸した後、きっと空港内で休憩をしていたのだろう。CAさんは、私と目線を合わせるためにベンチの前に跪《ひざまず》き、やさしい声で訊《たず》ねてきた。

「おばあちゃんが、来ない」

震える声で必死に言葉を絞り出した直後、私は嗚咽《おえつ》を漏らしてしまった。

「この子、やっぱりお迎えが来ないの？　ずっと一人でいるから、気になってたのよ」

アイスを買った売店のおばさんが駆け寄ってきて、CAさんに話しかけた。それを合図にしたかのように、私は今度は、声を上げて泣き始めた。

その後のことはよく覚えていない。他にも大人が集まってきて、そのうちの誰かが、どこかに電話をかけてくれたような気がする。祖母の名前や住所、両親の仕事先などを聞かれた気もする。ただ、その間ずっと、CAさんが「大丈夫。大丈夫よ」と囁《ささや》きながら、私の背中を撫《な》で続けてくれたことだけは、しっかりと覚えている。

祖母は高速で事故に遭い、救急搬送されていた。脇見運転のトラックに、後ろから突っ込まれたそうだ。搬送時は意識がなかったが、病院で回復し、命に別状はないと、翌朝私と入れ違いで現地に駆け付けた母から聞かされた。私は当日の夕方の便で、東京にトンボ返りさせられていた。

祖母は十日間ほどで退院した後、生活もすぐに元通りになったと聞いた。私はその夏休みはもう祖母宅には行けず、埼玉で兄と過ごしたが、母が「お正月には久しぶりにみんな一緒におばあちゃんに会いに行こうね。お父さんもお母さんも、頑張って休み取るから」と何度も言っていたので、それをよすがに心の均衡を保っていた。

けれど祖母は、その年の十一月に急死した。自宅で一人でいる時に心筋梗塞を起こし、翌日訪ねてきた近所の人が救急車を呼んでくれたが、間に合わなかった。「事故とは関係ないのよ」と母は言った。でも、あの日に空港で発生した動揺と不安と恐怖心を、まだしっかり消化できていないままに二度と会えなくなったので、切り離して捉えることは難しかった。その感覚は、今でもまだ持ち続けている。

だから私は、空港の到着口の扉が怖い。添乗員になって、もう何百回と、いや、きっと千回以上、あの扉を抜ける経験をしているのに、未だに目を閉じ呼吸を止めないと、抜けられない。私のお客の中に、扉の向こうで待っているはずの人がいなくて、動揺と不安と恐怖心を抱く人がいたらどうしよう——と、怯《おび》えてしまうのだ。

最寄り駅の改札を抜けたところで、スマホが震えた。慎吾からメッセージで、交通系ICカードをバッグにしまいながら、スマホを操作し開いた。

「ごめん、俺たちもう別れよう」

目に飛び込んできた文に驚いて、「えええっ！」と派手な声を上げてしまった。道の脇に避《よ》け、混乱で目が滑ったが、必死に続きを読む。ほとんど日本にいない私と付き合うのは限界、ツアーに行っている間に引っ越した、引っ越し先は教えられない、これまでありがとう、というような内容が、短い言葉で綴《つづ》られていた。

震える指で操作をして、すぐに慎吾に電話をかける。「お客様の都合により、お繋《つな》ぎできません」とアナウンスが流れた。じゃあメッセージをと、画面を再度開こうとしたが、今さっきまで見えていたのに、辿り着けない。私が既読にしたのを確認して、この短時間で私をブロック、もしくは自分のアカウントの削除をしたようだ。呆然《ぼうぜん》と、私はその場に立ち尽くすしかなかった。

自宅マンションのエレベーターを降りる時には、足がふらついていた。トランクを右足の後脛《すね》に勢いよくぶつけてしまい、地の底から絞り出したような呻《うめ》き声が出た。何とか自室に辿り着き、ドアを開けた瞬間に、トランクを部屋の中に投げ込みたい衝動に駆られた。下の階からクレームが来そうなので我慢したが、代わりにベッドに駆け上って、ぼすっ、ぼすっと、枕を少なくとも十回は殴った。

バカにされている。こんな扱いを受けていいはずはない。そう強く怒りを抱く一方で、こういうことをしそうな人だという予感は前々から、いや、出会った頃からあったようにも思えた。それなら、その予感を見て見ぬふりをした私にも、落ち度はあるのかもしれない。

添乗員になってからの十年で、慎吾以外にも二人の男性と付き合った。一年目で付き合った彼氏は、大学時代からの親友の志乃《しの》が当時付き合っていた彼氏の友達で、真面目な公務員だった。穏やかな性格で好きだったが、私の仕事の不規則さですれ違いが続き、一年持たずに別れてしまった。二十八歳で付き合った同い年の彼は、東海地方の旅行社専属の添乗員で、同業だから負い目や気兼ねなく付き合えて楽だった。でも三十歳になった時に、「いい加減に安定した仕事に就いてくれって、親に言われたから」と彼が地元の一般企業に転職し、その後はやはりすれ違いで、自然消滅した。

慎吾と出会って、すぐに付き合いたいと言われたが三カ月ほど躊躇《ためら》っていたのは、彼に軽薄さを感じたからだ。でもこの仕事をしている限り、真面目で安定を望む人とは上手《うま》くいかないのだろうと、なし崩し的に交際を始めた。軽薄さ故に一緒にいる時は常に楽しさを提供してくれる人だったが、最近はメッセージの返信も遅いし、電話にも出ないことが多かった。毎回しっかり伝えているのに、私の帰国日や出発日を覚えておらず、日本にいる間に一度も会えないことも頻発していて、もう私に飽きているのは明白だった。でも私も、疲れていることを言い訳にして、しっかり向き合おうとしなかった。

服のままベッドに横たわり、壁紙の不規則な模様をぼんやりと眺めた。客として店に入ったことはないが、慎吾が働いているレストランの場所ならわかる。でも着信とメッセージのブロックに引っ越しまでされて、職場に乗り込むだなんて余りにも虚《むな》しいから、しようとは思わない。つまりは、このまま終わるのだろう。

枕元に置いていたスマホが震えて、飛び起きた。慎吾からかと画面を見たが、違った。志乃からメッセージだ。

「早織、日本にいるかな？　忙しいのに、ごめんね。再来月の結婚式の出欠、どう？」

わあっ、と声を出す。慌てて返信を打った。

「ごめん、結婚式、もちろん行くよ！　休み取ってある！　招待状の返信も出すね！」

前のツアーに出発する直前に招待状が届いて、帰国したら返信しようと思っていたのに、忘れて今回のツアーに出てしまった。

文章を作り終えた時、とてつもない虚無感に襲われた。親友はもうすぐ結婚するというのに、私は別れ話さえしてもらえず、彼氏に逃げられただなんて――。

いや、でも――と首を振る。志乃は私の人生を変えてくれた人だと言っても過言ではない、大切な存在だ。現在は外資系企業で役員秘書をしていて、三年ほど前から付き合っていた、歳《とし》の近い同僚の営業部の男性と結婚する。私も何度か会ったことがあるが、誠実で優しそうな人だった。

間違いなく幸せになって欲しいし、なると思う。

慎吾のことは一旦頭から追いやって、志乃への思いだけで胸を満たした状態にしてから、送信ボタンを押した。


到着口の扉が怖い私が、なぜ空港も職場だと思えるほどの、添乗員という仕事に就いたのか。導いたのが、志乃だった。

祖母が亡くなった後、私は外出を厭《いと》うようになり、中学、高校生活は学校以外は、ほとんど自宅で一人で過ごしていた。

英語圏の海外ドラマにハマって、訳なしで楽しみたいと思ったことから、独学で英語の勉強を始めた。すると、英語に限らず学校の勉強はどれも決して得意ではなかったのに、なぜかこれには成果が出て、数カ月後には字幕なしでドラマが観《み》られるようになった。

昔から、コツコツ努力を重ねて結果を出すことが大の苦手な一方で、何かに強く興味を持つと、周りの人に引かれるほどの集中力を発揮し、成果を出すことが時々あった。この時は英語でそれが起こり、高校卒業後は都内の私大の英語学科に進学することができた。

そこで同じクラスになった志乃と、すぐに親しくなった。志乃は私の兄と同じで努力家のしっかり者だったが、自分とは違う私を面白いと思ってくれたのか、何かと話しかけて、あれこれサポートしてくれた。

私が遅刻しがちな一限の授業は、必ず私の分のノートも取ってくれたし、テストが近付くと、私が範囲を勘違いしていないか、頻繁にすり合わせをしてくれた。私はお礼に、来週までに分厚い教材を読破し、レポートにまとめろというようなハードな課題が出た際は、一晩で読み切って、ポイントをまとめて志乃に伝えてあげたりした。

社交的で行動力もある志乃と仲良くなれたことが嬉しくて、私もミスして叱られてばかりながらも、近所のホームセンターで売り子のバイトを始めたりと、少しずつ活発になっていった。

大学二年の時、志乃に誘われて他二人の女友達も一緒に、初めての海外旅行をした。行き先はイタリアで、航空券やホテルの手配も、現地での行程を決めるのも、志乃の仕切りで三人がすべてやってくれて、私はちゃっかり最後尾を付いていくだけでよかった。到着口の扉には緊張したが、皆が一緒だったし、誰かが待っているわけではないのとで、大きく心を乱すことなく抜けられた。

月並みな言い方だが、この旅行で私の人生観が変わった。たった一週間旅行しただけで、知った風に語るつもりはないのだが、イタリアには良くも悪くも、「緩い」という感想を持った。

レストランで、注文したのとはまったく違う料理が運ばれてきたので、担当のウェイターに告げたら、「ごめん、間違えた」と悪びれずに笑って言われた上に、「このあとヒマ？　僕の友達も呼ぶから一緒に飲まない？」とナンパされた。郊外の観光地に向かう途中、野原と小川しかない長閑《のどか》なエリアで、突然電車が停まってしまった。アナウンスもなく、いつ動き出すかわからないので、車掌を探して問い合わせたら、川べりに座って水切りをしていた車掌は、「さあ、わかんない。君たちもやる？」と、小石を集めて差し出してきた。ホテルにチェックインする際、フロント係の初老の女性が、「日本から来たの？　私の甥《おい》っ子が日本に留学してるのよ。ああ、なんて都市のなんて大学だったかしら」とチェックイン業務そっちのけで話しかけてきて、数分後には彼女の私用携帯で、何故《なぜ》か甥っ子だけでなく、孫の写真まで見せられていた。

システィナ礼拝堂の『最後の審判』の美しさや、コロッセオの壮大さに魅了されたことと相俟《あいま》って、帰りの飛行機での私は終始、味わったことのない高揚感に包まれていた。これまで日本で暮らしてきて、しっかりしていない自分はダメな人間なんだと、ずっと劣等感を抱きながら生きていた。でも環境が変われば、もしかして、そんなこともないのかもしれない。自分がもっと生きやすい場所が、世界のどこかにはあるのかもしれないと、初めてそんな風に考えることができた。

志乃は英語力を活《い》かして、旅行業界か外資系に就職したいと、明確な将来のビジョンを持っていた。そのためにまた海外旅行を経験したいと帰国後の空港で語ったので、私も便乗させて欲しいとお願いした。アルバイトを増やし、それでも足りない時は両親に頭を下げてお金を出してもらって、卒業までに志乃と、フィンランド、オランダ、オーストラリアを旅行した。

志乃は卒業後、宣言した通り、業界最大手の旅行社に、総合職で入社した。私が今、添乗員として派遣されている会社だ。私も志乃にくっ付いて、旅行業界に焦点を当てて就職活動をしたが、やはり彼女のように戦略や筋道を立てて活動することができず、全敗してしまった。

他業界を受けていなかったので、就職浪人が決まり困り果てていたら、両親が「これまで英語だけは頑張ってたから、もう少し勉強を続けてみたら」と、ロンドンの語学学校への二年間の留学を勧めてくれた。父の古い友人が一家でロンドンに住んでいて、何かあった時はその家族が助けてくれるという。子供の頃にほとんど構ってあげられなかったという負い目が両親にはあったらしく、お金も出してくれると言った。これまで旅行でも沢山出してもらっていたので、さすがに全額は気が引けて、一年分は親に甘えて、もう一年分は留学後に就職をしたら少しずつ返していくということで、話がまとまった。

借りたアパートの近所のレストランでアルバイトをしながら学校に通うロンドン生活は、多人種、多国籍の友達も沢山できたし、とても楽しく充実していた。けれど忙しくしていると半年、一年と日々はあっという間に過ぎ、そろそろ留学を終えた後の身の振り方を考えなければと、徐々に焦りが生じてきた。

志乃から酷《ひど》く取り乱した様子で国際電話がかかってきたのは、そんな夏の頃だった。

「早織、お願い！　一生のお願い！　そっちの時間で明日《あした》の夕方、ヒースロー空港に高校生六人組が到着するの！　早織、その子たちを迎えに行って、現地で添乗員が見つかるまで世話をしてくれない？　ホテルも行程も全部決まってるから、付き添ってくれるだけでいいの。お願い！」

突然の申し出は、初めはさっぱり意味がわからなくて、志乃を落ち着かせて事態の把握をするまでに、けっこうな時間がかかった。

志乃はその頃、旅行社で法人や教育機関向けのツアーを企画する部署にいた。そして、とある教育財団が主催する、都内の私立高校の生徒だけで行く、短期のロンドン文化研修ツアーの担当をしていた。

けれど出発当日になって、手配していた添乗員が逃げてしまい、空港にやって来なかった。見送りのために志乃も空港に来ていたが、他の仕事もあるし、何も準備していないから、代理で急きょ添乗するのは不可能だった。高校生たちに搭乗の仕方、イミグレの通り方などを教え込み、とりあえず飛行機に乗せた。現地で日本語のできる添乗員を探して手配するつもりだが、飛行機の到着までには間に合わないと思うので、私に行って欲しい、ということだった。

自分の世話さえ怪しい私が、高校生の添乗などできるわけないと抵抗があったが、これまで誰より私を助けてきてくれた志乃のたっての頼みだし、混乱している志乃を見るのも初めてだったので、無下《むげ》に断ることはできなかった。困っていたら、志乃が洟《はな》を啜《すす》りながら、涙声でこう続けた。

「その子たち、何が起きたのか気付いたみたいなの。全員海外旅行は初めてで、すごく不安そうな顔してて。だから私、ヒースロー空港の到着口に、日本語のできる添乗員が迎えに来てるから大丈夫よって、言っちゃって」

気が付いたら私はその場ですっと立ち上がり、「わかった。行く」と返事をしていた。自分たちだけで飛行機に乗った、初めて海外に出る高校生たちに、あの日の私のような思いをさせてはいけない。

電話を切ると志乃からすぐに、高校生たちの名簿と行程表が送られてきた。私は部屋の中を漁《あさ》って見つけた適当な紙に、とても上手いとは言えない字で、ツアー名を大きく書いた。そして空港までの道順の確認を何度も繰り返した。絶対に遅刻をしないように、高校生たちが到着した時、必ず扉の向こうにいてあげられるように——。

翌日の夕方、空港に到着した高校生たちの姿を、私は生涯忘れることはないだろう。きっと機内でもずっと、動揺して不安で怖くて、落ち着かなかったに違いない。男子四人、女子二人の六人の高校生は、身を寄せ合って、覚束《おぼつか》ない足取りで、怯えたような表情をしながら、到着口の扉から現れた。

「S高校、ロンドン文化研修ツアーのみなさーん！」

私は手製の紙を高く掲げて、声を張り上げた。先頭を歩いていたメガネの男の子が、あっ、と私を認めて、勝手に足が動いたかのように駆け寄ってきた。他の子たちも、すぐに後に続いた。

「あのっ、添乗員さんですか？」

強い眼差《まなざ》しで私を見つめて、メガネの男の子が訊ねた。「はい」と、私は強く頷《うなず》いた。

よかった！　よかったねえ！　あー怖かったよう！　本当によかった！

高校生たちが口々に叫び、手を取り合った。女の子の一人は涙ぐんでいた。さっきまで、彼らが纏《まと》う空気だけが、周りとは違って張り詰めているように感じていたが、それが、パン！　と弾《はじ》ける音が聞こえた気がした。

「添乗員の加藤早織です。早織って呼んでね。ロンドンへようこそ！　一緒に楽しもうね」

高校生たちに向かって語りかけながら、私は心の中では別の言葉を唱えていた。私が、この子たちを守るんだ、と——。

それから代理の添乗員が出動できるようになるまでの三日間、私は高校生たちの初めての海外旅行の「添乗」をした。高校生たちは、日本の空港から来るはずだった添乗員は来られなくなってしまったけど、私も現地で急きょ出勤した、旅行社に所属している添乗員だと思い込んでいたので、そういうことにしておいた。

ホテルのチェックインをサポートし、地下鉄チューブの切符を買うのを見守り、美術館にミュージカル、フィッシュ&チップスの有名店に同行した。ロンドンバスで街を回っている際には、授業で習う英語と、実際の英会話の違いについてあれこれ質問されて、私なりに一生懸命解説をした。家族やクラスメイトへのお土産を一緒に選んで、急に月経が始まった女の子を薬局に連れて行って、生理用品を一緒に買った。私も行ったことのない場所に行く時は、学校の友達を呼び出して同行してもらい、予約の手違いで予定していた店で夕食が摂《と》れなかった際は、バイト先のレストランへ連れて行った。

「明日の朝からはミキさんに代わるから、私とはここでお別れね。さようなら。最後まで楽しんでいってね」

三日目の夜、ホテルのフロント階で、私は彼らが乗ったエレベーターのドアが完全に閉まるまで、手を振って見送った。

帰りのチューブでは、部屋に戻ったらきっとベッドに直行だろうと考えていたのに。実際に部屋に入って、すぐに私が向かった先は、ノートパソコンの置いてあるテーブルだった。ネットで日本の検索サイトに繋ぎ、「海外旅行　添乗員」と打ち込んだ。

これまで誰かに助けられるばかりだった私が、この三日間は確実に、助ける側になれていた。誰かを頼って、求めてばかりだった私が、頼られて、求められていた。

留学が終わった後の身の振り方について、悩んでいたところだった。旅行社に就職することはできなかったが、添乗員という仕事でなら、どうだろう。かつて私がイタリア旅行で人生観が変わったように、旅で大きく人生が変わったり、動いたりする人もいるのではないか。その手助けができるなら、その瞬間に立ち会うことができるなら、それはなんて幸せなことだろう。

イタリアからの帰りの飛行機で私は、世界のどこかには、私がもっと生きやすい場所があるのかもしれない、と思った。もしかしたらそれは、日本ではなく、どこか特定の別の国でもなく、生まれ育った日本と、どこか違う国とを、行ったり来たりする「場所」なのでは――。

検索結果として表示されたサイトを、上から順番に、一晩中かけて読みふけった。その日から卒業まで沢山の時間を、添乗員になるにはどうしたらいいか、調べるために費やした。

そして私は、卒業、帰国の後に、海外旅行ツアー専門の添乗員になった。好きなことの時にだけ発動する集中力を惜しみなく使い、旅行にまつわる勉強も、寝る間も惜しんでした。

「秋の中欧三ヵ国、とくとく七日間ツアーのお客さまー！　オーストリア、チェコ、ハンガリーのツアーです！　こちらですー！」

集合場所に指定した出発ロビーのとある柱の袂で、背伸びして旗を掲げ、声を張り上げる。慎吾に一方的に振られた日はよく眠れず、こんな状況なのに三日後の朝にはもう次のツアーに出発なんてと、自分の境遇を嘆いていたが、翌朝にはもう、早くツアーに出たいと考えていた。自宅に一人でいると、どうしても落ち込んでしまう。

しかし、もう集合時間だというのに、参加客がまだ一人もやって来ない。

「あの、すみません。このツアーの参加者ですが、添乗員さんですか？」

もう一回呼びかけようと口を開きかけた時、背後から声がした。

「はい！　おはようございます！」

笑顔を作って振り返る。何だか顔立ちまでよく似ている、気弱そうな老夫婦が佇んでいた。

「お待ちしてました！　まずはお名前を伺えますか？」

「はい。ああ、パスポート見せた方がいいですよね。やだ、どこにしまったかしら」

「肌着の中だろ。お前が絶対になくさないようにって言ったんじゃないか」

「パスポートは出さなくていいですよ。なくすと大変なので、しまっておいてください。まずはお名前を……」

「あの、このツアーの参加者なんですが」

次は左脇から声がした。「おはようございます」と顔を向けると、これまた二人しておどおどとした様子の夫婦が立っていた。

「息子たちにたまには旅行ぐらいしたらって言われて、参加することにしたんですが」

「二人とも海外旅行は初めてなので、ご迷惑をおかけするかと……」

「とんでもないです。まずはお名前を伺えますか」

「遅くなってすみません。このツアーの参加者です」

次は右脇からだ。またよく似た風貌の、強張った表情をした老夫婦だった。

「間違って到着ロビーに行ってしまって」

「何せ海外旅行は三十年ぶりで。すみません」

これは嫌な予感がする。六十代の夫婦三組の、計六人のツアーなのだが、夫婦をシャッフルして神経衰弱をしろと言われたら、当てられる自信がさっぱりない。全員が待ち合わせから既に緊張し、恐縮している。

「おはようございます。まずはお名前を……」

「同じツアーの方ですか。よろしくお願いします」

「こちらこそ、ご迷惑をおかけするかと……」

嫌な予感が当たりそうな予感、がする。三組の夫婦は誰も未だ名乗らないまま、お互いに腰を折って大仰な挨拶合戦を始めた。まるで結婚式の両家の顔合わせだ。そして、誰も私の話を聞いてくれない。


嫌な予感は、やはり当たった。まず東京を出発した飛行機の中で、機内食を食べた後、一組の奥さんが酔って、座席で盛大に吐いた。機長から揺れが予測されるとアナウンスがあったので、気持ちが悪くなったら我慢せず、遠慮なく私やCAを呼ぶように言ってあったのに、精一杯、我慢も遠慮もしたようだ。

エチケット袋には間に合ったので、大事には至らなかったが、近くの席の白人男性がコーヒーを飲んでいたのに、汚いものを見せてしまって申し訳なかったと、ひたすら恐縮していた。その男性は、エチケット袋の回収に来たCAに、その足でスナックを持ってきて欲しいと頼んでいたので、まったく問題はなさそうだったが。

乗り継ぎのフランクフルト空港についても、まだ私だけじゃなく、他の客にも旦那さんと一緒に謝り続けていたので、「もう本当にお気になさらずに」となだめていたら、その間に別の夫婦の奥さんが、手荷物検査で引っかかっていた。そこでも何かあったら呼ぶように言ってあったのに、やはり遠慮をしたのか、屈強な男性検査員に英語で質問攻めにされて、泣きそうになっていた。駆け付けて対応していたら、あろうことか私は検査場のどこかに、手持ちのサブバッグを忘れてしまった。

入っていたのは筆記具や折り畳み傘など、現地で代用が利くものばかりなので、大した問題ではなかった。でも忘れたことに気が付いたのが、ウィーン空港に到着して、チャーターしたバンに乗り込み、ホテルに向かっている途中だったので、「ああっ！　バッグ！」と声を上げて、お客たちに知られてしまった。

「バッグがないんですか？」「こういう場合はどうすれば……」「警察に行った方がいい？」など と心配されて、大丈夫です、と繰り返しなだめた。

「それより皆さん、明日の朝からはいよいよ観光ですよ！　明日の夕食はレストランで、おいしい地ビールを用意してますから、楽しみにしててくださいね！」

そう盛り上げたのに、翌日レストランに行ったら、品切れで件の地ビールが、三人分しか手に入らなかった。すると、「どうぞ、そちらさんが」「いえいえ私たちは」と、三組の夫婦の遠慮合戦が始まった。なかなか収まらないので、「じゃあ、いっそ私が！」と三杯とも一気に飲み干してやりたい衝動に駆られた。

二都市目のプラハでは、観光シーズン故にプラハ城が大混雑していて、一人の旦那さんが迷子になった。他にも日本からのツアーが沢山来ており、途中で間違えて別のツアーに付いていってしまったようだ。一時間ほどで見つかったのでよかったが、本人と奥さんは、その日の夜ホテルの部屋にそれぞれ入るまで、延々謝り続けていた。

最後のブダペストでは、ディナー付きのドナウ川クルーズを予約していた日の夕方から、雨が降り出した。乗り場まで行ってみると係員が、「もうすぐ雨も風も弱まる予報だから、遅れはするけど決行できるよ」と言ったので、半分しか屋根がない場所で、皆で傘やレインコートを駆使して待った。しかし雨風は弱まるどころかどんどん強くなり、結局は欠航になった。慌てて代わりに繁華街のレストランで席を確保したが、悪天候で道が混んで、到着が閉店間際になってしまった。

「せっかく日本から来たんだから、気にせずゆっくり食事していっていいよ」と店員たちは言ってくれたのに、三組の夫婦は頻繁に時計を見ながら、それではせっかくの料理の味がわからないだろうという速さで、飲食をした。若くないので、喉に詰まらせやしないかと、私はひやひやしながら見守っていた。

「それでは皆さん、いよいよ東京に戻る飛行機に乗ります。あっという間でしたねえ。ちょっとバタバタした旅になっちゃったかな？　トラブルって引き合ったりするので、最初のが良くなかったかな、ごめんなさいね。でもみんなこうやって色々経験して、だんだん旅行好きになっていくんです。帰国したらご家族に、大変なこともあったけど楽しい思い出になったよ、なんて話してくれたら嬉しいです。どうぞまた弊社のツアーをご利用ください。私とも、またどこかの国で会えるかもしれませんね」

最後の搭乗の直前まで、まだ全員が謝ったり遠慮し合ったりして妙な空気になっていたので、私は終わりぐらい純粋に「楽しかった」という気持ちに浸って欲しいと、努めて明るい声で、ささやかなスピーチをした。小さく拍手が起こったり、「添乗員さん、ありがとうね」という言葉をもらったりはしたが、残念ながら今一つ、盛り上がりに欠けた。

到着口の扉の向こうに行く際は、いつも通り目を閉じ呼吸も止めたが、三組の夫婦はそんなところもよく似ていて、みな息子や娘夫婦が迎えに来ていて、すぐに安堵できたのはよかった。

それぞれ家族と笑顔や言葉を交わし合う、三組の夫婦をぼんやりと見つめていたら、「あの、添乗員さん」と一組の奥さんが近付いてきた。

「今回は本当にすみませんでした。トラブルは引き合うから最初のが良くなかったって、私が吐いたのがきっかけですよね。ご迷惑をおかけしてしまって」

え、と私は慌てて口を開こうとしたが、追いかけてきた旦那さんに阻止された。

「まったく、なんとお詫《わ》びしたらいいか」

「いえ、待ってください。違います、最初のって私がバッグを忘れたことで……」

「そうだよ。奥さんは体調不良だったんだから、悪くないよ。私が迷子になったのが一番悪い」

「それなら私こそ、全員で地ビールで乾杯しましょうね、なんて言っちゃったから」

「私どもも、雨やみますよ、もうちょっと待ちましょうって、しつこく粘ったから」

他二組も集まってきて、今度は「私が悪い」合戦が始まった。息子さん娘さん夫婦に小さな孫たちまでも、なんだなんだという顔で私の周りに集い、みな事情の把握なんてしていないはずなのに、なぜか恐縮した空気を漂わせる。

「違うんです。皆さん、聞いて」

「せっかくの旅行だったのに……」

「いやいや、私どもこそ……」

「お母さん、何かご迷惑かけたの？」

また誰も私の話なんて、聞いていない。

この間と同じ席から、紅葉の中のリスや小鳥をぼんやり探していたら、「早織さーん！」とかわいらしい声がした。

「本当にまた会えましたね！　一緒していいですか？　おかえりなさい。僕もただいま」

ジュンちゃんが向かいの席に座る。私は今日は食欲がなくコーヒーのみだが、ジュンちゃんはまたホットドッグもセットにしていた。

「中欧どうでしたか？　あ、早織さん連絡くれなかったじゃないですか！　国内旅行で行きたいところ、決まりました？」

頭が回らず、質問に答えられないでいたら、「早織さん？」とジュンちゃんが顔を覗き込んできた。

「どうしたんですか？　ツアーで何かありましたか？」

小刻みに頷いて、ゆっくり口を開ける。後輩に甘えるなんて情けないとは思いつつ、気持ちの整理をしたかった。今さっきの到着ロビーでの出来事まで込みで、ツアーで起こったことをすべて聞いてもらった。

「ああー、いますよね。緊張しちゃって遠慮したり、謝ってばかりの人。変に旅慣れしてる人だと暴走しやすいし、横柄な人とか、僕らのこと使用人みたいに思ってる人は問題外だけど、謝ってばかりの人たちも、ペース乱されるし、けっこうやりにくいですよね」

わかるわかる、とジュンちゃんは頭を何度も上下に振ってくれた。

「でも大丈夫ですよ。緊張してるからそうなっちゃうんだから、解放されて今頃、早織さんの言った通り家族と、でもいい思い出になったわ、なんて笑って話してますよ」

ジュンちゃんは慰めてくれたが、私は頷けなかった。

「でも今回は、全部私のミスのせいだから。悪いのは私なのに、お客さんに謝らせて、楽しんでもらえなくて、添乗員失格だよ。十年もやってるのに、情けない」

「ミス？　バッグなくしたことですか？」

「それもだけど、他も。吐いた奥さんは、搭乗前から乗り物酔いしやすいって話してくれてたんだよね。私がもっと注意深く様子見してたら、限界が来る前にトイレに連れて行ってあげられたと思う。迷子も、普段は混んでる場所でははぐれないように、ずっと旗を振って歩いてるの。でも忘れたバッグに旗を入れてたから、今回はできなくて。ビールも繁忙期なんだから、前もって店に電話して、人数分確保してもらうべきだったよね。クルーズの代わりのレストランも、雨がやむのを待ってる時にもっとあちこち当たってたら、営業時間が長い店を見つけられてたと思う」

「んー、確かに早織さんにはめずらしく、ケアレスミスが続いたのかな。でも、ミスってほどでもないと思いますけどね。僕だってそれぐらいしょっちゅう……」

「めずらしく、じゃないんだよ」

ジュンちゃんの言葉を、遮ってしまった。

「私は元々、そういうミスばっかりする人間なの。子供の頃からぼうっとしてて、しっかりしてないし、気も利かないの。でも仕事だから、好きでしてる仕事だから、必死にこの十年はミスをしないように気を張って頑張ってたの。なのに」

ジュンちゃんが明らかに狼狽《うろた》えている。突然強い口調で語ってしまったので、私はまず「ごめん」と頭を下げた。

しばらくしてから、「なんで今回はできなかったかっていぅと」と、また喋《しゃべ》り出した。吐き出したいから、もう恥は捨てて、慎吾の話もさせてもらおぅ。

ジュンちゃんは最初は、「へえ、早織さん、恋人いたんだ」と感想を漏らしていたが、この間ジュンちゃんと別れた後に起こったことを話し始めると、徐々に顔が険しくなっていった。

「はああ？　何ですかそれ！　酷い！　最っっ低！　何そいつ！　早織さんになんてこと！　そんなことがあったなら、いつも通りできなくて当たり前ですよ！」

最後まで聞いた後は、顔を赤くして声を張り上げ、怒ってくれた。

「ああー腹立つ！　でも早織さん、そんな奴《やつ》、早織さんの人生に必要ないから！　とっとと忘れましょう！　そうだ、もっと仕事に打ち込むってのはどうですか？　十年の節目なんだし、更なる飛躍ですよ！」

自分ごとのように怒ってくれたのは嬉しかったが、「もっと仕事に打ち込む」については、「いや、それは無理かな」と首を振った。

「そんな元気、もうないっていうか。寧《むし》ろ十年の区切りだし、これを機に添乗員は引退しようかなって、帰りの飛行機で考えてたの」

ええっ！　とジュンちゃんが叫ぶ。

「なんでですか？　なんで急に引退なんて話になるの？」

「だって私、今年もう三十五歳になるし。最近、前より不規則生活が体に堪えるようになってるの。ケンタさんは本当にすごいと思う。それに、大学の同級生の親友が、もうすぐ結婚するのね。

私は別に結婚願望が強いわけじゃないんだけど、それでも自分はこの先どうなりたいのかなとか、どうしても刺激受けて考えちゃうよね」

「えっ、早織さんって、三十五歳なんですか？　僕、もう二、三歳上かと思ってた」

「何それ。私、老けてる？」

「違います、そういう意味じゃ。でも、ごめんなさい。失礼でしたよね。すみません」

ふざけて怒っただけだったのに、ジュンちゃんが激しく気にしてしまった。

「ちなみにその親友って、昔、ジュンちゃんの旅行社に勤めてたんだよ。私、語学留学中に彼女に頼まれて、高校生のツアーの添乗をしたことがあるの」

空気を変えるために、話題を振った。

「え、え？　何ですか、それ」

「あ、十年以上も前だから時効だとは思うけど、一応内緒にしておいてね。その後、問題になったみたいだから」

私にもしばらく話さなかったが、志乃はあのツアーの後すぐに、他部署に異動になっていた。そして一年後には、旅行社を辞めた。その後ビジネス専門学校に通って秘書の資格を取り、再就職したのが今の外資系だ。あのツアーの件で旅行社から私が何か問われることはなかったが、添乗員になる際、念のため志乃の旅行社と契約するのは避けた。今もずっと、ライバル社の専属で働いている。

一通り志乃のツアーの件を話し終えたところで、「エクスキューズミー」と横から声をかけられた。少し前から隣のテーブルにいた、中東系だと思われるバックパッカー風の男性二人組が、こちらを見ている。東京の路線図を差し出して、東京観光について教えてくれないか、と言う。

「あ、僕が」とジュンちゃんが引き受けてくれた。

浅草《あさくさ》、両国《りょうごく》、東京タワーとスカイツリー、上野《うえの》の博物館に行きたいが、路線図が複雑過ぎてわからない。いい回り方を教えて欲しい、と二人は言った。ジュンちゃんが「オーケー、オーケー」とバッグからノートを取り出し一枚破り、すらすらと文字や図を描いていく。二人はジュンちゃんに何度も感謝の言葉を口にしてハグを交わし、私にも会釈をしてから、店を出る準備を始めた。

二人が去ったのを確認してから、私は「今度の休み、東京観光しようかな」と呟いてみた。

「え？」とジュンちゃんが私を見る。

「私、あの二人が言ってたところ全部、一度も行ったことないや。住んでる場所の観光地ほど行ったことないって、あるあるだよね。せっかく休みがもらえるんだし、今後のことは、東京観光しながらゆっくり考えようかな。引退なんて先走っちゃったけど、ここ以外に私の居場所なんてない気もするしね」

そう言ってからすぐに、ジュンちゃんに向かって「居場所がない」は無神経だったかと反省した。数年前に一度だけ、ケンタさんと到着口で出くわして、二人で飲みに行ったことがある。その際に「どうして添乗員になったんですか？」と聞いてみたら、ケンタさんは「ここしか居場所がないんだよ」と即答していた。

ケンタさんのパートナーさんは一般企業の営業マンで、三十歳を超えた頃から、上司に「男は結婚してこそ一人前だぞ」と言われたり、結婚したり、子供が生まれた後輩たちに、「お先にすみません」とふざけられたりすることが、頻繁にあるのだという。

「パートナーはさっぱりした性格だから流してるみたいだけど、僕なら耐えられないな。添乗員は、こうやって仲間内で交流できるのは楽しいけど、組織でも職場でもないし、上司も部下もいないから、生きやすいよね」

ケンタさんは笑って語っていたが、伏し目がちで、どこか淋《さび》しそうにも思えた。私もずっと居場所を求めていたとは思う。でもケンタさんやジュンちゃんとは、その重みが違うのではないか。

しかしジュンちゃんは気にしなかったようで、「東京観光、いい！」と歓声を上げた。

「いい！　いいですね！　そうですよ、そうしましょう！　もう絶対それ！　大賛成！」

立ち上がって、甲高い声で叫び続ける。店内の他の客から注目を浴びたが、やはりそれも本人は気にしていないようだ。

カフェを出てジュンちゃんと別れた後、思い立って江戸フロアの入口辺りにある、書店に向かった。観光書のコーナーで、東京のガイド本を物色する。一番最初に目に付いた、装丁が派手で、初心者向け風なものを手に取った。

「ご旅行ですか？」

会計の際、レジで若い女性店員に、突然話しかけられた。

「え、ああ、はい。東京観光です」

「いいですね。良い旅になりますように」

にっこりと笑顔を向けられ、「ありがとうございます」と私も笑った。もし本当に決行するなら、添乗員の私が旅行者になるという遊びなのだから、確かに、どうせなら徹底的に楽しんで、良い旅にしたい。

休み前の最後のツアーは、一つ前の中欧とは打って変わって、過去十年で一番と言っていいぐらい、楽にこなせた。両親と高校生、中学生の子供とおばあちゃんの五人家族と、両親と大学生、高校生の子供の四人家族の、計九人の香港《ホンコン》二泊三日のツアーだった。二家族ともよくツアー旅行を利用するそうで旅慣れており、でも暴走も横柄な言動もなく、トラブルもストレスもまったくない状態で、帰国できた。

家族連れなので、迎えが来ているだろうかという、扉の向こうへの心配もなかった。よく利用している分、添乗員への思い入れも薄いようで、扉を抜けるとすぐに二家族とも、軽い挨拶だけを交わして、さっと去って行った。

いつものベンチに座って、旅行社へ到着の報告の電話をかける。終えて、スマホをしまうのと入れ替わりに、帰りの機内でも読んでいた東京ガイド本を取り出した。まだ夕方だから、今から旅を始めるか、それとも今日は一旦帰宅して、明日の朝からにするか——。

パン！　と何かが弾《はじ》ける音がした。驚いて顔を上げると、視界をふわっとした布のようなものに塞《ふさ》がれた。布の前を、クラッカーの中身だと思われる赤や黄色のテープが、ふわふわと舞う。

「ウェルカム、早織さん！　十一年越しの、ありがとう東京ツアーへようこそ！」

合唱のような声がした。意味がわからず視線を動かす。目の前の横に細長い布に、今聞こえたものと同じ文言が、手書きの文字で書かれていた。

布がすっと下に下がり、顔が現れた。男性が三人と、女性が二人、ともう一人。一番左端のもう一人は――。

「わかります？　僕ら」

目の前に立つ、メガネの男性が私の顔をじっと見つめる。

「ハルキくん……？」

あのロンドンツアーの、高校生の一人だ。ヒースロー空港で一番最初に私を見つけて、駆け寄ってきたリーダーの男の子。

「やった！　覚えててくれた！」

「じゃあ、俺は？」

ハルキくんの右隣の背の高い男性が、自分の顔を指差す。

「ユウトくん？」

「よし、俺も！」

私はツアーの間、打ち解けて欲しくて、彼らを下の名前で呼んでいた。

「じゃあ次は私です！」

一番右端の髪の長い女性が手を挙げる。

「シュリちゃん？」

「当たり！　ありがとうございます！」

「じゃあ僕たちは？」

ハルキくんの左隣の男性と、その隣の女性が同時に顔を突き出した。

「ミツキくんと、ユウナちゃん」

二人が「正解！」と叫んだ後、全員が「じゃあ」といった感じで、左端のもう一人に視線をやる。そのもう一人は、見慣れたいつもの屈託のない笑顔で、私に向かって手を振った。

「ジュンちゃん？　え、待って。ジュンイチくん？　あなたジュンちゃん？　ジュンイチくんなの？」

あのツアーにはもう一人、男の子がいた。ジュンイチくんだ。前髪が長くて、いつも俯《うつむ》きがちで、表情も顔立ちも窺《うかが》いづらい子だった。ほとんど喋らないし、話しかけても反応が薄いし、最後まで私は、彼が楽しめたかどうかが気にかかっていた。

「僕、ケンタさんに紹介されて、早織さんにはじめまして、って言われた時から、ずっとヒント出してたんだよ。年齢や、初めて行った海外はロンドン、高校生の時です、とか。でも早織さん、全然気付いてくれないいんだもん。それで皆に話したら、じゃあ面白いから、気付くまで黙っていようって話になってね」

協力して器用に横断幕を片付けながら、他の五人がクスクスと笑い声を立てた。

「でも、あの時まだ留学生だったってのは、思いもしなくて、びっくりしましたよ」

添乗員として知り合ってから、私が語った経歴から、ジュンちゃんはあのツアーの時の私が、既に四大と二年の留学を経た後、プロの添乗員として働いていたと解釈していた。だからこの間年齢を聞いて、計算が合わないと動揺したのだという。最初は志乃の旅行社にいたが、何らかの理由で今の旅行社に契約を変えて、そこから十年と思っていたそうだ。

「皆でずっと早織さんを捜してたんですよ」

ハルキくんが言う。視線を正面に戻した。

ツアーから帰国した後、すぐに旅行社に問い合わせの電話をしたのだと説明された。でも担当の志乃にも異動するからと繋いでもらえないし、添乗員の個人情報は教えられないと言われた。それで大学時代に六人で海外ツアーに参加したり、周りで海外ツアーに行くという人がいたら、添乗員の名前を教えて欲しいと頼んだりもしたという。

「でも見つからなくて。早織さん、SNSもまったくやってないでしょ？　一旦は諦めかけたんだけど、ジュンちゃんが添乗員になったから、捜してよ！　ってね。僕の方でも捜せるかと思ったけど、ジュンちゃんの方が早かったね」

ハルキくんは今、あのツアーを主催した教育財団に勤めているという。

「ツアーが本当に面白かったから、後輩たちにも同じような体験をさせてあげたいって思ったんです。今は高校生を送り出す側になってますよ」

「俺は、大学や専門学校でスポーツ科学の講師をしてます」

ユウトくんが、よく日焼けした顔をくしゃっとさせて笑う。S高校は野球部が強豪で、彼は将来を期待されたピッチャーだった。しかし怪我《けが》で選手生命が絶たれ、ツアーの直前に退部していた。

「でも初めての海外で色んなものを見たら、世界はこんなに広いのに、野球できなくなっただけで人生終わったって思ってる俺、ダサいなって思って。大学ではスポーツ科学の勉強をすることにしたんです」

「私は神奈川の美術館で学芸員をしてます。でもキュレーターにもなりたいから、今、猛勉強中」

　シュリちゃんがまた手を挙げた。物静かな子だったが、美術館に行った時だけは、誰よりもテンションが上がっていた。皆が「もう帰ろうよ」と言っても、「あと少し」と、いつまでも展示品を真剣な眼差しで見つめていた。

「美術を仕事にするのは難しいんだろうなって思ってたけど、帰りの飛行機で、それでもやりたい！　って思ったんです」

「僕らはS高校で教師してます。二人とも、担当は英語」

　ミツキくんとユウナちゃんが、また一緒に顔を動かして私を見る。ロンドンバスで英会話について熱心に質問をしてきたのは、この二人だった。

「私は、もうすぐ産休なんですけどね」

　言われてみればふっくらしているお腹をやさしく撫でながら、ユウナちゃんが微笑んだ。ツアー中、気が付けばいつも二人で歩いているので、付き合っているのかなと考えていた。ユウナちゃんが急に月経になった後、ミツキくんが体調を心配したり、荷物を持ってあげたりしているのを見て、確信に変わった。

　一番左端に、視線を移動する。ジュンちゃんがすうっと息を吸うようにした後、ゆっくりと口を開いた。

「あのツアーの時にはもう、自分のセクシュアリティに気が付いてたんですよね。でも受け入れられなくて、自分で気持ち悪いって思ってたから、僕、暗かったでしょ。でも早織さんがミュージカルの後に連れて行ってくれたレストランで……。あそこにいた、エミリオさんってウェイターさん、きっと僕と同じだと思うんだけど、明るくて、やさしくて、楽しそうに仕事してて。僕も、あんな風に生きたいなって、思うようになったんです」

当時アルバイトしていたレストランで同僚だったエミリオは、確かにジュンちゃんと同じだった。私と同い年で、イタリア系の移民で、私はイタリアに魅せられたことがあるから、彼とはよく話したり、遊びに行ったりする仲だった。十代までは自分のことが受け入れられず引きこもっていたが、今は素のままで生きたいと思えるようになったし、友達にも恵まれて楽しいと、飲むとよく頬を紅潮させて語っていた。

明るくて気が利いて、かわいらしくて、従業員にも常連客にも人気者だった。今のジュンちゃんと、よく似ている。ジュンちゃんを到着ロビーで見かけても、ツアー客から記念撮影をせがまれて長い列ができていたり、プレゼントを渡されていたり、このあと食事に行かないかと誘われていたりと、いつも忙しそうで、声をかけられないことが頻繁にある。

「それで、大学を卒業した後、自分が変わるきっかけになった、ロンドンに留学してみたんです。でも将来についてはまだ決めてなくて、悩んでるうちに、僕が早織さんに旅で人生を変えてもらったみたいに、旅で人生が変わる人もいるんじゃないかな。その手助けができるならいいなって、考えるようになって。僕も添乗員になろう！　と思ったんです」

いつも声が大きく、身振りも派手なジュンちゃんなのに。今日はしっとりと、一つずつ慎重に言葉を選ぶようにして語った。

「僕ら皆、早織さんに添乗してもらった旅で、人生が動いたり、変わったりしたんですよ」

再びハルキくんが声を発した。

「だからずっと、お礼ができる機会を待ってたんです」

「ジュンちゃんから、早織さんもうすぐ長期休みらしいって情報が入って、これだ！　って」

「でも早織さん、添乗員、辞めちゃうの？」

「それは一旦いいじゃない。まずは東京旅行をしてもらおうよ」

「うんうん。だってほら、早織さんガイド本まで持ってて、行く気満々だし！　ね？」

皆が口々に言い、ジュンちゃんが静かに、私の前に移動してきた。そして、すっと手を差し出す。

「早織さん、旅をしましょう。今度は僕らが添乗します」

深呼吸をした後、その手をそっと握り、私は立ち上がった。「はい」と返事をする。

やったあ！　ずっと待ってたよ！　楽しみ！　よかったねえ！

かつての高校生たちがはしゃぎ、手を取り合う。私たちの纏う空気が、パン！　と弾ける音が聞こえた気がした。

ハルキくんを先頭にして一行が歩き始め、私もジュンちゃんのエスコートで一歩を踏み出した。

「この旅で、早織さんの人生を変えられるかはわからないけど」

ジュンちゃんが耳許《みみもと》で囁く。目からこぼれ落ちてきそうな熱いものを堪《こら》えるために、しばらく上を向いた後、私はこっそりと振り返った。あの扉を見つめる。

変わると思う。もう変わったかもしれない。

これからも何百回、何千回と、私はこの空港で、あの扉を抜けるのだろう。でも、もう目を閉じたり、息を止めたりはしない。

扉の向こうで待っているのは、動揺や不安や恐怖心ではなく、たくさんの笑顔とやさしさと、希望だと知ったから。

第三話

空の上、空の下

ほの暗い穴の底に鮮やかな緑色のラインを認めて、私は体を固まらせてしまった。すっかり穴の中に吸い込まれるつもりだったのだろうファストフードの紙袋が、えっ、と驚いたかのように、腰元でカサッと音を立てる。

「どうかしましたか？」

どのぐらい固まっていたのだろう。背後から低い声がして、我に返った。振り返ると、警備員らしき濃紺の制服に身を包んだ男性が、大股でこちらに向かってきていた。三十歳前後だろうか。マスク越しでも精悍《せいかん》な顔つきなのがわかる。

「何か不審物でも？」

「いえ。すみません、疲れてぼうっとしてて」

早口に返事をして、紙袋を意味なく右手から左手に持ち替えた。あの緑色のラインの上に、食べ終えたばかりの昼食のゴミを投げ捨てることは、絶対にしたくない。

会釈をして、私は早足でゴミ箱の前から去った。目の前に来ていた警備員が、「あ、ちょっと」と引き留めてきたが、無視する。

ほとんど駆け足で数ブロック移動した後に、そっと振り返って様子を窺《うかが》った。警備員は腰を屈《かが》めて、ゴミ箱の中を覗《のぞ》き込んでいる。背中に「警視庁」という文字が見て取れた。警備員ではなくて、警察官だったらしい。なるほど、ゴミ箱の中の「不審物」に目を光らせるわけだ。

けれど、幾ら覗いてもそこに「不審物」は見つからないだろう。私にとっての「不信物」ならあるけれど——。

身を潜めていた柱の反対脇に新たなゴミ箱を見つけて、そこに紙袋を投げ入れた。そのまま近くのエスカレーターに乗り込む。ピンポンパンポーン——。頭上から音が流れて、はあっと息を吐く。

「ご搭乗の最終案内を致します。……航空0422便、ハノイにご出発のお客様は……」

一日に何度も何度も何度も流れるアナウンスで、いい加減聞き飽きていて、最近は最初の音が流れ始めると、反射的に溜息《ためいき》を吐《つ》いたり、眉をひそめたりしてしまう。

エスカレーターで上に運ばれる間に、私の頭の中は「転職」という二文字でいっぱいになっていた。あんな不信物を見せつけられたのだ。もう転職するしかないのではないか。

まず何をすればいいのだろう。スマホで情報収集するのは苦手なので、転職情報誌を買おうか。四階で降りて、航空会社の顔出し写真スポットの前を通り抜け、江戸の街並みを模したフロアに差し掛かる手前にある、小さな書店に足を踏み入れる。転職情報誌は確か、一番左側のレーンの奥の方の棚に——。

突き当たりのレジカウンターに入っている男性が顔を上げた。ベージュ地に、鮮やかな緑色のラインの入ったエプロンをしている。

「矢崎《やざき》さん、お疲れさま。いつも早いね。もっとゆっくりしてきていいのに」

エプロンの男性、松下《まつした》店長は、元々下がり気味の目尻を更に下げて、私ににこやかな挨拶を寄《よ》越《こ》した。マスクで見えないが、きっと口角も上げてくれているんだろう。

「お疲れさまです。お先に休憩いただきました」

「はあい、僕もこれ終わったら、もらうね」

在庫管理でもしているのか、手許《てもと》のタブレットを目で指す。会釈して店長の後ろを通り抜け、バックヤードのロッカースペースに向かう。左レーン奥の転職情報誌には、近付けなかった。幸か不幸か、現在の職場で転職情報誌を購入するなんて無神経さを、私は持ち合わせていない。

ロッカーにバッグを置いて、中からスマホを取り出した。休憩時間がまだ五分強残っていることと、消音になっていることを確認し、とあるSNSのアカウントに繋《つな》ぐ。

「こんにちはー、Aslaです！　今週も感染者がまた増えてて、もう嫌になっちゃいますね。大学の授業もずっとオンラインばっかりで、友達に会えなくて淋《さび》しいです」

大きな目が印象的な、部屋の中なのにしっかりとメイクを施した若い女の子の顔が、大映しになる。消音にしているので字幕だが、「淋しいです」も可愛《かわい》らしい声で言っているんだろうと想像がつく。

「たまに出かける時も常にマスクだから、口紅なんてもう長いことしてないですよね。でも！　だからこそ、新しい口紅を買ってみました！　今日はそれを紹介します。マスク無しで出かけられるようになった時に、使うのが今から楽しみで――」

自称「ファッション大好き」「メイク大好き」の、東北に住む女子大生のAslaちゃんが、購入した服やメイク道具を紹介するというアカウントだ。私はどちらにもまったく興味はないのだが、数年前にふとしたきっかけで知ってから、行動の合間などに彼女の動画を見るのが、習慣になっている。何も考えず、ただぼんやりと眺められるのがいい。

「たまにはオレンジ系も買えばいいのにって自分でも思うんですけど、やっぱりこっちが好きで……」

彼女の唇がピンク色に染められていくのを視界の端で捉えつつ、私は緑色のラインが入ったエプロンを身に着け始めた。

首都圏で中規模の店舗を展開する、「右文堂書店《ゆうぶんどう》」に入社したのは約一年半前、二十五歳になったばかりの頃だった。昨今の出版不況は百も承知だが、子供の頃から本が好きで、本というものの存在があったから、私はここまで生きて来られた――という強い思いがあったので、不況だからこそ、世間に本を広める側の人間になりたいと、前職からの転職を決意した。

中途採用試験に受かり、上京して、まずは東京と千葉の境目辺りにある、ショッピングセンター内の店舗で三カ月間の研修を受けた。その後、残暑がまだまだ厳しい時期に、この海沿いの空港の、国際線ターミナル内の店舗に正式配属された。

都心のターミナル駅前にある本店での勤務が希望だと採用面接時にアピールしていたので、叶《かな》わなかったことにショックを受けなかったと言えば嘘《うそ》になる。空港店は右文堂書店の中で一番敷地面積が小さく、売上成績も決していいとは言えない。正社員の従業員は私と、四十代の松下店長のみ。私の前任従業員は三十代の男性だったが、出版不況を苦にしてか、突然別業界に転職したそうだ。

それでも私は、空港の、しかも国際線ターミナル内の店舗なんて、唯一無二の存在だと言えるのではないか。ここでしかできないことがあるのじゃないかと、最初はこの空港店で働くことに、確かに希望を見出《みいだ》していたのだ。その証拠に、配属されて約一週間、大体の仕事を覚え終えた頃に、店長に新しい棚作りの企画書を提出した。

この空港から行ける諸外国の名作文学や、現在流行《はや》っている小説の翻訳本の棚を作る、というものだった。隣には外国から来た人のために、日本の名作文学、今売れている小説の中から、各国の訳本が存在しているものを、できるだけ集める。空港店ならではのいいアイディアだと思ったのだが、松下店長は「え、企画考えてくれたの？ ありがとう。へえ、面白いね」と褒めてはくれたものの、実現はさせてくれなかった。

「空港にいる人って、みんな今から飛行機に乗るか、今飛行機から降りたって人たちだから、急いでるよね。飲食店やお土産屋《みやげ》さんにはゆっくり入っても、飛行機に乗る前や降りた後に、書店でゆっくり小説を選ぼうって人は、あんまりいないんじゃないかな」

というのが理由だった。確かに、江戸フロアの入口付近にあるので、店舗前の往来は多いのだが、みな大きなトランクを引いて、スマホか時計を気にして早足ではある。

「じゃあ、飛行機に乗っている時間でちょうど読み終わる小説を教えてあげる棚ってのは、どうですか？ 三時間ならこの本、七時間なら上下巻のこの本、とか。それなら、そんなに時間がなくても、さっと選べますよね」

空港店ならではの棚作りが諦めきれなくて、私は二つ目の案も出してみた。けれど、それにも店長は、苦笑いを浮かべるだけだった。

「国際線のフライトって、けっこう忙しいんだよね。すぐ機内食が出て、長時間だと二回食べるし、日付をまたぐフライトだと消灯時間もあるから、ほとんどの人が寝るし。寝ない人も、映画や音楽のサービスがあるから、そっちを使うことが多いかな。フライト時間に合わせての小説は、需要どうだろう」

私は飛行機に乗ったことがないので、機内での事情はピンと来なかった。でもとにかく店長は、この店で小説は売れないから、そんな棚作りは成功しないと言いたいんだということは、よくわかった。

初めから打ちのめされたが、絶望していては仕事ができないので、企画が通らなかった後も、私は努めて前向きに働いた。まずは決して多くない、この空港店で本を買ってくれるお客さんに感謝をしようと、本を選んでいる人、レジに本を持ってくる人たちとの、一期一会の交流を図った。

文庫の新刊棚で「うーん」という顔をしている人がいれば、「これとこれで迷ってますか？私こっち読みましたけど、面白かったですよ」と話しかけたり、風景の写真集を買っていく人がいれば、「わあ、すてきですね。私も買ってみようかな」と呟《つぶや》いてみたり、といった具合だ。決して社交的な性格ではないので、これはとても労力のいるミッションだったが、我ながらよく頑張っていた。とにかく「書店で働いている自分の生活」を、少しでも充実させたかったのだ。

突然店員に話しかけられて、怪訝《けげん》な顔をしたり、返事に窮してか動揺するお客さんも多かった。でも好意的な反応をしてくれる人たちも、少なからずいた。留学のガイドブックを買っていった、溌剌《はつらつ》とした雰囲気の女の子に、「留学するんですか？　気を付けて行ってきてくださいね」と話しかけたら、「学校の留学制度の次期のに、立候補するんです！　どうせなら空港の本屋さんで買った方が気分が上がると思って、今日は電車に乗ってきました！」と明るく語られた時は、私の方がこれまで経験したことがないほど、気分が上がった。

東京の観光本を買っていった小柄な女性に、「観光ですか？　良い旅になりますように」と声をかけた際は、しみじみといった感じで「ありがとうございます」と微笑《ほほえ》んでくれて、私もしみじみ喜びを噛《か》み締めた。こういったささやかなお客さんとの交流が、きっと長期的な私の力になると信じて、自分を奮い立たせていたものだ。

けれど、そんな時期も長くは続かなかった。

去年末頃から、隣国で未知の感染症が発生したとニュースで騒いでいるなあと思っていたら、春先頃には日本でも感染が広まった。あっという間に世界中で蔓延《まんえん》して、パンデミックと呼ばれる事態になり、それが秋も深まってきた現在もなお続いている。

不要不急の外出や、人との接触は控えるように、飛沫《ひまつ》を飛ばし合わないためにマスクを推奨、などと国からお達しが出て、空港、特にここ国際線ターミナルからは、瞬く間に人が消えた。各航空会社は便数を極端に減らしたらしく、観光客やビジネス客だけでなく、空港で働く人たちの数もまばらになった。江戸フロアの飲食店やお土産屋も次々と休業し、今やターミナル全体が、ゴーストタウンと見紛《みまが》うほどだ。

とはいえ飛行機が完全に飛ばなくなったわけではないので、案内アナウンスは一日に何度も流れている。頻度は格段に減ったのだろうが、がらんとしている分、前より耳に響くようになり、侘《わび》しさを掻《か》き立てられるようで、聞くと憂鬱《ゆううつ》になる。

右文堂書店は、書店は人との接触が少ないからという理由で、全店舗一律で休業はしないと、本社が決定した。だから私は、マスクを着けるようになったぐらいで、これまでと変わらず、日々出勤している。しかし母体の施設から人が極端に減ったのだから、当然、ただでさえ多くなかった来客数も売り上げも、目も当てられないほど下がり続けている。大学生アルバイトの角田《かくた》君には、夏前頃からずっと休んでもらっている状態だ。

いつパンデミックが終わるのかわからない。自分だっていつか感染するかもしれない。実家の父からは、三日置きぐらいの頻度で、「東京はやっぱり感染者の桁が違うな。萌絵は大丈夫か？」というメッセージがスマホに送られてくる。パンデミックが終わったとしても、社会全体が経済的にも大打撃を受けたのだから、出版不況は終わらないだろう。本社はそのうち、店舗や人員の整理をするかもしれない。その時、この空港店や私は対象になるのではないか。

そんな拭いようのない不安を幾つも抱えながらも、何とか今日まではやり過ごしていた。でも今さっき、不信物を発見してしまった——。

ゴミ箱に捨てられていた、ベージュ地に緑色のラインのあれは、明らかに右文堂書店の文庫カバーだった。心を守るため、最初はカバーだけ捨てたのかもしれないと考えたが、視線の角度を少し変えると、厚みがある、つまり文庫本ごと捨てたのだとわかってしまった。

犯人は、休憩に入る前に、私から推理小説を買っていった男性客だ。感染対策のためだと思うが、今ターミナル内のゴミ箱は、数時間置きに回収されているから、あの文庫本が捨てられたのも、つい最近のはず。右文堂書店から見える、顔出し写真スポットの近くにもゴミ箱があり、頻繁に清掃員がやってきて少量でも回収しているのをいつも見ているから、間違いない。そして、今日うちの店で売れた文庫本は、その男性客の買ったもののみなのだ。休憩に入る前に私が売上伝票を整理して、店長がそれを横目で見ながら、「笑っちゃうほど、お客さん来ないね。僕、まだ今日一回もレジ打ってないよ」と話していたから、これも間違いない。

その男性客は、店長がトイレだと店を抜けて、私が週刊誌の棚の整理をしている時に入店してきた。文庫の新刊棚の前に立ち、平積みの本をあれこれ手に取っては、独り言にしては大きな声で、「こっちかな」「いや、でもなあ」などと口にしていたので、目が合ったのを機に、充分に距離は取った上で、「何かお探しでしたか？」と話しかけに行った。

「いや、今から出張なんだけどさ。機材の故障で飛行機遅れるとかで、参っちゃって。暇つぶしにたまには本でも読もうかなあって」

二十代後半ぐらいだろうか。スーツに大きなビジネスバッグで、ビジネスマン然とした風貌だったが、喋《しゃべ》り方は軽かった。

「在宅勤務できる会社がうらやましいよ。俺なんて、今月海外出張もう二回目だよ？　スマホの充電が切れそうなのに、充電器やモバイルバッテリーも飛行機に預けた荷物の中なんだよね。ラウンジ行こうかと思ったけど、今日はノートパソコンも持ってないし、やることなくてマジで暇で」

本を読む理由が「暇つぶし」と言ったこと、鼻がまるっとマスクからはみ出していたこと、グチなのか自慢なのかわからない話をベラベラ語られたことなど、気にかかる点は色々とあった。でも久しぶりに本を、しかも小説を買おうとしてくれるお客さんだと、私はレファレンスにやる気を出した。

「好きな作家はいますか？」「話のタイプの好みなどありますか？」などと一生懸命聞き取りを

して、最終的に、よく映画やドラマ化される人気男性推理作家の、彼の著作にしてはさほどヒットはしていないが、ファンの間で隠れた名作と呼ばれている、中編の推理小説を買ってもらうことに成功した。「俺は全然本読まないけど、この作家は、彼女が好きだった気がする」という言葉が出たことと、飛行機が飛ぶまでの間に読むなら、そう長時間ではないだろうということから、それに導いた。

レジでの応対も、丁寧にしたつもりだ。「カバーはおかけしますか？」と聞いたら、「どっちでもいいよ」と言われたが、もしこの本が面白かったら、帰国の際、また何か買いに来てくれるかもしれないと、右文堂書店の記名がある緑色のラインのカバーを、丁重にかけた。会計を済ませ、両手で本を差し出しながら、「良い暇つぶしになりますように」と会釈をした。男性客は、「へっ？」と軽い声を出した後、「ははっ。あんた面白いね」と、笑いながら店を出て行った。

「あんた」と言われたことも、終始、非敬語で会話されたことも、もちろん気にかかってはいたが、「買ってくれてありがとうございます」という思いを込めて、私は彼が見えなくなるまで、レジで頭を下げ続けていた。

それなのに。その後すぐに店長が戻ってきて、十五分ほど経《た》ったところで休憩に入った。昼ご飯を食べ終えて、そろそろ店に戻ろうかとゴミ箱に寄ったところで、アレを見つけた。

そういえばファストフード店で会計をする際に、何かアナウンスを聞いた気がする。最初の音でまた眉をひそめてしまって、店員さんに不快感を与えたかと慌てた記憶がある。あのアナウンスが、男性客の乗る飛行機が出発できるという知らせだったのかもしれない。

予定が変わって、本を読む時間がなくなったことは仕方ない。飛行機では店長が言っていたように、機内食を食べたり、映画を見たりして過ごすのだろう。でも何も、捨てなくてもいいじゃないか。ビジネスバッグに入るのだから持っていって、出張先でも暇つぶしが必要になった時に読めばいい。帰国後にあの作家のファンだという彼女にプレゼントするのだって、悪くない。

でもきっとそんなことは、微塵《みじん》も考えなかったのだ。あの男性客にとってあの本は、いや、きっと「本」という存在そのものが、本当にただ暇つぶしのためのもの、要らなくなったらポイッと捨ててしまえるものでしかないのだろう。あの男性客だけでなく、本を読まない人は、皆そうなのかもしれない。そして不況ということは、世の中にそういう人は、決して少なくないということだ。

エプロンを着け終えてレジカウンターに入る際、堪《こら》えたけれど、危うくまた溜息を吐くところだった。

「じゃあ僕は休憩、行ってくるね」

「はい。行ってらっしゃい」

バックヤードに向かう松下店長の背中に、「ごめんなさい」と念じる。仕事への熱意はあまり感じられないが、柔和で紳士的に接してくれるので、上司には恵まれたと感謝している。でも私はもう、書店で働き続ける気力を保つのが難しそうだ。

来月の入荷予定リストに目を通していたら、マスクをしているのに、甘い匂いに鼻をくすぐられた気がして、ふと視線を上げた。

不信物事件から十日ほど経ったが、私は変わらず右文堂書店の空港店にいる。転職活動もしていない。事件の日の帰り道でよくよく考えて、パンデミックの最中に転職活動をしても、実るとは思えないという結論に至った。疲弊している今、活発に動く気力なんて湧かないというのもある。それに、そもそも私には、他にやりたい仕事、やれそうな仕事なんてないのだ。

上げた視線の先には、お花畑があった。いつの間に入店していたのだろう。花柄のワンピースを着た女性が、不信物事件の男性客と同じく、文庫の新刊棚の前に立っていた。四十歳前後だろうか。細身で目鼻立ちのはっきりした、華やかできれいな人だった。肩の上で切り揃《そろ》えられた濃い茶色の髪は艶やかで、極彩色《ごくさいしき》のお花畑は眩《まぶ》しく、思わず目を細めたほどだ。

ぼんやりと眺めていたら、目が合ってしまった。「あ、店員さん、いいですか」と手を挙げられて、「はい」とカウンターから出る。店長はお昼休憩に入っている。女性客はマスクをしていなかったが、私が近付く間にポケットから取り出し、鼻もしっかり隠して装着してくれたので、安心した。

紐《ひも》の部分だけ深い赤い色の、おしゃれなマスクだった。お花畑の中にも同じ色があるから、合わせたのかもしれない。引いている小型トランクと、羽織っているジャケットも、キャメル色の革で揃っていた。そして甘い匂いも、やはりこの人かららしい。近くに立つと、お花畑に迷い込んだかのような心地に包まれた。

「この本、買おうと思うんですけど」と、女性は一番目立つ位置に平積みされている、上下巻の文庫本を指差した。数日前に発売になったばかりの、二十年以上売れ続けている女性作家の文庫新刊だ。

「この本、面白いですか？」

次に女性が繰り出した言葉に、私は「はっ?」と間の抜けた声を上げてしまった。

「今から行く場所で会う人に、プレゼントしたいんだけど。読書家の人だから、絶対に面白いものがいいんです」

胸がすうっと醒《さ》めていくのを感じた。この女性本人は、本を読まない人だと確信する。普段から小説に触れている人、小説だけじゃなく、映画やドラマや舞台でもいいが、とにかく物語のある表現物を日常的に享受している人は、こんな質問の仕方は絶対にしない。「面白い」に定義や基準はなく、とても曖昧なもので、人によって「面白い」は違う。同じ人でも時期やその時々の環境、年齢や経験を重ねることで変わり得るものだと、肌感覚で知っているから。

そして実は私はこの本を読んでいないので、返事に窮した。どんなジャンルの本も読むと自称しているが、もちろん数には限度があるし、それこそ、その時々の私の「面白い」がある。この作家は時代のうねりや、深刻な社会問題をテーマにすることが多く、そういったものが嫌いなわけではないものの、近年の私は、今読みかけの単行本もそうなのだが、ささやかな日常の中の喜びを描いているようなものを好んでいて、この作家からは離れ気味だ。

「この本は、実在する財閥をモチーフにした、とある一族の戦後からの復興を描く歴史小説ですね。三年前に単行本が出た時に大ヒットして、その後、映画化もされました」

頭を捻《ひね》った後、この本について知っている情報を羅列してみた。この方法は研修を受けた店舗で教わった。「主観的で答えづらいことを聞いてくる人には、情報を提供するといいよ」と。

「ああ、映画やってましたね！　だからタイトルに見覚えがあったんだ。ヒットしたなら、面白いんですね。じゃあ、これ買います」

習った通りだ。大抵の人は、これで満足してくれるそうだ。女性は平積みから、まずは上巻を一冊手に取った。でもすぐに戻して、「あ、待って」と言う。

「この本って、韓国語版は出てますか？　映画は韓国でもやってたかしら」

「お調べしましょうか？」

「お願いできますか」

レジカウンターに戻って、タブレットを開く。女性は今から韓国に行くらしい。プレゼントする相手は韓国の人だろうか。日本語は読めるのか。

韓国語版は出ておらず、映画も日本のみの公開だったようだ。文庫棚の前に戻ってそう告げると、女性は「ありがとう。じゃあこれにします」と微笑んだ。

「いいですか？　プレゼントされる方の最近の読書傾向とか、好きな作家などわかれば、もう少し選ぶお手伝いができるかもしれませんが……」

「え？　とにかく本なら何でも読む人だから大丈夫よ？」

読書家の人なら、必ずその人の今の「面白い」があるはずなのだが、どうも会話のニュアンスが嚙み合わない。このまま引き下がるか、乗りかかった船だからもう少し世話を焼かせてもらうかと迷っていたら、どこかから振動音がした。「あ」と女性がバッグからスマホを取り出して、手早く操作する。

「もう行かないと。色々どうも。もうこれにします。お願いします」

スマホをしまうと、女性は平積みからささっと二冊を持ち上げた。もう引き下がるしかないので、「ありがとうございます」と一緒にレジに向かった。急いでいるようなので、会計は手早く済ませた。カバーやラッピングの有無を訊《たず》ねたが、そのままでいいと言われたので、二冊を重ねて手渡した。

「ありがとう」と受け取るとすぐに踵《きびす》を返して、女性は店から出て行った。悪い人ではなさそうだったが、充実したレファレンスができたとは言い難く、なんだかすっきりしなかった。

女性が去った後も、店内にはしばらく甘い匂いが漂っていた。店長はまだ帰って来ない。他にお客はおらず、今日は顔出し写真スポット前の往来も少なく、辺りはかえって耳鳴りがしそうなほど、しんと静まり返っている。

ふっと鼻を鳴らしてしまった。「あの人」と触れ合った後もいつもこうだったなと、宙を見つめる。あの人が纏《まと》っている華やかさが、しばらく余韻で残るのだが、私の気持ちはすっきりせず、妙な空気の中に身を置くことになるのだ――。

視線を上げて、お花畑が目に入った時から気が付いていた。今の女性客は、あの人、私の母親と雰囲気が似ていた。


私は四国の、とある海辺の小さな町で生まれ育った。緑の山と青い海に囲まれて、長閑《のどか》で風光明媚《めいび》――と、役所の観光課は常に謳《うた》っていたけれど、言い換えれば自然以外に何もない、視界は開けていても、人々の心や文化は閉じている、私にとってはとても生きづらい町だった。

人口が少なく町中みんな顔見知りなので、プライバシーなんてものは存在しない。特に私は、父が役所の税務や年金に携わる課で働いていたので町の人との関わりが多く、その娘とあって、小中学校の頃の帰り道に、「おお、年金の辰《た》っちゃんのところの萌絵《もえ》ちゃんか。もう小学生かあ、大きくなったなあ。しかし美人のお母さんには全然似てこないな」とか、「あら萌絵ちゃん。あんたいつも下向いてボソボソしか喋らないのねえ。女の子なんだから、町一番の美人のお母さんを見習って、もっと愛想よくしなきゃ。お父さん、税金払ってもらえなくなるわよ」などと、プライバシーだけでなく、デリカシーもまったくない声かけを、近所の人たちからされることが日常茶飯事だった。

母が町一番の美人というのは、比喩表現ではない。私が生まれる三年ほど前に、観光課が町おこしの一環で開催したミスコンテストの、優勝者なのだ。母は東京の生まれ育ちで、それまで町に来たことはなかったが、コンテストの応募資格が「この町に何らかの縁がある人」という緩いもので、「祖父が昔お遍路をした際に、この町の宿坊に泊まった」という縁で、参戦したという。人手が足らず、父がコンテストの手伝いに駆り出され、優勝した母に一目惚《ぼ》れをした。それまで真面目一辺倒で、読書しか趣味がない父の初めての恋を、役所の同僚たちはじめ町の人たちは囃《はや》し立て、二人をくっ付けた。母が町に移住し、やがて二人は結婚して、私が生まれた。

母は東京で高校生の頃からモデルをしていたそうだ。ファッション誌の片隅にかろうじて写り込んでいる写真や、お金のかかっていなさそうなデザインの、折り込みのアパレルのチラシに載ったものを、見せてもらったことがある。小学校の中学年ぐらいの頃に何となく自ら理解したことだが、母はモデルといっても、まったく芽が出ていなかったのだと思う。田舎《いなか》の小さな町のミスコンテストでなら優勝できるかもしれないと、箔《はく》付けのために応募したのだろう。そして父に見初められて、ここで結婚すれば町一番の美人妻になれる。町の人たちにずっとチヤホヤされると、プロポーズを受け入れた。

お腹《なか》にいる私が女の子だとわかった時、母は娘とお揃いのかわいらしい服を着たり、一緒に人形遊びをしたりすることを、夢見たことだろう。「萌絵」なんて、甘くてかわいい名前を付けたことからも、容易に想像ができる。でも生まれてきた私は、父にそっくりな地味な顔立ちで、かわいらしいものに興味がない女子だった。母の絶望はいかばかりだったか。

「萌絵ちゃん、このピンクのワンピース着ない？　ママとお揃いなのよ」

「着せ替え人形買ってあげたよ。ほら見て、ドレスもこんなに沢山」

「萌絵ちゃん、髪を長くしようよ。かわいいリボンで結ってあげるよ」

幼い頃、母にこういった声かけを頻繁にされた記憶があるが、私はどれにも飛び付かなかった。無反応の私を母はじっと見つめ、母娘《はは こ》の間には、たびたび沈黙が漂った。

父が役所に隣接している図書館で借りてきてくれる絵本には、自ら手を伸ばした。毎晩父に読み聞かせをしてもらって、もっともっと、明日《あした》も借りて欲しいとせがんだ。幼少期の私の口癖は、「ほん、もっと」だったそうだ。

五歳の時に妹の沙良《さら》が生まれた。今度は母に似て、目鼻立ちのはっきりした、目立つ容姿の女の子だった。生まれた瞬間から父母だけじゃなく近所の人からも、「かわいい！」「器量よし！」「将来、絶対美人さんになる！」と褒められて育ったからか、オムツが取れる前から既に、愛想よし愛嬌《あいきよう》ありの、町のアイドルのような存在になっていた。家族四人や、母と私と沙良で町を出歩くと、すれ違う町の人たちが必ず、「美人母娘だね」と声をかけてきた。その「娘」に自分が入っていないことは、子供心に理解していた。

私が着なかったワンピースや、遊ばなかった人形は、すべて沙良に下ろされた。それだけでは足りず、母は沙良を連れて隣町のデパートに、頻繁に服やオモチャを買いに行くようになった。私は母の興味が自分から逸《そ》れたことに少しホッとして、幼稚園から帰ると本を読むために、一人で子供部屋に籠もるのが常になった。

ちょうど沙良が生まれた頃から、絵本だけじゃなくて児童書も、仮名《かな》が振ってさえあれば一人で読めるようになっていた。小学校に上がってからは、毎日図書室で本を借りて帰ってきた。土日になると、父に町で唯一の書店に連れて行ってもらい、一度に何冊も買ってもらったりもした。

学校生活は、不登校になるほどではなかったが、友達も少なく、楽しいとも言い難かった。でも帰宅して本を広げれば、そこにはいつもとてつもない幸せが待ち受けていた。本に登場する魔法使いの少年少女や、空飛ぶサルに妖精、海賊に、喋るライオンは、みな私の友達だった。彼らと共に笑って泣いて、冒険をしていれば、私は生きていける――。幼心に、日々強くそう感じていた。

片方の子供だけかわいがることに一応の罪悪感があったのか、母は時々、子供部屋にいる私に声をかけにきた。

「沙良ちゃんとデパートに買い物に行くの。萌絵も一緒に行こうよ。新しいお洋服、買ってあげるよ」

本を読んでいることを理由に私が断ると、母はわざとらしい仕種《しぐさ》で首を傾《かし》げて、私の手から本を取った。そして、「この本、面白いの?」「そんなに面白いの?」「どう面白いの?」などと聞く。

からかわれているように思えて黙っていると、母は苦笑いを浮かべたり、ふっと鼻を鳴らしたりした。そして、「じゃあママと沙良ちゃんは行ってくるね」と部屋を出て行った。

扉が閉められてからもしばらく、子供部屋には母の甘い香水の匂いが漂っていた。心がもやがかったようになっていて、私はすぐに本の世界に戻ることができず、匂いが消えるまで、ぼんやりと宙を眺めていた。


沙良が小学校に上がるのを機に、父と母は離婚することになった。沙良が幼稚園に入った頃から母のデパートでの散財が加速して、父が「子供たちの将来のために、もう少し控えて欲しい」と注意するようになり、夫婦仲が徐々に悪くなっていた。

母は沙良の就学を機に、家族で東京に移住したいと言うようになった。田舎暮らしに飽きて、かわいい娘と共に東京で返り咲きたいと思ったのだろう。けれど、生涯町から出るつもりがなかった父が首を縦に振るはずもなく、やがて共に過ごす未来が見えなくなったようだ。

「ママは東京でおじいちゃん、おばあちゃんと暮らすことになったの。萌絵と沙良はどうしたい？」

娘たちに離婚を告げた日、母はそう訊ねた。まだ五歳だった沙良は堂々と泣き喚《わめ》き、「ママと離れたくない！」と叫んだ。父が明らかに哀《かな》しみを噛み締めた顔で、私の方を見て、「萌絵はどうしたい？」と言った。

端《はな》から私に選択肢など与えられていなかった。母と沙良は東京へ、父と私は町に残ることが決まった。町での居心地の悪さや嫌悪感は、その先もずっとなくなることはなかったが、一方で、母と沙良と三人で東京で暮らす自分など想像もできなかったので、この決定は自然な流れだと、自分を納得させた。

始まった父と二人での生活は、穏やかで静かで、凪《なぎ》のようだった。中学卒業後、私は町の公立高校に入り、その後は自宅から通える距離にある、県立大学の文系学科に進学した。大学時代に司書資格を取ったが、就職活動時、近隣の行政の図書館には定員の空きがなく、司書になることは叶わなかった。

母と沙良がよく行っていたデパートのある町とは反対側の隣町の小さな商社に、営業事務として就職した。自分の町との往来も多い町だったので、顔見知りの人数が増えただけで、プライバシーもデリカシーもないことは変わらなかった。

慰労会で父と同世代の男性上司に、「萌絵ちゃんって、あっちの役所の矢崎さんの娘なのか！　出て行っちゃったお母さんと妹、美人だったよねえ。みんなあっちに残って欲しかったって思ってるぞ」と笑いながら肩をばしばし叩《たた》かれたり、女性の先輩たちに毎日のように近くの会社の男性たちとの飲み会に誘われて、断ると、「萌絵ちゃんって毎日すぐ家に帰って何してるの？」「本読んでるの？　いつも？　ふーん」と、奇妙な生き物を見るかのような視線を投げられたりした。

取引のある地元の信用金庫の営業マンが来社した際、「萌絵ちゃん、さっきあっちの役所に行ったらお父さんが一人で休憩室でお弁当食べてたよ。ニヤニヤ携帯見てるから何かと思ったら、女子高生のSNS見てたぞ、ほらこれ。おやじさん大丈夫かあ？　独り身が長くて、淋しくてパパ活とかしてないよな」とスマホ画面を見せながら、オフィス中に響き渡る声で叫ばれたこともあった。

その約一月《ひとつき》後、その営業マンと帰り道のコンビニで遭遇したら、「ねえ今度、二人で飲みに行かない?」と誘われた。「岩田《いわた》さん、奥さんいますよね」とあしらって外に出たが、「あいつ、出産してから怒ってばっかりで怖いんだよね。萌絵ちゃんみたいにおとなしい子に癒やされたいな」と、駐車場でもしつこくされた。振り切って自分の車に飛び乗り、急いで発進させて逃げた。

更に一月ほど経った頃、一番歳《とし》の近い女性同僚に、終業後にファミレスで夕食を食べていかないかと声をかけられた。男性たちとの飲み会ではないし、たまにはいいかと応じたら、その席で「絶対に誰にも言わないでね。私、今、信金の岩田さんと付き合ってるんだ」と告白された。

「岩田さん、奥さんと上手《うま》くいってなくて、私といると癒やされるんだって。あ、でも私、家庭を壊そうとか思ってないからね? 私も今彼氏いないし、お互い割り切った関係っていうか」

誰にも言わないでと言った割にはまあまあの声量で、どこか誇らしげに語られた。

私はその食事からの帰り道で、この町から出て行くと決めた。父のことは好きだし、一人で置いていくのは気がかりだが、いつまでもこんなところにいてはいけないと、強く思った。

行き先は決まっていた。一つしかない。私をここまで生かしてくれた、本の世界だ。

子供の頃に大好きだった、魔法使いの少年少女のシリーズを並べている棚が混み合っていた。一冊ずつ丁寧に取り出して、整理をする。本の中の世界はあの頃と変わらず、今も輝いている。けれど本にまつわる世界は、理想通りではなかったと、溜息を吐きながら。

「お、顔出しパネルある! 今から乗る飛行機だよな。撮ろうか!」

店の外から声がして、視線をやった。

「ほんとだ! でも旅行に行くだけで罪悪感なのに、写真撮ったりしていいかなあ」

「ネットには上げない方がいいかもな。でも俺らは、もう楽しむって決めたんだからさ」

トランクを引いた私と同世代かと思う男女が、遠慮がちに撮影を始める。その姿を見ていたら、転職ではなくて「異動」だ、と突如考えが浮かんだ。

外出や人との交流を控えるように言われているが、どのぐらい厳密にするべきかと、テレビやインターネットで毎日議論がなされている。私は元より外出が好きではないし、東京にまだ友達と呼べるような人もいないので、自宅アパートとこの店の往復のみの毎日でも、そのこと自体にストレスはかかっていない。

でも、社交的で活発な人たちは、そうもいかないだろう。Asla も最近は動画で、「大学に行けなくて哀しい」「友達に会えなくて淋しい」と毎回のようにぼやいている。大学生活なんて、四年間と限定された期間なのに、その一部をすっぽり抜き取られて、それがいつ終わるかわからないというのは、確かに可哀想《かわいそう》だと思う。

空港に集まってくるのは、そちら側の人たちだ。仕事にしてもプライベートにしても、家に籠もってはいられない人たち。彼らの多くは活発ゆえに本を読まないし、読まないから本に愛着を持っていない。ここにいる限り、私は満足できる仕事の仕方はできないだろう。

研修を受けたショッピングセンター内の店舗は、絵本や児童書を選びに来る家族連れのお客が多かった。そちらの方が私に向いている。本店は無理でも、住宅街の店なら叶うかもしれない。店長や角田君には申し訳ないが、ここでも一年は働いたし、異動希望を出そう。

「ただいま。休憩いただきました」

後ろめたさを抱えたところで、ちょうど店長が戻ってきた。「おかえりなさい」の声が、少し上ずってしまう。

「お客さん、来た？」

「一人だけ。あの上下巻が売れました」

文庫の平積みを目で指す。

「いいね。今は一人でもありがたいよね」

店長がバックヤードに向かい、私もその上下巻の伝票整理をしようと、レジカウンターに入った。

二枚の伝票を手に取り、視線を下に落とした時、全身に電流が流れたようになった。二枚の伝票のタイトルの下には、どちらにも「上」と書かれていた――。

叫んでしまいそうになるのを堪えて、二枚の伝票をさっとエプロンのポケットにしまって、カウンターから飛び出した。文庫棚に走り、平積みの中からあの本の下巻を一冊取る。

「店長、すみません。お腹が痛いのでトイレに行ってきます！」

エプロンの下に着ている、薄手ニットのお腹に下巻を隠した。「はいよ」というバックヤードからの店長の声を背中に受けながら、走り出す。写真スポットの前を通り抜け、吹き抜けのエスカレーターを駆け下りた。出発ロビーは確か三階だ。

女性客は「買います」と一度上巻を持ち上げたが、韓国版は出ているかと訊ねるのに、すぐに戻した。きっとその時、間違えて下巻の平積みの方に戻したのだろう。改めて買う際は急いでいた。上巻と下巻の平積みから一冊ずつ取って、でも下巻の方はさっきの上巻だったことに、気付かなかったのだ。女性客のミスではあるが、レジで私が気が付かなければいけなかった。女性と母がどことなく似ていたことで、ぼんやりしてしまっていた。

　出退勤時に通る際と同様に、出発ロビーは人が少なくがらんとしていた。ウロウロして、首を忙《せわ》しく回して捜したけれど、お花畑のワンピースの女性は見当たらない。シャッターのようなものが付いたカウンターの前に、さっき写真スポットにいた男女の姿なら、あった。

「何かお困りですか？」

　脇から声をかけられて、顔を向ける。写真スポットの航空会社のものだと思われる制服を着た、髪を綺麗《きれい》にまとめた女性が立っていた。

「CAさんですか？　あの、韓国に行くお客様に用事があるんですが」

「テナントスタッフの方ですよね？　何かトラブルでも？　お客様のお名前や乗る便がわかれば、お呼び出しもできますが」

「名前はわかりません。多分、韓国に行くってことしか。あの、花柄のワンピースを着た、きれいな女性で。香水を付けてて……」

「お待ちくださいね」とCAらしき女性スタッフは、上着のポケットからタブレットを出して、操作した。

「韓国なら、当社の便で十五分後に離陸するインチョン便がございます。今日はその後は、全社でありませんね。当社の便に乗られる方なら、もうゲートの中に入られてるはずです」

　アルファベットが書かれた扉に、女性スタッフは優雅な仕種で手を向ける。

「まだ十五分あるんですね？　私はあっちに入れますか？　捜してきていいですか？」

「いいえ、あちらには航空券を持っている方しか入れませんし、十五分後に離陸ですので、もう搭乗が始まっていまして、スタッフがお捜しするのも難しく……」

離陸が遅れてしまう、というようなことを説明された。飛行機の事情はよくわからないが、無理だと言われていることは理解した。「わかりました。すみません」と頭を下げて、その場を去った。

吹き抜けのエスカレーターで上に運ばれながら、対処法を考えた。店長に正直に話して、謝るしかない。韓国にいる人へのプレゼントだというのが痛いが、あの女性自身には、二冊とも上巻だったことに気が付いて、帰国の際に店に寄ってもらえれば、謝って、返金したり、下巻と交換することはできる。

写真スポットの前を通った時、右文堂書店の方から、笑い声が聞こえた。

「矢崎さん、おかえり。お腹、大丈夫？」

「お疲れさまです。お久しぶりです」

入店すると、アルバイトの角田君がいて、週刊誌の棚の前で、店長と談笑していた。

「あ、お疲れさまです。今日はどうしたの？」

文庫棚の前から挨拶をした。

「来週、オンラインじゃなくて久々に大学で授業があるんですけど。その時に要るテキストを、ここのロッカーに忘れてたみたいで、取りにきました」

「つまりそれ、うちに来なくなってから、一度も開いてないってことだろ？　って、今笑ってたところ」

「いや、まあ、そうなんですけど」

二人はまた楽しそうに笑い声を上げる。

適当に愛想笑いをして、二人の視線がこちらに来ていないことを確かめてから、私はあの本の下巻の平積みに手を伸ばした。

この時の自分の言動に、私はこの後、三日三晩苦しめられることになる。どうしてそんなことをしてしまったのか、わからない。魔が差したとしか思えない。パンデミックになる前に角田君が、同じ漫画の一巻、一巻、三巻を売ってしまったことがあり、すぐにお客さんが気付いて返しに来てくれたので事なきを得たが、「人によっては大きなクレームになりかねないからね。気を付けて」と、私は正社員の役目かと思って、少し強めに叱ったことがある。それなのに、角田君の前で上巻を二冊売ってしまったなんて言えない、と思ったところまでは覚えている。

下巻を一冊取って、ニットの中の下巻と二冊重ねて持ち、「店長。この本、私も買いたいのでレジ打っていいですか？」と話しかけた。従業員が買う際は、本来は別の従業員がレジを通さなければならないのだが、面倒くさがりの店長は、いつも私にやっていいよと言う。

「はあい。いいね、お客さんに売ったら、自分も読む気になった？」

案の定、店長はすぐに角田君とのお喋りに戻って、私が自分でレジを打つ許可をくれた。私が掲げているのが、実は下巻が二冊なことにも、気付かなかった。

かくして伝票上は、上巻と下巻のセットが二組——という状態が、できあがった。

しかし、その日の帰り道には、もう私は自分のした偽装工作について、激しく後悔し始めていた。おそろしく冷静さにかけていた。この工作で誤魔化《ごまか》せるのは今だけで、あの女性が帰国して店にやってきた時点ですぐに、私が工作したことも含めて、すべて明るみに出てしまう。プレゼントなのに、上巻が二冊だったと怒っている可能性だって大いにあり得る。異動希望が叶うどころか、下手したら私は解雇かもしれない。

それから三日間、私は怯《おび》えながら仕事をした。来客があったり、写真スポットの方から物音が聞こえたりすると、あの女性かと身構えた。出退勤時や昼休憩時にターミナル内を歩く際は、視界に細身の女性や、鮮やかな色合いが入ってきただけで、あの人かと肩を震わせた。一方で自分から、あの女性を捜し求めてもいた。できれば店長のいない時に遭遇して、自分だけで何とか対処できないかと期待していた。

けれど丸三日間、あの女性と再び会えることはなかった。

四日目の昼休憩時、二階のコーヒーショップでサンドイッチとカフェラテを買い、ターミナル自体のバックヤードにある従業員休憩室で食べようと、エレベーター脇の通路に向かった。扉を開けると、作業着を着た人たちが群がっており、通路を塞《ふさ》いでいた。脚立や工具のようなものが散らかっている。

「すみません。ディスプレイ業者ですが、台車をひっくり返しちゃって。危ないので、別の通路を使ってもらえますか」

責任者らしき中年男性が頭を下げる。

「ディスプレイって、あの吹き抜けから見える？」

何気なく呟くと、男性は「そうです。いつも見てくださってありがとうございます」と笑った。

確か今は、夕日と赤く染まった富士山のモチーフが飾られている。季節ごとに変わるのだが、お客がほとんど来ていない今でも、夏から秋にかけてちゃんと変更になったので、ここは気を抜いていないんだなと感心していた。

「普段は深夜に作業するんですけどね。人が少ないから、今日は日中にやっていいって言われて」

もうすぐ十二月になるので、今度は冬バージョンになるようだ。

「そうなんですね。わかりました。別の道から行きます」

踵を返すと、一番若そうな前髪の長い男性が私を抜かして、わざわざ扉を開けてくれた。「すみません。どうも」と頭を下げて、外に出る。

一つ上の階の扉から入ることにして、エレベーターに乗った。動き出した途端にバッグの中でスマホが震え、取り出して確認する。父からのメッセージだった。

扉が開き外に出て、何気なく体の方向を変えると、視界に大きな飛行機が飛び込んできて、驚いた。ぼんやりしていて、展望デッキのある最上階に来てしまったらしい。もう一年もこの空港で働いているが、飛行機に興味がないので、この階に来るのは初めてだった。

吸い寄せられるように、ガラス張りの通路を歩き、私は展望デッキに出てみた。途端に冷たい風に頬を打たれたが、最近の私はぼんやりし過ぎなので、冷気に引き締められるのもいい。目に付いたテーブル付きベンチに座り、コーヒーショップの袋を開く。

フェンス越しに、白地に青いラインの入った、写真スポットの航空会社の飛行機が数機、こちらを向いて整列するように並んでいるのが見える。その背後を鳥のマークが付いた飛行機が、泳ぐように移動していく。青ラインの飛行機の列に混ざりたそうな動きをする、黒い飛行機も見えた。航空会社はどこも便を減らしているそうだが、私には充分「飛行機がいっぱい」と思える。女性に遭遇できるようにと、空港のサイトでここ数日の韓国から来る便について調べたが、一日に何便かあって、まったく少なくないとも思っていた。

それでも、実際に空港はがらんとしているから、やはり「少ない」のだろう。もう一年もここに通っているのに、私はこの空港について何も知らないと思い知らされる。これで少ないのなら、パンデミック前の毎日人で溢《あふ》れ返っていた頃は、一体この空港から一日に何便、何カ国に向けて、飛行機が飛んでいたというのか。

サンドイッチの最初の一口にかぶりついた時、きゃー！　という甲高い声が耳に響いた。

「ひこーき、ひこーき！　とーぶー!!　だああっこ!!」

フェンス前で二歳ぐらいと思われる男の子が、興奮気味に体を上下させている。隣にいる母親らしき女性が、「はいはい」と男の子を抱き上げた。フェンス前には親子以外にも、まばらに人がいた。望遠レンズの付いたカメラを抱えている人が多い。

轟音《ごうおん》が響き渡り、鳥のマークの飛行機が空に浮かんだ。男の子が母親の腕の中で「とんだー！」と叫び、カメラを持った人たちが、一斉にぱしゃぱしゃと音を立てる。駅のホームで電車にカメラを向ける熱心な鉄道ファンがいるのは知っているが、それの飛行機版の人たちか。

サンドイッチを食べ終え、カフェラテのカップを取り出した。もうぬるくなっているだろうが、猫舌なので構わない。飲み口の蓋を指で開いて口許《くちもと》に近付けると、コーヒーの匂いに包まれるはずだった。が、実際に私の鼻をくすぐったのは、お花畑のような甘い匂いだった。

勢いよく顔を上げる。極彩色のお花畑が、フェンスの方に向かって、私の前を通過するところだった。私と同じコーヒーショップの紙カップを持っていた。「あのっ！」と勢いよく叫ぶ。

「えっ！　何？　あっ、本屋さんの！」

こちらに顔を向けた女性が、私を認めて叫んだ。カフェラテをテーブルに置いて、私はまず謝罪をしなければと、立ち上がって姿勢を正して、頭を下げた。その頭上に、声が降ってきた。

「ちょうどよかった！　私今から、お店に行こうと思ってたの。あなたにお礼が言いたくて」

と。ゆっくりと顔を上げて、「え？」と私は掠《かす》れた声を出した。


「コーヒー、ご一緒していい？」と、女性は私の向かいに座った。そして、「今、私、嬉《うれ》しくて興奮してるの。話聞いてもらってもいいかしら？」と私の顔を覗き込んだ。

わけがわからなくて、私は返事ができなかったが、女性は気にする風はなく、コーヒーをおいしそうに一口飲んだ。頭を整理するために、私も倣《なら》う。

女性の話はこうだった。もっと若く見えたが、女性は現在四十五歳で、井本《いもと》さんと名乗った。アロマやハーブの製品を扱う会社の、社長をしているという。四十歳の時に自分で立ち上げたそうだ。徐々に軌道に乗って、最近は海外の顧客もいる。近々、韓国で大型の契約が取れそうで、どうしても対面での商談が必要で、パンデミックの最中だが、四日前に韓国便に乗った。

韓国に行くことが決まった際、井本さんは元夫に連絡を取った。三十歳の頃、友人の紹介で知り合った、同い年の在日韓国人の男性と結婚をしていた。元夫は韓国学校の教師をしていた。井本さんはその頃、大手化粧品会社で営業をしていて、終電に乗るために毎日駅まで全力疾走するほど、多忙を極めていた。けれど元夫は「好きな仕事なんだから、思い切りやるといいよ」と理解を示してくれていて、結婚生活は上手くいっていたという。

活発で社交的な井本さんとは対照的に、元夫は物静かで家で過ごすのが好きな人だった。読書が好きで、井本さんが帰宅すると、いつもソファで夢中になって本を読んでいた。

「だから私、いつも聞いてたの。また本読んでる。その本、そんなに面白いの？　どう面白いの？　って……」

「あの、ちょっと待ってください」

私はそこで話を止めてしまった。聞き流すことはできなかった。

「そんなに面白いの？　とか、どう面白いの？　って聞いたんですか？」

「え？　うん。だって、夢中になって読んでるから、よっぽど面白いんだろうなあって気になるでしょう。家族が面白いって思うものがどんなものなのか、知りたいし」

動悸《どうき》を感じた。落ち着かせるために、カフェラテを飲んだ。すっかり冷たくなっている。

「あの。旦那さんは、どう反応してました？」

「ん？　その都度、説明してくれたわよ。今読んでるのは、こんなあらすじだよ。このシーンが特に面白かったよ。この表現がすばらしかったよ、とか」

更に鼓動が速くなる。胸にそっと手を当てる。

「それで、へえ、じゃあ今度私も読んでみようって毎回思ってたんだけどね。私、読書習慣がないし、その頃は本当に忙しかったから、結局まったく実現できなくて」

首を竦《すく》めて井本さんは笑った。髪先が揺れて、ふわっと甘い香りが漂った。踏ん張らないと、母がいなくなった後の子供部屋に、意識が飛んでいってしまいそうだ。

三十五歳の時、井本さんと元夫は離婚した。元夫が「そろそろ子供が欲しい」と望むようになり、しかし井本さんの方は今キャリアを途絶えさせたくないと踏み切れず、何度も話し合ったが折り合いがつかなくて、別々に生きようと決めたそうだ。以来、井本さんは今も独身だという。

ちょうど会社を立ち上げた頃、元夫から「韓国に移住する」と連絡があった。韓国の祖母が亡くなり、日本で暮らしていた母が代々の土地を継ぐために韓国に行くことになり、高齢なので男性も付いていくことにしたそうだ。元夫も再婚はしておらず、今も独身だという。

「その時は連絡を受けただけで、別に見送りに行ったりもしなかったんだけどね。今回、韓国に行くことになって、会っておきたいって思ったの。別にヨリを戻したいわけじゃないのよ。ただ、これまでになかった病気で、こんな風に行動制限されるなんてこと、予想もしてなかったでしょ。そう思うと、この先も何が起こるかわからない。もう会えないかもしれないから、こんな時だからこそ、今会っておきたいなって」

元夫も応じてくれて、あちらで会う手筈《てはず》が整った。急に決まったのでお土産が用意できず、空港で何か買おうと思ったが、お土産屋は軒並み閉まっていた。そこで、右文堂書店が目に入った。元夫は読書好きだ——。

なるほど。私が接客した時の言動の理由は、概《おおむ》ね理解ができた。しかし——。

「それなのに、二冊とも上巻になっちゃってたんですよね。本当にすみませんでした。私がレジで気付かなきゃいけなかったのに」

私が頭を下げると、井本さんは「いえいえ」と首を振った。

「私が間違えたんだから。それに、二冊とも上巻だったことで、すごく助けられたのよ。だからお礼を言いに行きたかったの」

またコーヒーを一口飲んだ後、井本さんはふふっと小さく笑って、語り出した。

韓国で元夫と再会を果たしたが、さすがに十年ぶりなので、双方緊張していて、挨拶を終えても空気が硬かったそうだ。そこで早々に、「これお土産。今、日本で売れてる本だって」と二冊を取り出した。

「それが、二冊とも上巻でしょう。元夫がびっくりした後、ケラケラ笑い出してね。君、変わってないね。僕と暮らしてた時も、おっちょこちょいだったよね。お風呂入れたよって言ったのに、栓が抜けてたり、家のカギを閉めるのが縦なのか横なのか、何度言っても間違えたり、よくしてたよねって」

二人で大笑いし合って、そこからは昔と変わらない空気で話せたという。

「それでね、これ」と井本さんはバッグから上巻を一冊取り出して、テーブルに置いた。

「二冊持っててても仕方ないからって、一冊私にくれたの。で、今、飛行機の中で読んできたのよ。びっくりした！　面白かった！　本ってこんなに面白いのね。一緒に暮らしてた時も、読んでおけばよかったな。そうしたら、夫婦で一緒に楽しめたのに」

しみじみといった感じで語り、井本さんは宙を見つめるようにした。私は、そんな彼女の姿を静かに見つめる。

しばらく沈黙が流れたが、やがて私は「本当に面白いですよね、これ」と、下巻二冊をバッグから取り出し、テーブルに置いた。えっ、という顔をする井本さんに、偽装工作をしたこと、でもすぐにばれると気が付いて焦っていたことを、すべて正直に話した。井本さんは初めは驚いた顔をしていたが、途中から愉快そうに、声を上げて笑い出した。

「お会いできたらすぐに渡そうと思って、ずっと持ち歩いてたんですけど、読んじゃったんです。活字中毒なんで、本を持ってるのに読まないってできなくて。私、この作者の本、久しぶりに読んだんですが、下巻から読んでも、本当に面白かったです。だから、今から上巻も買って読みます」

「じゃあ一冊、この上巻と交換しない？　商談、今回だけじゃ終わらなくて、来週の火曜にまた韓国便に乗ることになったから、元夫に、その時に下巻を買ってくるって約束したの。もう会計済んでるなら、店長さんにもバレないでしょう？」

にやりと悪い顔で笑う。話をどんどん進めるので、私は付いていくのに必死だ。

「それは、いいですけど。でも、それだと井本さんの手許に残らないですよ」

「ああ、それはいい。下巻も読みたいけど、家に本棚ないから、読んだら元夫にあげちゃうわ。あ、でもあなたには私がもう読んだのをあげることになるけど、いい？」

「それは構いません。図書館で本も借りるし、古本もよく買うので」

じゃあ、と彼女の持つ上巻と、私の読んでいない方の下巻の一冊とを、交換した。

「本当に色々どうもありがとう。火曜日に、また飛行機で読むわね。楽しみ」

「空の上で、下を読むんですね。じゃあ私は火曜日の休憩の時、ここ、空の下で、上を読みます」

私の言葉に、井本さんは「ん？」と首を傾げた。しばらく難しい顔をしていたが、やがて「あぁ！」と大きな声を出した。

「すごい！　面白い！　そんなことよく思いつくわね！　本を読む人って頭がいいよね！　だから尊敬するのよ」

突如褒めちぎり、その後すっと立ち上がった。

「私、そろそろ行かなきゃ。本、これからどんどん読んでみたいから、またお店に寄らせてもらうかも。じゃあ」

待って、と呼び止めようとしたが、瞬く間に去ってしまった。こちらこそ、だから活発な人は尊敬する。疾風《はやて》のように現れて、名前も知らない相手に表情をくるくる変えながら、あんなにも沢山自分語りをし、物事をどんどん進めて、颯爽《さっそう》と去って行くなんて。

今も漂っているこのお花畑のような香りが、女性の会社の商品なのかどうか聞きたかったのだが、まあいい。また店に寄ると言ってくれたから、再会できることを期待しよう。

ファッションにもメイクにも、かわいらしいものにも興味がない私だが、良い香りだけは嫌いじゃない。もしかしたら好きかもしれないと、実は子供の頃から感じている。私が身に付けるとしたら、どんなものがいいかと訊ねたら、「あの人たち」は教えてくれるだろうか――。

スマホを取り出し、Asla のＳＮＳに繋ぐ。今朝、通勤電車で消音で見た最新動画を、今度は音ありで再生する。

「こんにちは、Asla です！　今週も大学では授業がなくて、友達にも会えなくて淋しいです。服もコスメも買っても使えないから、今日はいつもと違うものを紹介します。じゃん！　これ」

画面に映し出されたのは、本だ。魔法使いの少年少女シリーズの、第一作だ。

「今更って思われそうですけど、私、子供の頃、まったく本を読まなくて。でもこの本は、私のお姉ちゃんが夢中になって読んでて、よっぽど面白いんだろうな、いつか読もうって思ってたんです。で、今、外に行けなくて暇だから、やっと読んでみたら、これがもうめちゃくちゃ面白くて！」

瞬《まばた》きもせず画面を見つめて、やがてゆっくりと閉じた。今度はさっきエレベーターで受信した、父からのメッセージ画面を表示して、再読する。

「東京はなかなか感染者が減らないな。でも、こんな時だけど、お父さん近々休みを取って、そっちに行こうかと思う。萌絵の書店は国際線ターミナルだけど、空港には国内線もあるんだよな？　萌絵はまとまった休み、取れそうか？」

うん、と画面に向かって頷く。私は上京時、電車を乗り継いで来たけれど、この空港に、国内線ターミナルもある。地元の県の空港との行き来も、きっとあると思う。

母と沙良は離婚後しばらく東京に住んでいたが、沙良が中学生の頃に祖父が亡くなり、祖母が故郷の東北に移住することになって、二人も一緒に引っ越したそうだ。父がAsla、沙良のアカウントをいつ、どうやって見つけたのかは知らない。けれど信金の岩田さんに知らされて以来、私もずっとそうしてきたように、父も毎日のように、沙良を見つめ続けてきたのだと思う。

この空港の国内線ターミナルから、二人が住む東北の県にも行けると思う。メッセージには書かれていないが、父が東京に私の様子を見に来るだけなら、私のまとまった休みはいらないはずだ。ここから一緒に、二人に会いに行きたいのだろう。こんな時、だからこそ――。

また轟音がして、今度は青いラインの飛行機が飛び立った。歓声を上げる男の子を抱っこしているのは、今度は母親ではなく、私がよく見知った若い男性だった。

驚いて見つめていると、男の子を下ろした男性、角田君が私に気付いた。母親と男の子に何やら挨拶をして、「矢崎さん！」とこちらに駆け寄ってくる。

「お疲れさまです。めずらしいですね、矢崎さんが展望デッキで休憩なんて」

「なんで？　なんでまたいるの？」

「ははっ。バレちゃったから言うけど、実はバイト入れなくなってからも、しょっちゅう撮影に来てます。はい、飛行機オタクです」

軽やかな笑い声を上げて、コンパクトデジカメを見せてきた。

「どうせ空港によく来るんだから、じゃあ空港内でバイトしようって。今は入れないのは仕方ないですけど、僕もああいう望遠レンズのカメラが欲しいんですよね」

私の休憩がそろそろ終わるので、一緒にデッキを出る流れになった。

「そうだったんだ。ねえ、じゃあ空港に詳しい？　私、今度初めて飛行機に乗るかもしれないんだけど、何もわからなくて。チケットってどうやって買えばいいの？　乗る時はどういう手続きをするの？」

「いいですね、どこ行くんですか？　でも僕も、小学校の時の家族旅行以来、乗ってはないんですよ。店長に聞くといいですよ」

「店長、詳しいの？」

「え、知らないんですか？　店長、若い時バックパッカーで、世界中飛び回ってたらしいですよ。

その後、右文堂書店に入って本店で、すごい読書量で何を聞いても答えられる、カリスマ書店員になったとか。今はね、ほら、お父さんの介護で、家から近くて小さい店じゃないとって、ここにいるけど」

まったく知らなかった。育った町で、プライバシーにいつもずかずか侵入されて苦痛だったので、上京してからの私は、それがマナーだと思って、誰とも私的な話はしないようにしていた。

「そういえば、国際線の飛行機事情に、やたら詳しかったなあ。活発で、読書も好きって人もいるんだね。びっくり」

下りエスカレーターに足を乗せながら、独り言のように呟いた。

「ねえ、矢崎さん。うちの店、飛行機の本の棚を作ったらどうですかね？　さっきの男の子のママが、あの子が飛行機の絵本ばっかり何冊でも買いたがるって話してたんですよ。飛行機好きは必ず空港に集まるから、絵本とか、写真集とか航空雑誌とか。今も少しあるけど、もっと集中的に集めたら、ウケると思いますよ。僕も買うし」

隣で楽しそうに語る角田君の顔を、私は勢いよく覗き込んだ。

「それって、飛行機が出てくる小説とか、空港が舞台の小説もあり？」

「そんなのあるんですか。いいと思います」

「あるよ！　いっぱいある！　ミステリーなら……、ああ、でもやっぱり一番は、『星の王子さま』の作者の……」

話し出したら止まらなくなり、角田君にさりげなく視線を逸らされた。

角田君はこのまま帰るそうで、一人で店に戻った。「矢崎さん？　ごめん、レジ入れる？」と、入店するなりどこかから店長に声をかけられた。

お客さんが一人レジに向かってきていたが、店長はカウンター脇で電話に出ているらしい。エプロンをしていないが、致し方ないので「いらっしゃいませ」とレジに入る。

作業着を着た若い男性のお客で、「さっきはどうも」と小さな声で言われた。顔を上げて、長い前髪を見て、扉を開けてくれたディスプレイ業者の人だと気が付いた。「どうも」とこちらも挨拶をする。

差し出された本は、ウェディング雑誌だった。会計をしながら逡巡《しゅんじゅん》したが、手渡す時に思い切って、「ご結婚されるんですか？　おめでとうございます」と話しかけてみた。パンデミックになってから控えていたので、久しぶりだ。「えっ、あっ、どうも」と男性がマスクの下で、くぐもった声を出す。

「こんな時なんで、結婚式がいつできるかわからないんですけど……。彼女が、ウェディングドレスはスマホの小さい画面じゃなくて、ちゃんと本の写真で見て選びたいって」

前髪とマスクで表情は見えないし、ぼそぼそと消え入りそうな声だったが、話してくれた内容からして、好意的な反応が返ってきた、いい接客ができたと思っていいだろう。

「いいですね。ありがとうございました。冬のディスプレイも楽しみにしてます」

頭をしっかりと下げて、見送った。

店長はまだ電話をしていたが、目が合うと笑って、親指をぐっと立ててきた。会釈を返し、「異動希望は保留にします」と念じる。

この空港を、空港に集まって来る人たちを、もっと知りたい。もっと触れ合ってみたい。だって、きっと私ももう、この空港を形成する、一欠片《ひとかけら》なのだと思うから。

第四話

長い一日

雨粒が、窓に叩《たた》きつける音で目が覚めた。ベッドから這《は》い出て、カーテンを開ける。「わあ」と思わず声を上げた。雨だけじゃなく、風も既に強い。マンション前の道の街路樹が、バサバサと音を立てて揺れている。

ワンルームの部屋で、ローテーブルの前に移動してテレビを点《つ》けた。午前四時半からきっちりスーツを着込んで、髪もしっかり整えている真面目そうな男性気象予報士が、「進路を変えた台風は、日本列島を北上しています。関東には午前十時前後に、最も近付く見込みです。十分な警戒を……」と伝えてくれる。

テレビは点けっぱなしにしたまま、身支度を始める。昨日の夕方のニュースでは、関東には近付かずに逸《そ》れていくと言っていたのに。

今日は元より、長らく休止していたフライトが幾つか復活するため、現場は慌ただしくなりそうだと踏んでいた。そこに台風もやって来るとなると、面倒なことこの上ない。欠航や遅延が出たら、残業確定だろう。長い一日になりそうだ。

四時五十分に迎えが来る予定だったので、余裕を持って四十七分にはマンションのエントランスに下りた。しかしタクシーはもう到着していて、慌てて後部座席に乗り込む。

「すみません、お待たせして。おはようございます」

最初に拾われて、既に運転席の後ろに乗っている吉田《よしだ》先輩に挨拶をする。

「おはようございます。いいのよ、遅刻じゃないんだから、謝らなくても」

仕事時にお客さんに向けるのと、寸分違《たが》わない笑顔を先輩は私に向ける。その顔には、美容雑誌のモデルかと見紛《みまが》うほどの、完璧な化粧が施されていた。早朝はファンデーションのノリが悪いから、早番の時は私は職場に着いてからしか化粧ができないのに。私より七歳も上の、現在三十七歳の先輩の、この肌のサイボーグ具合は一体どういう仕組みなのだろう。

「台風、心配ですね。大丈夫でしょうか」

「そうね。でも、これぐらいの大きさなら、うちの方は欠航にはならないんじゃない？　遅れぐらいは出るかもしれないけど」

「そうですよね。国際線の欠航って、めずらしいですもんね」

ミスをするところも、仕事のグチをこぼすところも見たことがない、いつも冷静沈着、完璧主義者の先輩が言うなら安心だ。

数分後に、別のマンションの前でタクシーは停《と》まった。

「おはようございます。台風、心配ですね」

私の同期の明里《あかり》が、助手席に乗り込む。早番の出勤時は、まだ公共交通機関が動いていないので、会社が手配するタクシーにこうやって相乗りをするのだ。

「そうね。でも、これぐらいの大きさなら、うちの方は欠航にならないんじゃない？　ああ、でも電車やバスが止まって、来られない人が出るかもしれないわね。キャンセルとかで忙しくなることはあるかも」

先輩がさっき私に話したことに、見解を一つ付け加える。

「私、しばらく自宅待機していて、今日久々の現場復帰なんです。ブランクがあるので、迷惑をかけないように頑張りますね。よろしくお願いします」

明里が助手席から上半身を捻《ひね》って、先輩にしかと頭を下げた。

「そうだったわね。こちらこそよろしく」

「電車、止まるかねえ。それだと私どもも忙しくなるなあ。しかし感染だ、台風だって、最近はまったく落ち着かないね」

運転手さんが私たちの会話に参加してきた。

「そうですね。でも私どもの社も頑張って、少しずつ元に戻していっていますので。パンデミックが終わったとはまだ言えないですが、ゆっくり社会全体が、元通りになっていくといいですよね」

先輩は運転手さんのぼやきへの対応も完璧である。

約二十分後、私たちは国際線ターミナルのロータリーに降り立った。この海辺の空港が、私たちの職場である。

すぐにオフィスに向かうという先輩とは、入口で別れた。私と明里は朝食を買いに、一階のコンビニに向かう。六時台から自社の飛行機が飛ぶこともあり、その日に早番だと更に早い時間に出勤せねばならないのだが、先輩はそんな時でも、化粧も朝食も、しっかり自宅で済ませているのだ。

「すごいよねえ。毎日、お弁当まで作ってるんだよ。ああ、復帰初日に早番で、しかも吉田先輩と相乗りなんて。仕事する前から疲れちゃった」

私と同じく、まだノーメイクで眉毛の薄い明里が、腰に手を当て伸びをしながら言う。さっきタクシー内で先輩に話しかけていた時とは別人なのかと思うほど、声が低く、喋《しゃべ》り方もだらだらしている。

コンビニで私はおにぎりとお茶、明里はサンドイッチとアイスコーヒーを買った。

「おう、スーちゃんたち、早いねえ」

レジのおじさんが、私たちに親しげに話しかけてくる。早番の時は、いつもこの人だ。「スーちゃん」とは、スチュワーデスの「スー」だ。「今はキャビンアテンダントか、略してCAって言うんですよ」「そして私たち、CAじゃないんですよ」と何度も教えたが覚えてくれないので、最近は二人とも諦めている。

「あれ、そっちのスーちゃん久々じゃない？」

「そうなんです。六月頭に感染しちゃって、そのまましばらく自宅待機になってました」

明里が苦笑いしながら説明をする。

「ありゃ、大変だったな。俺はずっと毎朝ここに来てるけど、今のところ感染はしてないや。ただでさえ朝は人が少ないし、一時期は空港自体に本当に人がいなかったからなあ」

「去年の今頃とか、ほんっとに人がいなかったですよね！　怖いぐらい」

おじさんと同じく、その間も変わらずここに通っていた私は、つい力を込めてしまう。あの頃の空港は、まるでゲームや映画で見るような、何らかの理由で、突然人だけがいなくなった町のようだった。ふと気が付くと、見渡せる空間内に自分しか人が存在していないことも度々あり、異世界に迷い込んでしまったのかと、両腕をさすったりしていた。

今もまだフライトも人の数も、元に戻ったとはとても言えない。でも吉田先輩の言う通り、我が社も、他の航空会社も、少しずつフライトを戻していっているので、少なくとも視界に誰もいないなんてことはなくなっている。早く元のこの空港らしい賑《にぎ》わいが戻ることを祈るばかりだ。

「ところで今日は台風、大丈夫かね？　足止め食らう人がいたら、うちの食料も買い漁《あさ》られるかな。心配だなあ」

心配と言いながら、おじさんはどこか楽しげである。確かこの人はパンデミック前に、首都圏が大雪に見舞われた時も、同じ感じでどこか楽しそうだった。非常事態にはしゃぐタイプなのだろう。

「本当に。うちは今日復帰のフライトが多いから、お客さん多かったら、忙しくなるかも」

明里がぼやき、私も頷《うなず》く。空港が早く元に戻って欲しいというのは本当だが、今日のようにトラブルが起こる可能性を秘めている日は、お客が少ないといいと願ってしまう。何も復帰便が多い今日やって来なくてもいいじゃないかと、台風に文句を言ってやりたい。

エスカレーターに乗って二階で降りると、吹き抜けを見上げて「ああ――」と明里が声を上げた。

「ディスプレイ、いいね！　現場に戻ってきたぞ！　って感じ。そっか、まだギリギリ八月だもんね。海！　夏！　いいなあ。早くどこでも遊びに行けるようになって欲しいね」

季節ごとに変わるディスプレイのこの夏は、深い青の背景に、クジラ、シャチ、イルカ、カメなどの海洋生物が、シルエットで漂っているように見える騙《だま》し絵風だ。遠くで長い髪がなびいているように見えるのは、人魚だろうか。

「ねえねえ、菜緒《なお》。落ち着いたらパーッとさ、涼しいところに遊びに行こうよ」

「海！　夏！　って叫んだのに、なんで涼しいところなのよ」

「だってジメジメ暑い部屋に、ずっと一人で籠もってたんだもん。今もマスク、しょうがないけど、暑いし」

眉をひそめる明里に、「ねえねえ」と今度はこちらから話しかけた。

「自宅待機中って何してた？　一人暮らしでずっと家にいるって、何すればいいんだろうって、よく考えちゃうんだよね。私だって、いつか待機になるかもしれないし」

私の語尾に被せるように、明里はとあるネット配信の、恋愛リアリティ番組の名前を口にした。

「私はずーっとそれ観《み》てた！　全シーズン、何度も何度も観た！　私、今あのシーズンのあのシーン再現してって言われたら、完璧にやってあげられるよ」

「あっ、そう。いや、やらなくていいからね」

「だから私、今ね、全部観終わっちゃったから、人の恋愛を垣間見ることに飢えてるの。菜緒、私がいない間になんか浮いた話なかった？　あったら教えてよね」

「あるわけないでしょう。ここマンションの往復しかしてないのに」

「いやいや、お客さんと運命的な出会いとか、ないの？」

「ないってば。あ、でもサキちゃんが……」

後輩の名前を口に出してしまって、慌ててやめる。しかし時既に遅しで、「なになに？　サキちゃん何かあったの？」と、明里は目を輝かせている。

「ダメダメ、言えない。いい話じゃないんだもん。可哀想《かわいそう》だし、寒くて萎《な》えるし」

「自分から言っておいて、それはない。気になるじゃない、教えてよ。サキちゃんに絶対、菜緒から聞いたって言わないから」

逃げるのは無理そうで、「絶対だよ？　絶対言わないでね」と何度も念押しをしてから、観念して私は語った。

私たちの二年後輩のサキちゃんが、先月の中頃の勤務中に、飛行機を降りたばかりの海外出張帰りのビジネスマンに、「よかったら連絡をください」と名刺を渡された。「ずっと見てました」と言われたそうだ。

私と他二人の同僚が現場を見ていて、後からオフィスの更衣室で「なになに？」と囃《はや》し立ててしまったのもあり、サキちゃんも少しその気になって、ビジネスマンに連絡をした。そしてスマホでメッセージを送り合うようになったのだが、どうも話が嚙《か》み合わないというか、違和感があったという。

「違和感？　なに？　気になる」

顔を覗《のぞ》き込む明里に、私はふうっと息を吐いてから、オチを説明する。

ビジネスマンは、サキちゃんを特定のCAと間違えたらしい。よく空港を利用する人で、前々から仕事をしている姿を「ずっと見てました」と言われたのだと思ったのだが、実際は乗ってきたばかりの飛行機で、担当したCAをフライトの間、「ずっと見ていた」ということだったそうだ。

「何それ、最悪。可哀想！　酷《ひど》い！　ずっと見てたくせに間違えたって何？」

「今みんなマスクしてるし、髪型とか背格好が似てて、飛行機を降りた後にサキちゃんをロビーで見かけて、あの子だ！　って思ったんじゃないの？」

「やだ、本当に寒くて萎える」

「だから言ったでしょ。私たちまで落ち込むでしょ、この話」

　同じ航空会社の下で、よく似た制服、よく似た身だしなみで働いているが、CAに比べて、私たちの認知度ははるかに低い。コンビニのおじさんも未《いま》だに認識してくれていないし、ターミナル内を歩いていて、お客さんに「CAさん！」とか「スチュワーデスさん」と声をかけられることは、毎日のように当たり前にある。サキちゃんに間違えて声をかけたビジネスマンのように、海外出張をする、つまり空港をよく利用している人でさえ間違えるのだから、たまにしか空港に来ない人、利用したことがあるという程度の人に至っては、私たちが何であるのかさえも、知らないのかもしれない。

　バックヤードに入って、自社オフィスに通じる廊下を並んで歩く。オフィスの扉に明里が手をかけたところで、「おはようございます」と脇から挨拶をされた。顔を向けると、濃紺の制服を着た警備員らしき男性が立っていた。私たちと同じぐらいの歳《とし》だろうか。「おはようございます」と二人で声を合わせて挨拶する。

「今日からフライト、増えるんですよね。台風と重なって、グランドスタッフさんはきっと大変ですよね。我々で助けられるようなことがあったらフォローしますので、仰《おっしゃ》ってくださいね」

　爽やかな笑顔を寄越《よこ》してくれて、「どうも」「ありがとうございます」と、明里と頭を下げた。

オフィスに入って、同僚たちと挨拶を交わしながら、女子更衣室へ急ぐ。更衣室の扉を閉めると、二人で顔を向け合った。

「今の警備員さん、菜緒の知り合い？」

「え、明里の知り合いじゃないの？　私は知らない、と思う。現場で少し交流したことぐらい、あるのかもしれないけど」

「私も知らないと思う。でもあの人、私たちのこと認識してくれてたよね」

「ね！　感じよかった！」

それに、マスクで顔の上半分しか見えていないけれど、目許《めもと》がすっとしていて、少なくとも上半分は私の好みだった――。と、危うく口にしかけたが、寸前で止めた。今の明里にそんなことを言ったら、大騒ぎされるに決まっている。

私たちは、この空港の国際線ターミナルで働く、航空会社の地上勤務職員だ。通称、グランドスタッフ。搭乗手続きや、搭乗ゲートでの案内、チケットの予約やキャンセル、荷物の受託などが仕事である。

空港という場所において、飛行機に乗るという状況において、必要不可欠な存在だという自負がある。なのに、残念ながら知名度や認識度はすこぶる低く、報われない仕事でもある。

明里と並んで、スピード勝負で着替えと化粧と髪をまとめるのを済ませた後、休憩室に移動して、こちらも大急ぎで朝食を食べた。始業時間になり、まずはオフィスに集合して、朝礼とミーティングをする。今日の進行は吉田先輩だ。申し送り事項は、やはり台風が近付いているので、それに関する注意喚起が中心だった。

ロビーに出ると、パンデミックになって以来、過去最高だと思う人出になっていた。それでもパンデミック以前の夏のこの時期に比べたら半分にも満たないが、さすが今日からまたフライトが増えるだけある。私も明里も、今日はチェックインカウンターの業務から開始になった。吉田先輩も同じくだ。最近はアプリの導入でカウンターを通らずチェックインすることもできるのだが、年配の方や、自社のリピーターではないお客は、まだカウンターを利用することが多い。

今日の自社便の始発は八時台の北京《ペキン》行きで、カウンターを開けるのと同時に、そのお客が集まってきた。荷物の受け取りに、座席の差配、発券業務に乗り継ぎの案内と、一組ずつ順番にこなしていく。慣れた作業ではあるが、決して流れ作業にしてはいけない。当たり前だが、ミスは許されないのだ。

二便目以降の、香港《ホンコン》、金浦《キンポ》、ハノイ行きのお客も増えてきた。搭乗ゲートも乗り継ぎ事情も、皆それぞれ違う。一人一人の、便名、座席、セキュリティチェックの締切時間、ゲート番号、搭乗開始時間等々を口に出して伝えながら、自分自身も何度も確認をする。

私の隣、吉田先輩の入った一番端のカウンターは、途中から乗務員用に切り替えた。パイロットやCAが、荷物を預けにやってくる。

「吉田さん、久しぶり。元気に頑張ってる?」

派手顔美人のCAが、先輩に話しかけている。私は挨拶ぐらいしかしたことがないが、確か先輩の同期の人だ。同期と言っても、あちらは航空会社の直属社員、私たちはグループ会社の社員だけれど。

「お疲れさまです。おかげさまで」

「あなた全然変わらないのね。相変わらず若いわ。肌なんて二十代みたい」

「そう？　どうもありがとう」

「やっぱり、毎日家に帰れると違うのね。地上勤務だと時差や寒暖差もないから、体に負担がかからないんだろうな。うらやましい」

お客に確認したパスポートを差し出そうとしていた私は、その言葉に反応して、手をぴくっとさせてしまった。預かった荷物をコンベアに載せる補助をしていた明里も、肩を一瞬震わせた。当の吉田先輩は「そうなのかしらね」なんて流していたが、今のは確実に優越感からの嫌味だと、怒りが湧く。吉田先輩が本当はCAを目指していたが、身長が足らずに断念してグランドスタッフになったというのは、有名な話だ。同期なら当然知っているはず。

確かに時差や寒暖差に激しく振り回される、CAほどではないかもしれない。でも私たちも早番と遅番を月に何度も交互に繰り返すから、生活は酷く不規則だし、終日立ちっぱなしで、よく動き回りもするので、体に負担がかからないなんてことは、絶対にない。

時間が進むにつれて便が増えるので、カウンターに並ぶお客の数も増えてきた。台風が接近しているとあり、「時間通り飛びますか？」という問い合わせも頻繁になる。欠航も遅延もまだないので、「今のところ、予定通りです」と毎度返事をする。

センターから随時入ってくる情報によると、やはり今日はどの便もキャンセル率が高いようだ。台風で空港まで来られない人もいるし、欠航や遅延の可能性を考えて、最初から手放す人も多いのだろう。そしてパンデミック以降は、チケットを買っていたが、自身や身近な人の感染で乗れなくなるというケースも、連日発生している。

「おい、グランドスタッフの姉ちゃん。バンコク行きなんだけど、カウンターここでいいのか？　時間かかりそうだなあ。もっとさくさく動かしてくれよ」

フォーク並びの列の後方から、苛立《いらだ》った男性の声が聞こえてきた。うわあ、と心の中で唸《うな》って目をやると、やはり。西口《にしぐち》さんが、列の整理をしている後輩に悪態を吐《つ》いている。

アジア便によく乗る、五十歳前後のビジネスマンの常連客だ。三年ほど前だったか、シンガポール便でビジネス席が余っていたのでアップグレードしてあげたら、以来、調子に乗ってしまった。カウンター混雑時や、搭乗ゲートで列ができている時に、顔見知りのスタッフを見つけては、早くしろと愚痴ったり、優先しろと無理な要求をしてきたりする。

パンデミックになって以来しばらく見かけておらず、リモート勤務になったのかなあと思っていたが、どうやらあちらも少しずつ元の生活に戻しているようだ。アプリ利用を勧めたこともあるのだが、「俺、そういう味気ないの嫌いなんだよな。人と人の対面での触れ合いって、仕事にも人生にも大事だろ？」と、何だか良いことを言っているような気がしないでもないようなことを言われて、断られた。価値観を否定するつもりはないが、相手もそれを求めているかは、慮《おもんぱか》って欲しい。

うちの便より十五分ほど前に飛ぶ、他社のバンコク行きが欠航になったとの情報が入った。

「こっちはまだ遅延も出てないのに、欠航なの？　台風、そんなに強くなってる？」と、隙を見てカウンターの後ろを歩いていた明里をつかまえて話しかけた。窓に斜めに雨粒が打ち付けているのが見えはするが、風の唸り声や振動がここまで響いてくるほどではない。吉田先輩も言っていたが、大型機の多い国際線では、今日は欠航は出ないだろうと予測していたのに。

「台風だけじゃなくて、エンジントラブルもあったって話だよ。詳しくはわからないけど」

「そうなんだ。じゃあ、あっちのお客さん、こっちに流れてくるかな」

こちらのキャンセルが出た席に、あちらから来た客を順番に入れてと、忙しい事態になりそうだ。

「お次のお客様、こちらにどうぞ」

列の先頭にいた、若いパパとママ、二、三歳ぐらいの女の子の、家族連れに声をかけた。その後ろが西口さんなので、私は彼の対応をせずに済みそうでホッとする。

「お願いします。アプリも入れてるんですけど、この子がカウンターに行きたいっていうので、チェックイン、いいですか？」

ママが代表して、パスポート三つを差し出し、スマホ画面を見せてきた。

「もちろんです。お預かりしますね」

パパと手を繋《つな》いでいる女の子に、「こんにちは」と目線を送って微笑《ほほえ》んだ。さっき列に並んでいる最中、通りかかったパイロットを見て、「ぱいろっとしゃーん！」と叫んでいて、かわいい子だなと思っていた。パパが秤《はかり》に載せるため、トランクを「よいしょっ」と持ち上げる。

「バンコク行きですね。お名前の確認をさせていただきます。ムコガワサヤカ様、ムコガワメイ様、ムコガワサトシ、様……」

その後が続けられなかった。しばし固まった後、私はパパにそっと目線をやった。ちょうど上体を起こした彼と、目がしっかりと合う。

「え。あれ？　えー、もしかして、東雲《しののめ》さん？」

彼、が、私の顔と胸元の名札とに、視線を行ったり来たりさせる。今ほど、このめずらしい自分の苗字《みようじ》を呪ったことはない。同じくめずらしい、彼の方の苗字もだ。お互いに鈴木《すずき》とか山田《やまだ》などのありふれた苗字だったら、マスクをしているから顔もよく見えないし、同姓同名だけどよくある名前だと、気付かずにいられたかもしれないのに。

「東雲さんだよね。びっくり、こんなところで会うなんて。しかも、こんな日に。へえ、航空会社で働いてるんだね」

「お久しぶりです。ほんと、びっくり」

お互いに気付いてしまったので、観念して私は挨拶をした。「お知り合い？」と、ママ、彼の妻が武庫川《むこがわ》君の顔を見る。「うん。高校の同級生なんだ」と、武庫川君が答えた。

そう、私と彼は、高校の同級生だ。それは本当だ。しかし、もう少し付け足して説明するなら、元彼氏、元彼女。お互いに初めての恋人同士だった、とも言える。

「カビンアテンダントさーん？」と、彼の娘、かわいらしいメイちゃんが、私を指差して叫んだ。

「こら、人のこと指差しちゃダメ」と、武庫川君が娘を抱き上げる。

「それに、このお姉さんは、キャビンアテンダントさんじゃないよ。この人は、グランドスタッフさんって言うの」

自分の顔がみるみる熱を帯びていくのを感じた。特に耳が熱くなって、マスクの紐《ひも》が痛い。今すぐこの場から逃げ出してしまいたい衝動に駆られた。

江戸フロアやその他の飲食店も、一時期は軒並み休業していたけれど、最近は営業を再開したところが増えている。今日のお昼は久々にそのどこかのお店に入ろうと、朝起きた時点では考えていた。けれど、急きょできるだけバックヤードに身を隠していたい事態が発生したので、仕方なくお昼もコンビニで調達した。朝と同じくオフィスの休憩室で、チキンドリアをぼそぼそと食す。コンビニのレジはスーちゃんおじさんから、初老の女性に代わっていた。

「お疲れ」と同じくコンビニの袋を持った明里が時間差で入ってきて、当然のように私の向かいの席に腰を下ろした。

「どこかお店に行きたかったのに。菜緒がコンビニにするって言うから、私も仕方なく」と言いながら、ミートソーススパゲティを取り出す。

「で？　さっきのパパ、誰、誰？」

合わせてくれなんて言っていないのに。やはり私と武庫川君のやり取りを見ていて、追及するために来たようだ。

「高校の時の彼氏」と言い捨てると、「え？」とあからさまに明里はがっかりした顔をした。

「何それ、健全じゃない？　菜緒が固まってるから、もっといけない関係だった人とかかと思った。でもあの人、そんな感じじゃなかったか。真面目で良いパパっぽかったもんね。何であんなに固まってたの？」

「いやだ、言いたくない。寒いし萎えるし、可哀想な話だから」

「えー、私と菜緒の仲でそれはない！」

煩《わずら》わしくて、溜息《ためいき》を吐《つ》く。でもどうせ逃げられないのだろうと、私はゆっくりと話を始めた。

武庫川君と私は、地元の千葉の小さな町の県立高校で、同学年だった。二年生で同じクラスになり、席が隣同士になったことを機に仲良くなり、自然な流れで付き合い出した。明里が言う通り、高校生らしい、とても健全な付き合いを私たちはしていた。毎日一緒に登下校したり、土日は図書館で一緒に勉強をしたり、夜に他愛《たわい》のないメッセージを延々送り合ったり。

三年生でクラスが分かれたが、付き合いはそのまま続いた。しかし、その頃に私に変化があった。中学校をアメリカで暮らしたマキちゃんという帰国子女と初めて同じクラスになり、親しくなったのだ。

マキちゃんは、良くも悪くも思ったことを何でもはっきり口にする、押しが強く、自意識の強い子だった。今思えば本人の性格の問題で、帰国子女が皆そうなわけではないと思うのだが、田舎町《いなかまち》では帰国子女自体が稀有《けう》な存在だったし、当時の私は「アメリカ帰りの子は違うなあ」と、彼女のアクの強さに憧れを持ってしまった。

土日になるとマキちゃんに誘われて、他のクラスメイト女子も一緒に、目的なく東京に繰り出して、遊び歩いた。高校生のお小遣いではかなり背伸びしないと買えない服や化粧品を無理して手に入れて、身に付けた。繁華街で声をかけてくる大学生や、もっと年上の男の子たちに付いていって、私はノンアルコールで通したけれど、飲み屋でご馳走《ちそう》してもらったこともある。大学受験を控えた三年生なのに、成績はみるみる下降した。

ある時、どんな話の流れだったか、マキちゃんに「ねえ、菜緒ちゃんは将来何になるの？」と訊《たず》ねられた。「何になりたいの？」じゃなく、「なるの？」だったことが、強く印象に残っている。多くの同級生がそうするように、とりあえず地元の大学に進む。もしくは、勉強のできる武庫川君は、東京の難関大学に行きそうだから、同じ大学は無理でも、私も東京に出る。当時の私は、そんな目先の「将来」しか考えていなかったのだが、正直に言うとマキちゃんにバカにされそうな気がして、焦った末に私は「CAさんかな」と口にした。

母親の地元が北海道で、子供の頃から帰省する際は、家族で飛行機に乗っていた。小学生の時、風が強くて機内がかなり揺れたことがあり、それでも笑顔を崩さず、ふらついたりもせず、乗客を落ち着かせるCAに感心して、北海道に着いてから祖母に、「CAさんって凄《すご》いんだよ」と話して聞かせた。その時に祖母が、「あら、菜緒ちゃんもCAさんになれると思うわよ、きっと」と言ってくれて、悪い気がしなかったことを思い出したのだ。

「CA！　いいね！　あれは選ばれた人しかなれないから、意識を高く持つといいよ」

マキちゃんは私の答えを気に入ったようで、ホッとした。でもすぐに顔をしかめた彼女に、追加でこんなことを言われた。

「でもさ、それなら菜緒ちゃんの彼氏、二組の武庫川君だっけ？　彼が障害にならないかなあ。前から思ってたんだけど、武庫川君、頭はいいみたいだけど、センスがないよね。CAって、普段から美意識も高く持ってないとダメだと思うよ」

今はもう、これがどれだけ幼稚で醜い台詞《せりふ》なのか、よく理解できる。けれど、当時マキちゃんと親しくして、完全に調子に乗っていた私は、そうなんだよね、と思ってしまった。

だから数日後、一緒に下校している際に、「今度の日曜日、東京に買い物に行かない？　私の選んだ服、着て欲しいなあ」と武庫川君を誘った。でも「え？　期末テストも近いから、勉強しないとダメだよ」とにべもなく断られて、苛立った。

そして、その直後、十年以上にわたって後悔し続けることになる、若気の至りとはいえ、そんな言葉を一度でも口にした自分が、痛々しくて可哀想になる台詞を、私は彼に発してしまった。

「私たち、別れた方がよさそうだね。私、CAになるんだよね。選ばれた人しかなれないし、常に美意識も高く持たなきゃいけないから、ダサい武庫川君といると邪魔されそう」と——。

明里がフォークを変な位置で止めて、呆《ほう》けたように私を見つめる。

「ちょっと。そっちが聞きたがったんだから、なんか言ってよね」

手を揺すると、「ああ、ごめん」と我に返ったような顔になったが、眉をひそめられた。

「かけるべき言葉が見つからない。予想しないような、酷い話で」

長い付き合いとはいえ、それこそマキちゃんのような遠慮しない物言いに、少なからず私は傷付いた。

「酷かったことは、私が一番わかってるよ。だからさっきカウンターで会って、罰が当たってるのかなって思ったもん」

「それで別れたの？　それ以来、会ってなかったの？」

明里に聞かれて、頷く。その後の詳細な会話内容はよく覚えていないが、その日をきっかけに別れて、卒業まで口も利かない状態になった。大学は二人とも東京に出たが、学校は違ったし、家も近くなく、そのまま完全に縁が切れた。今さっき再会するまで、どこで何をしているのかも知らなかった。ちなみにマキちゃんも同様だ。三年生のうちにだんだんと疎遠になり、卒業後はどうしているのか、まったく知らない。

「彼、娘さんが私を指してキャビンアテンダントさん！　って言ったら、違う、この人はグランドスタッフさん、ってはっきり言ったのよ。ちゃんと私たちの区別が付いてる。パスポートに判子もいっぱい押してあったし、旅行なのか出張なのか、とにかくよく海外に行く、いい暮らししてるんだよ、きっと。今頃セキュリティチェックかな。私のこと笑ってるよね。あんなこと言ったのに、CAになれてないじゃん、って」

明里が苦笑いした後、「私も、元はCA志望ではあったけど」と呟いた。

そう、私と明里がCAに間違えられたり、あちらからの優越感を敏感に受け取ってしまうのは、吉田先輩と同じで、私たちも元々はCA志望だったからだ。大学は違うが共に英語学科を出ており、でも新卒採用は、どの航空会社も軒並み落ちた。就職浪人して専門学校に入学したところで出会い、一緒にCAを目指したが、二年目も落選。吉田先輩と違って二人とも身長などの条件は満たしているから、単純に能力で落ちた口だ。滑り止めで受けていたグランドスタッフにはなんとか受かり、相談した上でCAの夢は諦め、共に内定を受けることにして、今に至る。

「でも、私はそんな理由で目指してたわけじゃないよ。選ばれた人になりたいからとか、美意識がとか」

ずっと俯《うつむ》きがちにしていた顔を、私は勢いよく上げた。「それは私も！」と叫ぶ。直後、二人の無線が同時に鳴った。

明里が素早く手を動かして、「はい」と出た。自社飛行機の遅延が出だしたので、すぐに応援に戻って欲しいとの要請だという。今のところ、ジャカルタ、バンコク、台北《タイペイ》行きの便で、遅延が決定したそうだ。武庫川君の乗るバンコク便も入っている。ということは、彼とまた、空港内で顔を合わせてしまう可能性もあるということか。

明里との間に妙な空気も漂っていたが、二人ともすぐに席を立ち、食べかけだった食事も片付けにかかった。

とりあえずジャカルタ便のゲートの応援に、とのことだったので、二人でそちらに向かった。ロビーに出て並んで早足で歩いていたら、「東雲さん！」と後ろから声をかけられた。

振り向くと、武庫川君一家が立っていた。あまりにも早い再「再会」に苦笑しそうになるが、顔には出さずに、「なんでしょう」と近付く。

「バンコク便、遅延だってね。子供が寝ちゃったから、出発時間が決まるまで、ラウンジに行きたいんだけど、場所がわからなくて」

奥さんの腕の中で、メイちゃんが寝息を立てていた。「うちのラウンジですか？　ご案内します」と誘導にかかる。できればもう関わりたくなかったが、仕事だから仕方がない。明里は私に目配せをして、一人でジャカルタ便のゲートに向かった。

「ありがとう。パンデミック前は海外出張もけっこうしてたんだけど、もう一つの空港を使うことが多いから、こっちには詳しくなくて。東雲さんは、ずっとこっち勤務なの？　あっちの方が実家に近いよね。あ、でも大学も東京だったか」

「はい。入社して二年は国内線ターミナルの方にいたんですけど、空港はずっとこっちですね」

お客だし、奥さんの手前もあり、敬語で話した。

「一時期はどこも、フライトかなり減らしてたでしょう。大変だったよね。出勤できなかったりしたんじゃない？」

「そうですね。自宅待機になったスタッフも多かったです。でも育児中や高齢家族と同居してる人から選ばれたので、独身なんで、私はずっと出勤してました」

「そうなんだ。感染は大丈夫だった？　色んな人と接するから、リスク高いよね」

「さっき一緒にいた同僚は、数カ月前に多分、お客さんから感染しちゃってました。でも、私は今のところ幸い、ないです。一時期は空港自体に本当に人がいなかったし、付き合ってる人もいないので、ここと自宅マンションとの往復だけだったし……」

なぜ私は、上品な妻とかわいらしい娘を引き連れて突然現れた元カレに、自分が独身だとか、付き合っている人もいないとか、自ら語っているのだろう。でも気まずいので、場をもたせたくて、とにかく口を動かした。

ようやく到着したラウンジ前で、「こちらです」と発した声は、我ながら安堵《あんど》に満ちていた。大した距離ではないのに、永遠のように長い道のりだった。

「ありがとう」と武庫川君は頭を下げた後、奥さんに目をやった。「メイと先に入っててもらえますか？　僕は東雲さんと、少し話がしたくて」と言う。私と奥さんが、同時に「え」と声を上げた。

奥さんは私を一瞥《いちべつ》したが、「わかった」とメイちゃんを抱いてラウンジに消えていった。

「え、よかったんですか？　話って？」

武庫川君と二人で残されて、私は動揺を隠せない。

「仕事中にごめんね。でも日本最後の日にまさかの東雲さんとの再会で、せっかくって言うのもおかしいけど、飛行機も遅れてるし、このままお別れするのもなって思ったんだ。話したいことがあって」

「日本最後の日？」

「そう。タイに赴任になったんだ」

家族旅行なのかと思っていたが、違ったらしい。そういえばカウンターでも、「こんな日に」と言っていた。

「そうなんだ。海外赴任なんて、すごいね。お仕事、充実してるのね。聞いてよかったら、お勤めはどこに？　結婚はいつしたの？」

別に知りたくもないが、いや、ちょっとは知りたい気もするが、「話したいことがある」という言葉に怯《おび》えて、私は質問攻めにした。明里にも引かれた別れ際の私の酷い言動を、十二年越しに責められるのではないかと思ったのだ。

「I商事。結婚は三年半ぐらい前かな」

自分で聞いておいて、返答にのけぞりそうになる。エリート中のエリートではないか。

「奥さんって、もしかして上司か、先輩？　さっき敬語で話してたよね」

「えっ、ほんと？　恥ずかしいな。付き合い始めの頃は敬語で話してたから、未だに癖で時々出ちゃうんだよね。上司の娘なんだ」

今度は高笑いしそうになった。エリートの見本みたいな生き方で、かえって嫉妬感情など微塵《みじん》もわかず、ただただ恐れ入った。

「僕のことはいいんだ。あの、話したいことってのは……」

いよいよ責められるのかと冷や汗を滲《にじ》ませた時、「おーい、グランドスタッフの姉ちゃん！」と、どこかから聞き覚えのある声がした。「やっと見つけた！」と西口さんがドタバタ足音を響かせて、駆け寄ってくる。

「バンコク便、遅延だって？　冗談はやめてくれよ、まったく。あっちの支社で顧客とのトラブルが起こっててさ、俺、一刻も早く駆け付けないといけないんだよ」

私の前に立ちはだかり、西口さんはたたみかけるように言った。武庫川君がすっと私から離れ、「仕事の邪魔だね。じゃあ」と囁《ささや》き、ラウンジに向かう。助かったと念じながら、「ごめんなさい」と会釈して、私は西口さんと改めて向かい合った。

しかしマスクの下で湯気を出していそうに興奮している西口さんを見て、やはりまったく助かっていないと思い直す。別の厄介ごとにすり替わっただけだ。西口さんは、うちのライバル航空会社の名前を口にした。

「あっちのバンコク便は、遅延出てないってよ。だから俺、そっちに乗ることにしたから！　キャンセル待ち、早い番号の整理券もらったから、きっと乗れるってさ。というわけで、おたくはキャンセルな。手続きよろしく！」

「待ってください！　うちは欠航ではないので、払い戻しはできませんよ？　それにチェックインの取り消しをしていただかないと。とりあえず、搭乗券をお願いします」

「いいんだよ、金は会社が出すから。搭乗券？　どこ行ったかな。俺の名前でわかるだろ？　じゃあ頼んだ！」

待って、ともう一度引き留めたが、またドタドタと走って、去ってしまった。溜息を吐いてからメモを取り出し、「西口さん、キャンセルかも」と書く。ライバル社の便はうちより定刻が遅いから、まだ遅延が決定していないだけの可能性がある。あちらも遅れるとなると、あの人のことだから、やっぱりうちに乗ると戻ってきそうな気がする。ギリギリまでキャンセルはかけない方が良さそうだ。

また無線が鳴った。ジャカルタのカウンターはもういいから、またチェックインカウンターの応援に行くように言われた。まったく慌ただしい。

「あの、CAさん！　ちょっといいですか？」

出発ロビーに出た途端、今度は若い女の子三人組が、私の前に駆け寄ってきた。CAではないので「はい」とは言えないが、「なんでしょう？」と応対する。

「そちらの会社にも、バンコク便があるって聞いて。私たちの乗る便、欠航になっちゃったんです。そちらに変更って、できますか？」

長身で手足の長い女の子が、代表してスマホの他社アプリの画面を見せてきた。早々に欠航が決まった便に乗る予定だったらしい。大学生で、夏休みを利用しての旅行だろうか。トランクも服装も色とりどりで鮮やかで、彼女たちの楽しみにしていた気持ちが表れているようだった。

「うちも遅延にはなってるんですが、欠航ではないので、キャンセル待ち整理券をお出しすることはできます。ただ、既に整理券もかなり出ているので、乗れるかどうかの保証はできかねます。それと、航空券は買い直しになりますが、よろしいですか？」

そう言うと女の子たちは、顔を寄せ合って相談をし始めた。

「買い直しだって。こっちの方が、お金高いよね」

「でも、あっちの買い物とかで節約すれば、何とかなるんじゃない？」

呼び出されている身としては落ち着かなかったが、年齢から考えると、初めての海外旅行かもしれない。そんな時に空港に来てから欠航となれば、戸惑う気持ちはわかるので、私は黙って、彼女たちの話し合いを見守った。

「ねえ、待って。私は高校時代にパリ留学がダメになったから、全然違う国だけど、今初めて海外旅行できるのが本当に楽しみで、お金追加してでも行きたい！　でもバイトで貯《た》めた大事なお金だから、二人は私に無理に合わせちゃダメだよ。冷静に考えて」

さっき代表で話しかけてきた手足の長い子が、他二人を諭すように言った。随分しっかりとした考えの子だと感心する。

他二人はしばらく考え込んでいたが、やがて一人が、「私もやっぱり行きたい」と力を込めて言った。

「リイナに流されてるわけじゃないよ。私も本当に楽しみにしてたもん」

「うん、私も。また日程合わせるのだって大変だし、行こうよ！」

「本当？　じゃあ整理券もらって、乗せてもらえたら行く。ダメだったらスパッと諦めるってので、どう？」

会議が終わったようで、リイナと呼ばれた手足の長い子が、また代表で「整理券、ください」と私に言いにきた。「わかりました。こちらへ」と発券カウンターに案内する。念のため彼女たちの番号も、メモに控えた。

いつ飛ぶかわからないので、すぐにチェックインもセキュリティチェックも済ませて、ゲートに行って欲しいと伝えたら、「セキュリティチェックって、どこでですか？」「ゲート番号は？」と、不安げな顔で次々に質問をされた。一つ一つ急いで、でも丁寧に説明する。

ようやく解放され、小走りでカウンターに向かおうとしたら、吹き抜けのエスカレーターの下で、「CAさん！　あ、グランドスタッフさんかな？　すみません、いいですか？」と、今度は小柄な女性に呼び止められた。「ああ、もう！」と叫んでしまいたくなるが、堪《こら》えて笑顔を作って、「なんでしょう？」と足を止める。

「あれ、大丈夫ですかね。乗り込む時に、トランクが当たったとかって、ケンカになってるんですよ」

女性はエスカレーターの中腹を指差す。トランクを引いた男性二人が、確かに「そっちだろ！」「いや、俺じゃねえよ！」と言い合いをしていた。うちのお客かどうかもわからないし、さすがにこれは私の管轄外だ。しかし女性はよく見ると、引いているトランクに、何やら文字が書かれた旗を差していた。ツアー旅行の添乗員だろう。私たちと違って空港が職場なわけではないが、いつも空港で仕事をしている。だからここで起こるトラブルが放っておけないという気持ちはわかるし、ありがたくもある。

視界の端に、濃紺の制服が入り込んできた。今朝オフィス前で挨拶をしてくれた、すっとした目許の警備員だ。「すみません！　警備員さん、こっち！」と手を振って叫んだ。「え？　僕ですか？」と走ってきてくれる。

添乗員の女性が私の意図を汲《く》んでくれて、すぐに彼相手に同じ説明を始めた。「よろしくお願いします」と言って私はその場を急いで離れる。背後で「わかりました。見に行きますね」と警備員の男性の声がした。

駆け足でカウンターに向かう。予想はしていたものの、今日は忙しく長い一日になりそうだ。

足が張ってきている気がするが、気付かないふりをして、機械的に動かした。

カウンターでまた発券業務、キャンセルの応対、遅延の謝罪とこなしているうちに、時間が過ぎた。介添えが必要なお客の付き添い、機内持ち込み不可の荷物を載せろとごねるお客の説得、「息子が、宝物のぬいぐるみをどこかで落としちゃって」という家族の、宝探しを手伝ったりもした。

再び無線で指示がくだり、今度は件《くだん》のバンコク便の、搭乗案内の応援に行けと言われた。風が少し弱まってきたので、もうすぐ出発できそうだという。もう気付かないふりは無理なぐらい、パンパンに張った足を引きずって移動する。

途中、女子トイレから出てきた、武庫川君の奥さんと出くわした。

「東雲さん、ですよね。さっきはありがとうございました。飛行機、もうすぐ動くんですってね。もうゲート前に移動してます。娘はまだ寝てますが」

しっとりとした話し方で、感じの良い挨拶をされた。さっき武庫川君が彼女を先にラウンジに入らせて、私と話がしたいと言ったことからすれば、私は好感を持たれなくても仕方ないと思うのだが、性格のいい人のようだ。

「お待たせしてすみませんでした。私もバンコク便の搭乗ゲートに行くところです」

ゲートまで全力疾走したいところだったが、何となく一緒に歩く空気を出されたので、従う。

「ねえ、東雲さん。同級生って言ってたけど、きっと高校時代、うちの夫と付き合ってたんですよね？」

さっきと変わらないしっとりとした口調で突然そんなことを言われて、驚いて私は、右足で左足を蹴っ飛ばし、危うくその場で転げるところだった。何とか体勢は立て直したが、「ええと、あの」と心は落ち着かせられない。

「すみません、突然こんなことを言って。でも、そういう雰囲気を感じたから。変な意味で聞いたんじゃないんです。ただ、教えてもらいたくて。その……、昔付き合ってた東雲さんから見て、うちの夫って、どんな人ですか？　信頼していいと思います？」

質問の意味と意図がさっぱり理解できなくて、「え、あの？」と、私は更にしどろもどろになった。

「うちの両親が堅いので、付き合い始めてすぐに結婚するように言われて、あの人、真面目だから従ったんです。すぐに子供にも恵まれて、育児で忙しくしてたらパンデミックでしょう。それで今度は、急にバンコク赴任。なんだかあの人と付き合い出してからずっと慌ただしくて、さっき飛行機を待っていたら急に、海外暮らしなんて私にできるのかな、この人についていっていいのかな、って不安になってきちゃって」

ようやく少し心が落ち着けられて、私は奥さんの横顔をこっそり見つめた。

「ごめんなさい。お仕事中に、しかも初対面の人間にこんなことを言われても、困りますよね。自分でもおかしいなって思います。昨日までは娘と一緒に、外国楽しみだねって話してたんですよ。今も楽しみって気持ちもあるんです。でも不安も交互に襲ってきて……。なんでだろう」

「台風のせい、じゃないですか」

窓の外に目をやりながら、私は言ってみた。

「台風の時って、なんか五感が敏感になりません？　私、実は今朝起きて、今日は大変になるなあってうんざりもしたんですけど、妙にやる気にもなったんですよ。不安とわくわくが同時か交互に起こる感じ、ありません？」

コンビニのスーちゃんおじさんだけでなく、タクシーの運転手さんも「大変だなあ」と言いながら、どこか楽しげだった。そして、明里も。長い自宅待機明けとはいえ、今日の彼女の雑談時のハイテンションはおかしい。仕事でも、タクシーでは「迷惑をかけないように」としおらしく吉田先輩に語っていたが、迷惑どころか、とんでもない速さで無線を取って、誰よりも迅速にタフに動いている。

「台風のせい？　あー、確かに子供の頃、台風が来ると、怖い半面、わくわくもしたかも」

奥さんが、マスクの下でふふっと笑い声を立てた。私は歩きながら、今度はこっそりではなくて、しかと奥さんの顔を見る。

「武庫川君……、ご主人は、真面目でしっかりした方だと思います。信用して、ついていっていいと思いますよ」

心から、そう思う。私と違って彼は、誰かや何かに影響されて、自分の価値観や生活を変えたりしなかった。やさしくて、でも芯もある、頼りがいのある素敵な男性だと思う。

奥さんは少し驚いた表情をして、しばらく私の顔を見つめ返していた。バンコク便のゲートが見えてきた。

「ありがとうございます」

奥さんが、やがて静かな声で言った。

バンコク便の搭乗ゲートは、こんな人だかりは久々に見たと、それこそ妙なやる気がみなぎるほど、ごった返していた。搭乗券を持っている人と、キャンセル待ちの人の区別がつかない。

カウンターには、既に吉田先輩と明里が入っていた。明里が機械の座席表の画面を操作して、先輩は詰め寄るお客に、例の笑顔で対応している。

「キャンセルがかなり出てるから、座席の差配中」

近付くと、画面と睨《にら》めっこしたまま、明里が私に囁いた。最前列のベンチにリイナちゃんたちが座っていた。乗りたいという強い気持ちにかき立てられて、一番前に来たのだろうか。リイナちゃんが私に気付き、会釈を寄越した。「なに?」と明里が目線で聞いてくる。

「さっき整理券、発行してあげたの」

「大学生? 旅行慣れしてなさそうだよね」

「うん。高校の時に留学がダメになって、やっと初めての海外旅行、とか言ってた」

「ああ、パンデミックで? 高校生や大学生は、進路にも影響しただろうし、可哀想よね」

小声で会話をする。明里は画面を見たまま、「あの子たちの番号、わかるの?」と聞いてきた。何を考えているか察して、私はメモを取り出し、番号を伝えた。「乗れそう?」と聞くと、「微妙なライン」と低い声で言う。

メモには、西口さんについての記載もあった。あちらはそろそろ出発のはずだけれど、定刻で出ただろうか。見回したところ、今このゲートには、彼の姿は見つからない。でも、やはりギリギリまで開放は待ちたい。

搭乗を開始していいという連絡が、機内のCAから入った。ファーストクラス、ビジネスクラス、上級会員などのお客からだ。吉田先輩がアナウンスを始める。一気に場が騒がしくなった。私はゲートに立ち、搭乗の誘導をする。

優先搭乗対象のお客を乗せ終えたが、武庫川一家が通らなかった。小さな子供がいるし、ラウンジを使えるということは上級会員だから、対象のはずなのに。見回して捜すと、後ろの方から空いた最前列のベンチに、移動してくるところだった。リイナちゃんたちの隣に座る。メイちゃんは、武庫川君の腕の中でまだ眠っていた。

「寝起きにぐずる子なので、最後に乗ってもいいですか？　早く乗って機内で起きると、出発までうるさくしそうで」

奥さんが近付いてきて、私たちに告げた。「わかりました」の声が明里と被《かぶ》る。

次は元々の搭乗券を持っている、エコノミー席のお客の搭乗だ。再び吉田先輩がアナウンスをし、また場が騒がしくなる。

それを終えたら、今度はキャンセル待ちのお客の搭乗だ。基本は、整理番号順に呼び出すが、できるだけグループは固まって座らせてあげられるよう、明里が真剣な顔で差配をしている。私はパズルのようなこの作業がとても苦手なのだが、明里は好きらしく、これに挑む時は顔つきが変わる。

明里が確定が出せる座席と整理番号を先輩にまわし、順番に先輩がその番号を読み上げる。一つ呼ばれるごとに、歓声と落胆の声が両方上がる。私は呼ばれてゲートにやって来るお客の整理券に確定の◯を付け、機内に誘導した。

番号を呼んでも、お客が来ない時もある。諦めて帰ってしまっている場合だ。キャンセル待ちは、呼び出した時点でいないと無効なので、それが発生すると、その席は差配し直しになる。私なら気が遠くなってしまうが、明里は更に燃えているようだ。目に力がみなぎっている。

残り席の数が、わずかになってきた。まだ呼ばれないリイナちゃんたちは、肩を寄せ合い祈るような顔つきで、明里を見つめている。

明里が彼女たちに一瞬、目をやってから、私に小声で話しかけてきた。

「乗せてあげたい。でも、無理。先の四名をここところで入れて、そうしたら、あと二席しかない。もう一席あったら、こことここ動かして、四、三でどっちも近くで座らせてあげられるのに。あの子たち、二人しか行けないってなったら辞退するよね、きっと」

これでもかというほど顔をしかめている。私は無言で、ゲート内にまた視線を動かした。西口さんはいない。

「実は西口さんが、あっちの便に乗るからキャンセルって言ってたの。念のため保留にしてたんだけど、いないから、もう開放してもいいかも」

「本当？」と明里が目を輝かせる。念のためもう一度、ゲート中を見回す。「いない。大丈夫」と明里に告げた。

明里が最後の確定を出し、番号を先輩にまわした。先輩は「大丈夫なの？」と私たちの顔を見る。二人で「大丈夫です」「お願いします」と頷いた。

「最後のお呼び出しになります……」

先輩が七つの番号を読み上げた。きゃあああっ！　と、リイナちゃんたちの黄色い歓声が上がった。ゲート中の目が一斉に、彼女たちに向かった。いつの間にか奥さんの腕の中に移っていたメイちゃんも、体をびくっとさせて目を覚ました。

注目を浴びたことに気が付いたリィナちゃんたちが、「すみません」「ごめんなさい」と頭を下げる。最初は迷惑顔をしていた人たちも、若い女の子たちの素直な姿に、毒気を抜かれたのだろうか。飛行機に乗れなかったお客たちだが、皆だんだん笑顔になっていった。

彼女たちと、もう一組呼ばれた四人家族が立ち上がる。武庫川一家も準備を始めた。メイちゃんはぐずってはいないが、「ひこうきは？　まだ？」ときょろきょろして、奥さんが「もう乗るからね」と声をかけた。

その直後だった。「おーい！　そっち出るって？」と、まさかの声がゲートに響きわたった。西口さんが搭乗券を高くかざしながら、走ってくる。私と明里と先輩は、勢いよく視線を交差させた。

「あっちも結局、遅延だってよ、まったく。搭乗券あるから、いいよな？　乗せてくれよ」

「あの、今、全席埋めたところなんです」

「西口さん、キャンセルって仰られましたし」

私と明里で壁を作って、応戦した。事情を察したらしい四人家族と武庫川夫婦、リィナちゃんたち三人組が、不安げな顔でこちらを見ている。特にリィナちゃんたちは、顔色を青くまでしていた。自分たちが最後に呼ばれたことを、わかっているのだろう。

「もともと搭乗券持ってたのは、こっちだろう？　本当にうちの会社を揺るがす事態だから、俺が早く駆け付けないといけないんだ。頼むから、乗せてくれ。おい、元の搭乗券が優先だよな?」

西口さんは途中から私たちをすり抜けて、吉田先輩に詰め寄った。こちらはこちらで、この中で先輩が一番立場が上だと、わかっている。

「しょ、少々お待ちいただけますか」

先輩の声が上ずっている。明里と顔を見合わせた。動揺しているのだろうか。先輩のそんな姿を見たのは初めてだ。私たちが招いた事態だから、何とかしないといけない。しかし、いい対処方法が思い付かない。

「あの、一人乗れないんですか?」「だったら私たち……」とリイナちゃんたちが私たちに近付いてきて、いよいよ焦った時だった。「あの」と武庫川君が、こちらに歩み寄ってきた。

「僕の分を譲りますよ。その男性を、僕の席に乗せてあげてください」

ゲート前に集っていた全員が、一斉に彼の顔を見た。奥さんが「え?」と、大きな声を出す。

「その女の子たちは旅行だから、全員乗れないと意味がないですよね。でも仕事の緊急事態なら、その男性も乗った方がいいです。僕もそういうことは経験があるので、お気持ちはわかります。僕は今日は仕事じゃないので、遅れても構わないです。バンコク便、明日もありますか? 手配してもらえます?」

武庫川君が私を見る。

「それはできますけど、でも」

「ちょっと待って、あなた。私たちは?」

奥さんが私の言葉を遮って、武庫川君に詰め寄る。当然の行動だ。

「空港にあっちの支社の人たちが迎えに来てくれることになってる。日本人だから、問題もない。君一人でも大丈夫だよ。これから外国で暮らしていくんだから、こんなトラブルぐらい、もっと今後はあると思う。最初の一つだと思って、頑張ってくれ。メイと先に行っててくれないか？僕は明日、追いかける」

やさしく、しかし芯のある声と口調で、武庫川君は奥さんに語りかけた。話し終えると奥さんの手を握り、その後メイちゃんの頭をふんわりと撫《な》でた。

戸惑っていた奥さんの顔つきが変わった。目許に力を入れて、「わかった」と頷く。

呆けたように事態を見守っていた明里が、スイッチを入れられたように、急に動き出した。

「乗る方は決まりましたね！　皆さん、早く乗ってください！　すぐに出発します！」

威勢のいい声で叫んで、四人家族とリイナちゃんたちの背中を押すようにして、機内に誘導を始める。

「お、おい。俺は乗っていいんだよな？」

西口さんが、急に怖気《おじけ》づいたのか、弱々しい声で私に訊ねた。

「乗っていいです！　でも、この奥さんと娘さんの隣ですから！　何かあったら助けてあげてくださいね！　奥さんも、もう行ってください！」

私も叫び、二人の背中を押した。

「お、おう。任しとけ」

奥さんと歩幅を合わせながら、西口さんはボーディングブリッジを渡っていった。

まったく、顔を合わせれば悪態を吐いたり、無茶な要求をしてきたり。はっきり言って彼は迷惑な客である。ただ一つだけ、以前から西口さんの、ここは悪くないと思っているところがある。彼は、私たちとCAの区別が付いている。呼びかける時は必ず、「グランドスタッフの」と頭に付ける。その後の「姉ちゃん」は気に入らないが、正しく認識されていることは、悪い気はしない。

ボーディングブリッジの窓ガラスに目をやる。雨粒の打ち付ける勢いが、だいぶ弱くなっている。

嵐が去ったのだ。あらゆる意味で。


ゲートに戻ってきた明里に、「お疲れ」と声をかけた。

「あの子たち、大丈夫そう?」

「うん。もういいから早く乗って、って言っちゃったぐらい、何度もお礼言われた」

「そっか。ねえ、昔、一緒に行った旅行のこと思い出して、あの子たちのために頑張ったの?」

わざとにやりと笑って、訊ねてみた。

「まあね。でも菜緒もでしょ」

かわいくない返事をされた。

専門学校時代はもう一人、やはりCA志望だった、千波《ちなみ》という子と三人で仲良くしていた。しかし、航空業界を志望しながら、三人とも一度も海外旅行をしたことがないということが判明して、「そんなことじゃダメだ!」と、夏休みに台湾《たいわん》旅行を計画した。台風ではなかったが、大雨で空港までの電車が遅れて、しかし飛行機は定刻より早い出発になっていて、空港での私たちは、目に見えて慌てふためいていたと思う。

それを助けてくれたのが、通りがかったグランドスタッフだった。それで三人とも、もしCAがダメなら、この仕事もいいなと思うようになったのだ。

「昼休みは、ごめん。一緒に学校通ってる時は、菜緒が選ばれた人がどうとか、そんな気持ちで目指してたんじゃないことは、わかってたよ」

「ありがとう。でも、明里がわかってくれてたことを、私もちゃんとわかってるから、もう言わないで。美意識とか選ばれたとか、思い出すと本当に死ぬほど恥ずかしいから」

勤務中なので、お互いに小声で早口に会話をして、顔を見合わせて少し笑った。

三人で海外旅行に行き、私は旅に、飛行機に携わるすべての人たちに、改めて愛着と感謝を感じた。台風が来る時と同じように、人は旅に出る時、空港で飛行機に乗るのを待っている時、どこか不安で、どこかわくわくもしている。その不思議な気持ちに寄り添って、手助けをしてあげる人になりたい。そんな思いで明里と千波と共に、勉強に臨んだ。

結局、千波もCAに受かることはできなかった。別の会社のグランドスタッフには受かったが、信州の堅い家の出身だった彼女は、CAになれなかったら地元に帰ると親と約束をしていて、専門学校卒業後、帰郷してあちらの製菓メーカーに就職した。

今は結婚して、二人子供を産み、専業主婦になっている。パンデミックがもっと落ち着いて、どこにでも自由に遊びに行けるようになったら、明里と休みを合わせて、旅行がてら千波に会いに行ってみようか。明里が今朝、涼しいところに行きたいと言っていたので、ちょうどいい。

「お疲れさま」と吉田先輩が近付いてきた。明里と揃《そろ》って「お疲れさまです」と、背筋を伸ばす。

「二人とも臨機応変の対応、お見事だったわ。私はマニュアル主義になりがちだから、勉強させてもらいました」

いつもの淡々とした口調で言い、先輩は踵《きびす》を返して、またカウンターに戻った。機械の画面を切ったり、筆記用具を整理したりと、片付けを始める。

「今、私たち褒められたの？　もしかして」

「吉田先輩に？　記念日にする？　今日」

「ねえ、じゃあ記念に仕事上がったら、マッサージしていかない？　マッサージ店も再開してるみたいよ。自宅待機明けのお祝いに、半額なら奢《おご》ってあげる」

「本当？　絶対よ。行こう行こう」

明里と私は、また小声で話して体を突《つつ》き合った。顔が緩むのを止められない。

「菜緒、彼、待ってるんじゃない？」

人気《ひとけ》の減ったゲートの端の方のベンチに、明里が目線をやった。武庫川君が座っている。

「本当だ。ちょっと行ってくるね」と言ってから彼に近付き、まずは「ありがとうございました」と頭を下げた。

「自分でも驚きの行動だったけど、こちらこそありがとう。あの男性に、妻と娘のサポートをお願いしてくれて」

「口は悪いけど、飛行機に乗り慣れてる人だから、助けてくれると思います。武庫川君、近隣のホテルに泊まるよね？　手配しましょうか？　でもまずは明日の航空券だよね」

「お願いできる？　でも、その前に」

武庫川君が、おもむろに立ち上がった。

「東雲さん、今日は仕事、何時まで？　僕ご存知のように、明日の飛行機まで暇になったので、良かったら夕食でもどう？　ホテルを決めたら、そこのレストランでどうかな。お世話になったお礼にご馳走します。まだ話したかったことも伝えられてないし、このままお別れも淋《さび》しいし」

手持ちのカバンから名刺を出して、差し出してきた。終わったら連絡をして欲しいということのようだ。

しばらく武庫川君の手許《てもと》を見つめたが、考えた末に私は、「やめておきましょう」と言った。「名刺もいいです」と、下げて欲しいと伝える仕種《しぐさ》をする。別れ際の言動について、責められると怖がったからではない。虚を突かれたという表情で立っている武庫川君に向かって、私はゆっくり口を開いた。

「さっきトイレの前で会って、奥さんとここまで一緒に来たんです。奥さん、私と武庫川君が高校時代に付き合ってたこと、気付いてました」

「え！　何か変なこと、言われた？」

いいえ、と首を大きく振る。

「変なことも嫌なことも、まったく言われてません。奥さん、すてきな人ですね。でも、海外で暮らすことを、不安がってました。楽しみでもあるけど、不安って」

武庫川君は私の顔を覗き込みながら、頷いた。先を促されている。

「でも武庫川君が、先に行ってくれって言ったら、了承されたでしょう。西口さんがフォローしてるって信じたいけど、奥さん今、飛行機の中で、すごく緊張してると思います。そんな時に、やましいことはないとしても、武庫川君が昔付き合ってた私と……」

「わかりました」と、途中で言葉を遮られた。けれど攻撃的でも、悪意を感じる口調でもなかった。

「東雲さんの言う通りだと思う。軽率でした。気付かせてくれてありがとう。じゃあ、ここでお別れしましょう。ホテルも自分で手配できます」

頭を下げた後、武庫川君は手際よく名刺を片付けた。

「いいですか？　じゃあ航空券だけ……」

「いや、それも。ちょっと待ってて」

すっと私から離れ、カウンターの方に歩いていく。「あの」と吉田先輩に声をかけた。

「私ですか？　はい、わかりました。ええ」

航空券の手配を頼んだらしい。吉田先輩が対応しながらも、戸惑った表情をしている。武庫川君の肩越しに、私に視線を送ってきた。後でしっかり説明して、謝らなければならない。

「じゃあ、最後にこれだけ」

私の前に戻ってきた武庫川君が、思いつめたような顔をする。

「僕、高校の時の東雲さんとの別れ際に、酷いことを言ったでしょう。あれをずっと後悔してて、謝りたかったんだ。若気の至りとはいえ申し訳なかったです。今更だけどごめんなさい」

勢いよく吐き出すように言い、腰を折ってお辞儀をした。上体を起こすと、「じゃあ。会えて嬉《うれ》しかった。さようなら。お元気で」と、爽やかに笑って去って行った。

「え、あ、さようなら。お元気で」

慌てて挨拶をして見送ったが、狐《きつね》につままれたような心地になっていた。一体、どういうことだろう。酷いことを言った、後悔していた、謝りたかったのは私なのに。

無線が鳴った。また明里がすぐに「はい」と応対する。到着した便で荷物の取り違えが発生したので、応援に行って欲しいとのことだった。

「私が行きます」と明里がゲートを飛び出していく。吉田先輩もリーダー会議の時間だと、出て行った。片付けを引き受けて、私は一人で静かになったゲートに残った。

片付けながら記憶を必死に手繰り寄せていたら、ゲートを出る際に、突然思い出すことがあった。

私が「私たち、別れた方が良さそうだね」と言って、それから例の酷い台詞を繰り出した後、武庫川君が「そうかもね」と言ったような気がする。

「志望大学に受かるために、僕は気を緩めずに勉強しなきゃいけないのに。最近遊んでばっかりの菜緒ちゃんと一緒にいると、巻き込まれて僕まで成績が下がりそうで、怖いし」

その後、そんなようなことも言われた気がする。今の今まですっかり忘れていた。多分、その頃、確かに遊んでばかりで、自分でもまずいと思っていたので、本当のことだからと、別に傷付いていなかった。

もしかして、武庫川君も同じだろうか。午前中にカウンターで再会してから、今さっきの「さようなら」まで。彼の私への接し方は、恨みを持っている相手へのそれとは思えなかった。「航空会社で働いてるんだね」とも、言っていた気がする。私が発した酷い言葉も、CAになると言ったことも、まったく覚えていないのかもしれない。

ゲートの通路を歩いていたら、また無線が鳴った。またまたチェックインカウンターへの応援要請だ。長い一日はまだ終わらない。

到着便から降りたばかりらしい自社のCA軍と、鉢合わせした。同期がいて、「お疲れさま」と話しかけてくる。

「台風で地上も大変だったでしょう？」

「まあ、ちょっとね。でも、そっちこそ。揺れたんじゃない？」

「うん。でも飛行機が飛ぶようになったのが嬉しいから、これぐらい平気」

「わかる。私も今日は久々に人が多いから、嬉しい。おかげで今から残業だけどね」

「お疲れ。帰ったらゆっくり休んでね」

今朝、吉田先輩に嫌味を言ったような感じの悪い人なんて、ごく少数だ。基本的にCAたちは皆、明るくて、感じが良くて、頼もしい。この人たちに負けたのは仕方ないと思える、魅力的で能力の高い人ばかりである。

ロビーに出て、カウンターに急いだ。なるほど、長い列ができているし、騒がしい。

よし、と気合を入れて、乗り込んでいく。

二時間の残業をしてから、やっと上がることができた。途中から同じくカウンターに来た明里も、もうすぐ上がれそうだった。

オフィスに通じるバックヤードの通路を、明里より一足先に一人で歩いていたら、「グランドスタッフの、東雲さん」と背後から声をかけられた。振り返ると、目許のすっとした警備員が立っていた。立ち止まって、「お疲れさまです」と挨拶を交わす。

「さっきは、ありがとうございました。あの後、どうなりましたか？」

引き取ってもらったエスカレーターでのケンカについて訊ねる。

「いえ。上に行ってもまだ揉《も》めてて、ちょっと大変でしたけど、何とか大丈夫でしたよ」

「え、大変って？」と聞くと、警備員は説明をしてくれた。

あのエスカレーターの四階の降り口近くに、うちの社の顔出し写真スポットがあるのだが、そこでまだ二人が言い合いをしていたそうだ。近くの本屋の店員たちが心配して見に来ていて、

「私が」と警備員が仲裁に入ったが、すぐには収まらなかった。そこに本屋の店頭で飛行機の絵本を読んでいたらしい、三、四歳ぐらいの男の子がすーっと近付いてきて、揉めている二人のトランクの荷物タグを、順番に指差し始めた。

「何かと思ったら、PVG、上海《シャンハイ》！　LAX、ロサンゼルス！　って、空港コードでどこから来たのか当ててたんです。みんなびっくりしちゃって、本人たちも毒気を抜かれたのか、すみませんでした、って収まってくれました。男の子のお母さんは、すごく焦ってたけど」

「ええ、すごい！　そんな小さなうちから航空マニアなのかな？　将来うちの社に入ってくれるといいですね」

「そうですね。でも僕は、ケンカの仲裁の才能があるから、警察官になって欲しいなって思いました」

え？　と私が首を傾《かし》げると、警備員は「僕、警備員じゃないんですよね」と言って、体を後ろに向けた。制服の背中に、「警視庁」と書かれている。

「空港署の、コウケツと言います」

また前を見た彼に、私は「ごめんなさい！」と勢いよく頭を下げた。本当だ。腰に警棒を差しているし、腕に腕章だってある。

「いえ。国際線の方に入ってる警備会社は、制服がよく似てるので、よく間違えられます」

「でも、ごめんなさい！　本当に」

最低だ。自分がCAに間違えられることを、いつも疎ましく思っていたのに。制服と雰囲気で判断して、私だって同じじゃないか。

「空港署の、コウケツさんですね、覚えました。コウケツって、あの難しい字の？」

空中に指で字を書いてみせた。

「そうです。東雲さんとは、めずらしい苗字仲間ですね」

「そうですね。あの、どうして私の名前、知ってるんですか？」

「え？　いや、名札で。さっきみたいに、これまでに何度か空港内で触れ合ったことが、あるので。ずっと見てました」

どこかで聞いたことのあるフレーズが繰り出され、え、と私は固まった。

「東雲さん、今日は何時にお仕事終わりますか？　僕は十九時上がりなんですけど、良かったら夕食をご一緒しませんか？　食事が急で失礼だったら、空港内でお茶でもいいです」

彼の背後から、光が差した。扉が閉まる音がして、人影が視界に入る。

嫌な予感がしたが、彼が返事を待っているので、何か言わなければいけない。

「今日は、実はもう上がったんです」

「そうですか。じゃあ無理ですね。二時間も待ってもらうわけにいかない。残念だな」

「でも私、これから同僚とマッサージに行くので。その後だったら、ちょうどいいかも」

「本当ですか？」と、彼がすっとした目許を緩ませた。じゃあ、と待ち合わせ時間と場所を口にして、踵を返す。扉の外に出て行った。

嫌な予感は的中した。代わりにこちらに近付いてきたのは、明里だ。さっきの彼の三倍ぐらい目許を緩ませて、「ねえねえねえ、今の何？　どういうこと？」と大股で寄ってくる。この後マッサージをしながら、しっかり追及されるのだろう。

やはり今日は、長い一日になりそうだ。

第五話

夜の小人

リムジンバスから降りた四人の中で、トランクを引いていないのは僕だけだった。前を行く三人の中で一番後ろを歩く、五十代だと思われるビジネスマン風の男性の後ろ姿を観察する。頑丈なことで有名なスイスのメーカーのシルバーのトランクに、同系色のダークグレーのジャケット。濃紺のスラックスズボンもジャケットと共に上質そうだし、がっしりした体型によくフィットしている。

が、靴だけが惜しい。合皮と思われる黒いビジネスシューズだが、踵《かかと》がだいぶすり減っていて、色もところどころ白茶けている。元は良さそうに見えるから、きちんと手入れさえすればもっといい状態を保てるのに、もったいない。

二十二時からここに来るということは、深夜便か早朝便で海外に出張するのだろう。取引相手が足許《あしもと》まで観察するタイプじゃないといいね、なんて意地悪なことを考えてしまう。

靴が惜しいビジネスマンは、他二人と同じく正面入口に消えていった。僕はそこを通り越し、ロータリーを際まで歩いて、一番端の入口から中に入る。

国際線ターミナルは二十四時間開いているが、さすがにこの時間になるといつも人はまばらで、がらんとしている。照明も数を絞っているので、「夜」を感じられていい。カツン、カツンと自分の足音が建物の上の方まで響く心地よさを、ああ、と声を漏らして味わった。

夜の空港——。ここが今日の僕の仕事場だ。

待ち合わせたバックヤードの入口扉前には、もうメンバー全員が集まっていた。今日初めてこの仕事に参加する大学生の男子アルバイト君も、遅れずにちゃんと来てくれている。

「おはようございます。すみません、最後になっちゃった」

「おはよう。いいんじゃない？　リーダー様だから重役出勤で」

僕の両親と同い年の女性社員、松田《まつだ》さんの冗談は愛想笑いでかわして、「荷物、ありがとうございました」と、台車の脇にいる共に三十代の男性社員二人にお礼を言った。

「本当は僕がオフィスから、運びたかったんですけど」

「これぱっかりは仕方ないよ。お母さん、軽症で良かったな」

「何度もチェックしたから忘れ物ないよ。包み方も気を付けたから大丈夫」

どうも、と二人に会釈をする。パンデミックが始まって、約二年。大人四人が狭い住宅でひしめき合うようにして暮らしているにもかかわらず、奇跡的に家族全員これまでずっと無事だったのだが、先日ついに母が感染してしまった。幸い誰にもうつらず、母も軽症で既に回復しているが、社の規定で今日の夜まで僕は自宅待機だったので、ここには自宅から直接出勤することになったのだ。

扉を開けて、台車を押しながらぞろぞろと通路を行く。

「あーあ、また夜の民《たみ》に戻っちゃったわね。堂々と正面から入って、昼に作業したこともあったのに」

「え？　人がいっぱいいる中でですか？」

松田さんのぼやきに大学生が反応したので、「パンデミックのピークで、空港に人が全然いなかった時期だけだよ」と僕が補足した。

「だから夜に戻ったのはいいことなんですよ。うちの母親も感染したし、まだ完全に収まったわけじゃないけど、空港に人が戻ってきたってことなんですから」

松田さんは僕の言葉に「はあい」と肩をすくめたが、「うっちーは夜作業好きだもんね。でも私の歳《とし》だとこたえるんだってば」と、まだぼやく。「でも松田さん、昼作業の時、ここで台車倒して大変だったじゃないですか」と、僕は少し憎まれ口を叩《たた》いてやった。

バックヤードの従業員休憩室に入ると、窓側の席に、見覚えのある作業着集団がいて、食事を摂《と》っていた。

「こんばんは。今日、飛行機の清掃なんですね！　一回見てみたいんだよなあ」

「お疲れさま。今日はディスプレイの交換かあ。こちらこそ作業、見てみたいんだけどね。時間が丸被《かぶ》りだもんねえ」

これまでにも何度かここで居合わせたことのある、飛行機の洗浄をする人たちで、うちの男性社員の一人が親しげに雑談を交わした。

準備はメンバーに任せて、僕は広報の里見《さとみ》さんと最終打ち合わせをするため、一足先に現場に向かう。せり出したテラスから吹き抜けを通して出発ロビーがよく見渡せる、四階のカフェで待ち合わせをしていた。里見さんはもう着いていて、「内田《うちだ》さん、こっち。コーヒーで良かったですか？」と飲み物も注文してくれていた。お礼を言って、向かいの席に座る。二十四時間営業だが、他に客はいなかった。

「おはようございます。今日から僕が責任者なので、至らないところもあると思いますが、よろしくお願いします」

ここ、海辺の空港の国際線ターミナルの吹き抜けエリアを中心に、三カ月置きに季節のディスプレイを施す仕事を、我が社が専属で請け負っている。僕が入社したのが約七年前で、空港ディスプレイチームには、三年目から加わった。デザインも我が社が任されていて、チームに入ってからアイディアを頻繁に出していたら、僕の案がよく採用されるようになり、当時のリーダーだった村岡《むらおか》さんから、デザイン係に任命してもらえた。そして前回を最後に村岡さんがチームから外れ、今回から僕がリーダーも兼任する。社の中でも一番規模の大きな案件なので緊張もあるが、大好きな仕事なので、純粋に喜びも感じている。

「何を仰《おっしゃ》るんですか。内田さん、これまでも打ち合わせにもずっと参加してくださってたし、まったく心配してないですよ」

里見さんがメガネの奥の目尻を下げて、微笑《ほほえ》んでくれた。四十代半ばぐらいの女性で、ちょうど僕がデザイン係になった頃から、担当してくれている。資材に費用がかかる案でも、「このデザインは私も見たいし、お客さんも喜ぶと思うのでいいですよ、出します！」などと、いつも僕の案をほぼそのまま実現させてくれる、最良のパートナーだ。

「今回のデザインもいいですね。これ、折り紙やちりめん細工のイメージですか？　日本らしい古典的な手法に、原点回帰って感じでしょうか。桜は特に紙細工に合いますよね」

「ありがとうございます！　その通りです。ここのところ騙《だま》し絵風のものなど、スタイリッシュな感じが多かったので、この春からの一年は手作り風を意識して、良い意味でチープ感を出していこうと計画してます」

「いいと思います。外国人のお客さまも少しずつ戻ってきていますし、喜ばれますよ」

今日の計画表を眺めて「うんうん」と頷《うなず》きながら、里見さんは何度も褒めてくれた。

「うちの息子も保育園時代、桜とかひまわりとか、季節ごとに折り紙や色画用紙の制作を持って帰ってきてたなあ。懐かしいです」

「里見さん、お子さんがいるんですね」

「はい。この春から小学校二年生です。高齢出産だったので、未だにこちらはこねくり回したいぐらいかわいいんですけどね。息子の方はもう、親より友達と遊ぶのが楽しいみたい」

淋《さび》しそうに笑うが、それも含めて愛《いと》おしいのだろうと、その眼差《まなざ》しから感じられた。

「気が早いですけど、今年の夏休みは初めてこの空港から、飛行機に乗せてあげようと思ってるんです。沖縄なんで、国内線ですけどね。二年前の夏にも計画してたんですけど、ほら、あの頃は空港の職員でも、旅行なんて行ける空気じゃなくて」

「お母さんの職場から旅行に出発なんて、最高ですね。二年生でもう飛行機に乗れるなんて、羨ましいな。僕、二十八歳ですけど、まだ飛行機に乗ったことないんですよ」

実は僕も、そう遠くないうちにこの空港から初めて飛行機に乗る計画があるのだが、話の流れ上、今は黙っておく。

「ご出身はどちらですか？　私は山口で、母の実家は秋田なので、子供の時も今も、帰省時は自然と飛行機って感じでしたね」

「ああ、僕、東京生まれ東京育ちなんです」

「へえ。東京のどこですか？」

「ええと、新宿区」

「ええ、カッコいい！　都会っ子ですね」

反応に困ったところで、ちょうどメンバーたちが台車を押して、ロビーに入ってきたのが見えた。

「じゃあ、そろそろ作業に行ってきます」

「そうですね。すみません、無駄話ばかりしちゃって。やだ！　私、もう一つ大事な話があったのに。ごめんなさい、作業後のチェックの時に、少しお時間いただけますか？」

わかりました、と返事して店の前で別れた。三カ月に一度とはいえ、里見さんは僕らの作業日、明け方になることもあるのに、必ず終了までオフィスで別の仕事をして、待っていてくれる。

後ろ姿を見送りながら、よその家の事情に世話を焼くのは良くないと思いつつも、息子さんは、今晩どうしているのだろうと考えてしまった。もちろんお父さんがしっかり見ているのだろうが、お母さんがいなくて淋しいとは思っていないないか。

まずは今日までの冬バージョンのディスプレイを、きれいさっぱり撤収させた。「じゃあ春の飾り付け！」と仕切り、僕は高所用脚立を大学生と共に運ぶ。A地点に到着すると、大学生に下で押さえさせて、慎重に脚立を登った。吊《つ》り下げたワイヤーに、遠目には折り紙に見えるだろう、巨大なペーパークラフトの桜や花びらを固定していく。少しでもバランスを崩すと落下する恐れがある、慎重さが求められる作業だ。

額に汗を滲《にじ》ませながら、数個付け終わった頃に、「見て！　ディスプレイ交換してる！」と下から女性の声が聞こえた。

「本当だ！　こうやってやってるんだね」

「初めて見たね。残業でもいいこともあるね」

服装はラフだが、二人とも髪をきれいにまとめていて、仕事上がりのCAさんかなと予想する。

大学生が何か言ったのか、「こちらこそ、どうも」「明日《あした》の朝、楽しみにしてますね」と言いながら、女性たちは去って行った。

「よし、終了！　降りるね」

時間をかけて下に戻ると、大学生が「なんか、いいっすね」と僕に話しかけてきた。「何が？」と訊《たず》ねる。

「きれいなCAさんと話せちゃった。って言うのは冗談にしても、さっきの清掃の人たちといい、なんか皆さんが応援してくれてて、いいですね」

ああ、と相槌《あいづち》は打ちつつも、僕はあえて淡々と言い放った。

「でもそれは、あちらも空港の職員だからだよ。一般のお客さんはさ、明日の朝以降、ディスプレイには注目しても、それをいつ誰がどうやって作ったか、なんて考えないよね」

「あ、そうですね」と大学生があからさまにがっかりした顔をするので、しっかり落ち込んでしまう前に、「でも」とたたみかける。

「それでいいんだよ。誰がいつやったかわからないうちに、みんなが喜ぶものを作り上げておくのが僕らの仕事。職人は表に出ないのが鉄則だからね」

おお、と大学生が今度はマスクの下で唸《うな》った。素直な性格のようだ。確か大学では建築の勉強をしていて、ジャンルは違うが空間に何かを作るという共通点で、ディスプレイの勉強もさせてもらいたいと、採用面接時に志望動機を語っていた。

悪い気分ではなく、僕は調子に乗って、もう少し彼相手に語ってみることにした。

「僕は自分のこと、夜の小人だと思ってるんだよね」

こびと、と大学生が不思議そうに発音する。


子供の頃、『小人の靴屋』という童話が大好きだった。読書好きの子供ではなかったのだが、小学校の低学年の頃、歯医者の待合室で恐怖心を紛らわすために手にして読んだ、この話に夢中になった。

靴屋のおじいさんは腕はいいのだが、商売はなかなかうまくいかず、廃業に追い込まれている。ある日これが最後と決めて、革を買ってくる。それを切って工房に置いたまま眠ったら、翌朝、靴ができていた。靴はとても出来がよく高値で売れて、おじいさんはそのお金でまた革を買った。そしてまた工房に置いて眠ったら、翌朝に靴ができていて――と、同じことが何度も繰り返され、やがて靴屋は繁盛した。この不思議な現象はどうしたわけかと、ある晩おばあさんと一緒に眠らずに工房を見張った。すると夜に小人たちが現れて、せっせと靴を作っていた――。

と、こんな話である。

初め僕が憧れたのは、小人ではなくておじいさんだった。勉強も運動も苦手で明るい性格でもないので、学校では地味な存在で、暮らしも裕福ではない。けれど手先が器用で、図工や家庭科だけは人知れず得意な子供だったから、おじいさんに自分を重ねたのだと思う。

東京の、しかも新宿の出身だと言うと、さっきの里見さんのように「カッコいい！」「都会っ子」などと言われることが多いが、その人たちが想像するものと、僕の幼少期は全然違う。地方出身の人は特に、新宿というと隅から隅まで高層ビルとオシャレなマンションが立ち並んでいると思い込んでいるが、まったくそんなことはない。高層ビル群をすぐ後ろに背負いながら、黒ずんだ壁にヒビ割れた柱、駐輪場の脇は草ぼうぼうというような、古い団地なども少なくないのだ。僕の家がまさしくそれだ。築五十年は優に超える古い3LDKの団地に、両親と二歳下の弟と一緒に、今も住んでいる。

父は団地の一本向こうの通りで、中華料理屋を営んでいる。僕の曽祖父の代から続く店だと言うと、これまた「老舗料理店の息子なの？」などと言われるが、やはりそれも違う。どんな下町にも必ず一、二軒はあるような、特別おいしくもないが不味《まず》くもないので、近所の人や周辺で働く肉体労働者たちが来ることで持っている、小汚い町中華なのだ。

母は父と一緒に店を切り盛りしていたが、それだけだと売り上げが低い月は家計が苦しいので、ランチタイムが終わると、更にもう一本向こうの通りのスーパーで、レジ打ちのパートもしていた。そのため僕と弟は、幼稚園が終わると、店の一番奥のテーブルに放置され、勝手に遊ぶように言われていた。僕は毎日折り紙や段ボール工作に勤《いそ》しんで、それなりに楽しく過ごしていたのだが、年長の時に同じクラスの女の子に、「徹平《てっぺい》くんって、いつも油みたいな匂いがするから嫌だ」と言われて、面食らった。

弟も小学校に上がった頃から、母はレジ打ちパートを、スーパーの閉店時間まで延ばすようになった。その頃は学校が終わると店ではなくて、家に帰るようになっていたが、母の帰りが遅いので、僕は小学校中学年にして、帰宅すると弟におやつを出し、洗濯機を回して干し、夕方になると夕食の下拵《したごしら》えをするのが日常になった。

去年末、「まだ大勢で外で宴会をするのは気が引けるけど、自社でならいいだろう」という社長の発案で、オフィスで鍋パーティーの忘年会をした。そこで野菜や肉を切って調理もして、取り分けて片付けて洗い物もしてと、てきぱき動いていたら、「うっちー、すごい。料理できるんだ」「家事能力が高い男の人って、初めて見た！」と、三十代、四十代の既婚の女性同僚に、尊敬の眼差しをもらえた。

中学に入るとますます工作や技術製作の腕が上がり、家で家具が壊れた時や、収納棚が足りないという事態の際には、当たり前のように僕が直したり、作ったりするようになっていた。夏休みの自由工作課題で、デザインも高さも違う椅子を三脚作っていって、「これ全部、内田が作ったのか？　デザインから全部？」と担任を驚かせたこともある。

高校は近隣の工業高校に進んだが、肌に合わなかった。男子校ではないのだが、男女比が9対1ぐらいで、体が大きく腕力の強い男子集団がクラスを仕切っており、僕のような細身でおとなしい男子は、いじりや使いっ走りの対象になった。不登校というほどではなかったが、まだら登校で家に籠もることが多くなり、担任には「根性がない」と見なされた。勉強も苦手だし、経済的な理由もあり、元より進学するつもりはなかったが、就職活動の世話もロクに学校にはしてもらえず、卒業後は就職浪人のフリーターになった。

父の中華料理屋で働く選択肢もあったが、幼稚園で「いつも油みたいな匂いがする」と言われた傷が残っていて、外にバイトに出ることにした。社交的でないので接客業は避けたが、それ以外は運送業に引っ越し業、宅配業者に工事現場、交通整理と、色々と掛け持ちをして、何でもやった。『小人の靴屋』のおじいさんから、靴職人への憧れがあったが、日本では弟子入りしたいと思えるような工房が見つけられなかった。僕が魅せられていたのは、ドイツのとある靴メーカーで、いつかドイツに渡ったりしてみようか――など、密《ひそ》かに考えていなくもなかったのだが、どれぐらいお金がかかるのかもわからず、とにかく今は働くに越したことはないと、身銭を稼いだ。

　どの職場でも、最初は従業員たちの輪の中に入っていくのに苦労したが、器用で仕事の要領もいいことと、真面目なことが幸いして、「内田はおとなしいけど、仕事はできるな」「今どきめずらしいぐらい真面目でいいな、お前」などと、徐々に受け入れてもらえた。僕も少しずつ自信を持てるようになり、慰労会の飲み会に誘われたら参加したり、従業員同士のチャットグループに入れてもらって、日々他愛《たわい》ない会話を交わしたりと、人並みのコミュニケーション能力は見に付けることができた。

　フリーター二年目の宅配業者で働いている時に、生まれて初めての彼女もできた。同じ営業所で受付オペレーターをしていた、由依《ゆい》という同い年の女の子だ。人懐っこくて誰とでもすぐ打ち解ける性格は僕と真逆だったが、家庭の経済事情で進学できず、就職もうまくいかなくてフリーターをしているという環境が一致していた。初対面から笑顔で話しかけてくれた彼女のことを、僕も最初から「いいな」と思っていたが、「うっちーも上がり？　お茶でも飲んでかない？」とか、「徹平くん、今度いつ休み？　どこか行かない？」などと声をかけ、積極的に距離を縮めてくれたのは、由依の方からだった。

　自然な流れで付き合うようになった後、由依になぜ自分と付き合いたいと思ってくれたのか、聞いてみたことがある。由依は、「えーっ、好きになるのに理由なんてなくない？」と笑ったが、そのあと少し目を伏せるようにして、「徹平くんは、私の痣《あざ》のことを何も言わなかったからってのは、あるかなあ」と呟《つぶや》いた。

由依の顔の左顎から、首筋を通って鎖骨辺りまで、大きな赤い痣がある。毛細血管の異常により起こる、生まれつきの皮膚疾患だという。子供の頃はレーザー治療を試みていたが、効果がなかったので今はしていないそうだ。宅配業者の襟の詰まった制服を着ていても上半分は見えるため、僕も初対面時から気付いていたが、「何か言う」人がいることに驚いた。人の容姿について「何も言わない」のは、ごく当たり前のことだと思っていた。

「え？　まさか何か酷《ひど》いことを言う人がいるの？　いたの？」

驚いて僕が訊ねると、「ううん、違う違う」と由依は首を振った。そして今度は宙を見つめるようにしながら、「酷いことを言う人は、さすがにいなかったよ。でも私が何も言ってないのに、気にしないから大丈夫だよ、由依ちゃんは十分すてきだからね、とか言う人は、けっこういるかなあ」と言って、淋しそうに微笑んだ。

付き合い始めてから約一年経《た》った頃に由依の誕生日があり、二人で有名な遊園地型のテーマパークに出かけた。僕は初めてだったが、由依はそのパークのキャラクターたちのファンで、リピーターだった。誕生日の前日から一泊して、丸二日間パークで遊び倒す計画だった。パーク内のホテルに泊まるのが由依の憧れらしいが、僕たちの手に負える値段ではなかったので、「それは、いつかまた」と諦めて、近隣のシティホテルを取った。一日目の夜、パークを出てからホテルまでの道中で寄ったコンビニで、僕はこっそりケーキとろうそくを買い、ホテルの部屋で日付が変わる瞬間にろうそくに火を点《つ》け、『ハッピーバースデートゥーユー』を歌ってお祝いをした。由依は涙を流して、「ありがとう。最高！」と喜んでくれた。

翌朝も早くから、二人でパークに乗り込んだ。そこで僕は、衝撃的な光景を目の当たりにした。昨日の退園時にも通った、とあるアトラクションの近くの大きな花壇が、一晩ですっかり装いを変えていたのだ。昨夜まではピンクや黄色と、春らしい色の花々がひしめき合っていたのに、水色や白の、夏らしい爽やかな彩りに変わっていた。

「どういうこと？　昨日はピンクや黄色だったよね。何度も通ったから、覚えてるよ！　絶対、春っぽい色だったよ！　全然違う花になってるよ！」

あまりに驚いて興奮した僕に、由依は何故《なぜ》かまるで自分の功績であるかのように得意気な顔をして、解説した。

「すごいでしょ。昨日の閉園から今日の開園までに、入れ替えられたんだよ。昨日と今日で月が変わったでしょ。ここは季節の変わり目で、花壇やディスプレイが全部変わるんだ」

由依の誕生日は一日だから、確かに昨日と今日では月を跨《また》いでいた。

「花壇だけじゃないってこと？　この広い中の、全部のディスプレイも？　そんな短時間で、誰がどうやって？」

衝撃が覚めやらない僕は、矢継ぎ早に質問をした。

「それは業者だろうけど、でも、そういうことは探らずに、すごい！　って驚いて喜んでおくのが、このパークのお約束なの。その方が夢があっていいじゃない」

由依は少し困った表情をして、口を尖《とが》らせた。そんな由依の顔を眺める僕の心の中に、ゆっくりと、しかし確実に、何やら気持ちのいい感覚が舞い降りてきた。

小人たちが現れたのだ。『小人の靴屋』の小人たちは、現実に存在した。人々が寝静まった夜にこっそりと現れた小人たちが、夜のうちに働いて、みんなを喜ばせるものを、誰も見ていないところで作り上げた――。

僕は小人になろう。その瞬間に固く誓った。靴職人になるためにドイツに渡ろうかということについては、その頃も色々と調べてはいた。けれど、お金は必死に貯《た》めたとしても、ドイツ語どころか英語も喋《しゃべ》れないし、留学どころか海外旅行や、飛行機に乗った経験さえない自分に実現できる気がしなくて、諦め気味になっていた。由依という大切な存在ができて、彼女と離れられるわけなんてないと、思うようになっていたのもある。

それならば僕は、おじいさんではなくて、小人になろう。表舞台には出てこない小人、でも人知れず人々に夢を見させる小人――。ああ、なんてカッコいいんだろう。

翌日すぐに、あのテーマパークの花壇やディスプレイを請け負っている業者を調べた。でもパーク自体にファンが多く、取引業者への入社も倍率が相当に高いようで、門は一応叩いてみたものの、残念ながら採用してもらうことはできなかった。

けれど、小人になれる仕事なら何でもいいと、それ以降、自宅から通えるディスプレイ業者を片っ端から当たって、就職活動に勤しんだ。二年以上フリーターだったし、美大や工芸系の専門学校卒の人材を求めている会社が多かったので、僕は相当に不利だったが、小人になりたいという一心で、果敢に挑んだ。子供の頃から今に至るまで作った工作品、技術製作品の写真を撮ったり、持ち運べるものなら引かれるのを承知で持参して、面接会場で見てもらい、自分の長年の工作、製作への熱い思いを語り尽くした。小学校の教室の隅で俯《うつむ》いていた頃、体の大きなクラスメイトに怯《おび》えて部屋に籠もっていた高校の頃を思うと、我ながら強くなったと、自分を褒めた。

数カ月の努力が実り、年が変わる頃に今の会社から、翌春入社の正社員としての内定をもらった。——それから七年。今日の、今この瞬間も、夜の空港で小人として働けている。大きな仕事を一任してもらえるようにもなったし、同僚との仲も良好。由依との程よい付き合いもずっと続いていて、自分は今、充分に幸せだと思う。決して高給ではないが、物心ついた頃から多くを望む性質ではないので、これ以上欲しいものは、特にない。

つっ——と、声にならない声が出た。A地点の後、B地点での作業も終え、C地点で、高所用脚立の上で体を大きく傾けて、今日一番繊細さを伴う、クラフトを取り付けるためのワイヤーを張る作業をしていた。目を刺すような眩《まぶ》しさを感じて、何とか持ち堪《こた》えたものの、体を一瞬大きく揺らしてしまった。

「大丈夫ですか？　今、何か光りましたよね？　何だ？」

A地点の作業後、僕の小人論を聞いて、どうやら僕に興味と親しみを持ってくれた大学生が、心配そうに声をかけてくれた後、顔を振って周りを見回した。

「大丈夫。でも、ヒヤッとした」

そう言った僕の声が、「すみませーん！」と下から響いた声にかき消された。

「フラッシュ焚《た》いたつもりなかったんだけど、作動しちゃったみたいで」

胸の辺りにデジカメらしきものを抱えた、三十代半ばぐらいかと思われる男性が僕を見上げて、顔の前に手をやり「ごめんね」というような仕種《しぐさ》をした。ベージュ色のジャケットに細身のパンツというカチッとした格好なので、海外出張の空港利用客が作業に興味を持って、カメラを向けたのかと思ったが、トランクが見当たらない。なんだろうと思っているうちに、男性はどこかに去ってしまった。体をあまり動かせないので、どこでも目で追えるわけではないのだ。

C地点での作業を終えて下に降りてから、「さっきの人、利用客かな？」と大学生に聞いてみた。

「わからないです。すみませんって言いながら、いつの間にかいなくなっちゃってたんですよね。今度からはもっとよく周りを見て、写真は危ないので止《や》めてくださいって、前もって言いますね」

「うん。ありがとう」

「でもあの人、何か見たことある気がするんですよね」

「え？　知り合いってこと？」

大学生は今日初めてこの現場に入ったのだから、空港スタッフと顔見知りなわけはない。

「そうなのかな？　思い出せないんですけど、でも見覚えは絶対あったんですよね」

二人で、うーん？　と首を傾《かし》げた。

フラッシュの男性の正体は、翌日には判明した。深夜勤務だったので、翌日はフレックスで昼頃にオフィスに出勤したら、「うっちー、里見さんからメール来てるぞ」と村岡さんに呼び止められた。

「昨日のディスプレイ、完璧な出来で感激したって。あと息子さんの熱は、大したことなくてもう元気だってさ」

「そうですか。どっちも良かったです」

作業終了後にまた里見さんと会う予定だったが、息子さんが急に熱を出したそうで、帰ってしまっていた。作業完了のチェックは、代理の人にやってもらった。

「あともう一つ。空港でうちに新規の仕事を依頼してくれるらしくて、企画業者がもうすぐここに来るって。うっちーに任せるから、よろしく」

昨日「もう一つ大事な話が」と言っていた件だろう。企画業者が今日の午後の来訪を希望していたので、出勤が遅い僕ではなくて、村岡さんにメールをしたようだ。

「新規の仕事って、何でしょうね。業者は、何てところですか？」

「個人事務所みたいだぞ。ええと、空間プロデューサーの、石丸俊彦《いしまるとしひこ》、だって」

「空間プロデューサー？」と聞き返す僕の声と、忘年会で僕の家事力を認めてくれた女性同僚二人の、「え、石丸俊彦？」「石丸さんって、あの？」という声が被った。

「知ってるんですか？」と訊ねると、「コメンテーターで、よくテレビに出てるよね。もうすぐ来るの？　嘘《うそ》！」「CMも出てるよ。あと密着番組も見たことある！　私、お茶出そうか？」と二人は色めき立った。どうやら女性に人気があるらしい。

それでピンと来て、検索をしてみたら、当たりだった。昨夜のフラッシュの男性だ。昨日は脚立の上からだったので顔はよく見えなかったのだが、髪型と佇《たたず》まいの雰囲気から、間違いなさそうだ。バイト君も美大の学生だから、知っていたのだろう。ネット画像を見る限り、特段に美形というわけではないが、清潔感があるきりっとした顔立ちだ。服装もカチッとしていながら、かしこまり過ぎてはいなかったし、「ごめんね」と僕にやった時のこなれた手の動きなど、なるほど、あれこれサマになっていて、女性に好かれやすいタイプだと納得がいった。公式サイトのプロフィールによると、年齢は三十八歳。

「僕が一人で対応するんですか？　村岡さんも一緒にお願いしますよ」

パソコンから顔を上げて、向かいの村岡さんに声をかけた。

「何でだよ。空港の仕事はもううっちーに引き継いだんだから」

「でも、これは新規だから別じゃないですか。僕まだ、新規の商談を一人でしたことないんですよ。今日だけでいいので」

主任の肩書ももらったのだから、自分が一人でやるべきだとはわかっていたが、懇願したのには訳があった。昨夜少し触れ合ったのと、今ネットで画像を見たことからの直感だが、不器用な僕はこういういかにも器用で調子が良さそうなタイプの人とは、相性が悪い。

約束の時間になり、インターホンが鳴った。懇願を重ねたので、村岡さんはやれやれという表情をしながらも、僕と一緒に会議スペースに入ってくれた。

「里見さんのご紹介で参りました、石丸俊彦です。内田さん、ですか。昨夜は申し訳ありませんでした。しかし、ディスプレイ技術には感服しましたよ。折り紙のような桜のディスプレイ、すばらしかったです！　今日は突然の訪問になりましたが、会ってくださってありがとうございます」

大方の予想通り、石丸は慣れた手つきで名刺交換をこなしながら、最初からどんどんと言葉を繰り出した。「昨夜？」と村岡さんが訊ねたのにも、「昨日の作業を見学させてもらったんです。そこで僕が、すみません、内田さんにフラッシュを焚いてしまって」と、さくっと説明している。

「それで、仕事をご依頼くださるそうで」と僕は着席早々、本題を切り出した。今日の石丸は昨日と変わって、濃紺のジャケットを着ているのだが、裏地がピンク色で、桜吹雪の模様が入っているのが、時折ちらちらと見える。もしかして昨日の僕のディスプレイに合わせてきたのかもしれない。その話をされると、お礼を言わねばならずペースを握られそうで、こちらの主導で進めたかった。

「おお、早速仕事の話に入らせてもらっていいですか。ありがとうございます。では、まずはこちらをご覧ください」

石丸は紙を束ねた資料を取り出し、テーブルに置いた。表紙に赤を基調とした、江戸を思わせる舞台の画像があった。柱や欄干に金色、銀色で和の模様がちりばめられていて、目を引く。伝統芸能には詳しくないが、歌舞伎や狂言などの舞台をイメージしたのだろうか。

「国際線ターミナルの江戸フロアの入口辺りに、使っていない広いスペースがあるのはご存知ですよね？」

「はい。本屋さんの前辺りですよね」

「ああ、あの飛行機の顔出し写真パネルのあるところですかね」

僕と村岡さんは、口々に返事をした。

「そうです。さすが、話が早くて助かります」

あそこには数年前まで巨大液晶モニターが置かれていて、旅行会社や地方自治体が観光ＣＭなどを流していた。しかし費用がかかるらしく、CMがあまり入らなくなり、ついにはモニターごと撤退した。その後にパンデミックも来たので、「このスペースはすっかり使いあぐねちゃってるんですよね」と、里見さんがぼやいているのを聞いたことがある。

石丸の説明によると、里見さんがあのスペースの再利用を考えており、プロデュースを全面的に石丸に依頼したのだという。そして石丸が企画したのが、江戸風の舞台をあそこに置くということだと。

「せっかくの舞台なので、ゆくゆくはそこでイベントを開催することも考えています。本物の伝統芸能の方たちに来てもらって、ミニ興行をやってもらうのもいいし、アイドルやアニメのイベントなんかも、異ジャンルのコラボで面白いかもしれないですよね」

建設はとある中堅の建設会社に依頼していて、既に快諾されているそうだ。我が社には、柱や欄干の装飾を頼みたいという。更に里見さんの提案で、イベントを開催していない時期は、吹き抜けエリアのうちのディスプレイを、舞台の上や周囲にも施したい、と。

「里見さんが、最初から装飾はぜひ御社にと仰《おつしや》られてましてね。私もこれまでの吹き抜けのディスプレイ画像を見せていただいて、これは御社以外にあり得ないと思いました。昨夜も作業を見学させていただいて、特に内田さんの手際の良さに惚《ほ》れ惚《ぼ》れしまして、これはもう是非に！と」

「なるほど。お話はよくわかりました」

石丸に向かって言いながら、村岡さんの顔も窺《うかが》った。目が合うと頷いてくれたので、前に向き直り、「お受けしたいと思います」と石丸に頭を下げる。

余りにも滑らかに、くすぐったくなるほどの褒め言葉を放出してくる石丸に対しての苦手意識は、まだ拭えていない。けれど仕事としては悪くない、いや寧《むし》ろ、かなり魅力的だと思えた。金銀の和模様を描くことに挑戦してみたいし、建設会社は中堅ながら仕事の丁寧さに定評がある僕の憧れの企業で、一緒に何かを製作できるなんて、貴重な体験になる。今後舞台にもディスプレイができるなら、うちの利益増になるかもしれないし、何より里見さんが、うちを推薦してくれているというのが嬉《うれ》しい。

「お受けいただけますか！　ありがとうございます。よろしくお願いします。では早速、製作日程についてですが……」

手を叩いて満面の笑みを見せた後、石丸はやはり慣れた手つきで資料をめくった。製作日とタイムスケジュールも、もう仮で出ているようだ。六月上旬の日付が書かれている。後でしっかり確認するが、まず大丈夫だろう。六月中旬には吹き抜けディスプレイを夏バージョンに入れ替えるから、そこから連携するなら、里見さんとの打ち合わせは必要になりそうだ。

ふと気が付くことがあり、「あれ？」と僕は石丸の顔を見た。

「うちの製作開始時間、十四時半になってますが、これは間違いですよね。深夜の二時半ですか？」

建設会社の方は十三時になっている。

石丸がニヤリと笑い、「いいえ、それで合ってます」と言った。

「昼に作業するんですか？　人通りがあるのでは？　僕、パンデミック前に昼間の空港には行ったことないんですが、一番人が多い時間帯なんじゃないですか？」

「その通りです。だから、その時間なんです。これは製作ショーなので、沢山の人に見てもらわないと」

鼻を鳴らしそうな勢いで得意気な表情を浮かべて、石丸は資料のまだ僕が見ていなかった箇所を、指でトントンと叩いた。「製作ショー」と書かれている。

製作ショー、と僕と村岡さんは同時に口にし、顔も見合わせた。意味がわからない。

「名前の通り、舞台の製作の過程を見せるショー、です。近年マグロの解体ショーとか、絵描きさんのライブペインティングとか、流行《はや》っているでしょう？　あれの建設、装飾版だと思ってください」

「ちょっと待ってください」と、僕は身を乗り出した。

「製作過程は人に見せるものではないと思うんですが。裏側ですから、表に出すのはおかしいですよね。僕たち職人は、表に出ないのが鉄則です」

「普段はそうですよね。それが職人さんの矜持《きょうじ》だろうと承知していますし、敬意も持っています。でもこれは逆転の発想で、あえて裏側にスポットを当てるショーなんです。少しずつ客足も戻っているとはいえ、パンデミックで空港も大打撃を受けましたよね。何とかして活気を取り戻したいと、里見さんも強く望んでいらっしゃいます。このショーは無料観覧にするつもりですが、空港が再び潤うための起爆剤にしたいと思っています。舞台製作ショーを楽しんでもらって、空港って面白いところなんだと、思ってもらうんです。飛行機に乗る人だけじゃなく、遊びに来ても楽しい場所なんだと、印象付けるのがショーの狙いです」

「いや、でも製作過程になんて、興味を持つ人いますかね？」

「何を言っているんですか。いますよ！　近年は工場見学なんかも人気ですし……」

石丸が突然言葉を止めて、「あ、やっぱり」と僕の顔を一瞬、指差した。どうやら僕が、無意識のうちに前髪をかき上げたようだ。

「内田さん、失礼かもしれないですが、どうしてそんなに長い前髪をしてらっしゃるんですか？　最近切ってないだけかな？　昨日も下から見ていて思ったんですけど、内田さん、すごく彫りが深くて、きれいなお顔立ちをしてらっしゃいますよね」

いきなりそんなことを言われて、意味がわからず固まってしまった。「は？」と聞き返したかったが、驚き過ぎて声にもならない。

「製作ショーの際は、前髪を切って顔をしっかり出してもらっていいですか？　女性のお客に絶対にウケますよ！　建設会社にも、一人すごく見目のいい作業員さんがいて……」

「いや、ちょっと！　何を仰ってるんですか？　人の外見に何か言うなんて、どうかしてますよ！」

立ち上がって、大きな声を出してしまった。村岡さんが中腰になり、「うっちー、落ち着け」と僕の腕を引っ張った。石丸は面食らったような顔で、僕を見上げている。

「すみません。不快にさせてしまったなら、謝ります。でも、褒めたつもりなんですが」

「褒めてれば、人の外見にどうこう言っていいと思ってるんですか」

二人ともいつも中華ばかり食べているからふくよかだし、身だしなみも適当なので、まったく美人、美形な風はないが、母がくっきり二重で目が大きく、父は夏に鼻の頭だけ日焼けするほど、鼻筋が通っているのだ。僕はどうやら、その両方を受け継いだ。これまでの人生でも少なくない頻度で、彫りが深い、きれいな顔立ち、などと言われたことはある。でも、必ず前に別のフレーズが付く。「よく見ると」とか、「暗いけど」など。中学の時、同じクラスの目立つ女子集団に「内田が美形でも意味ないじゃんね」と、すれ違いざまにわざと聞こえる音量で笑いながら言われたこともある。

だから僕は常に前髪を長くして、顔が見えづらい状態にして生きてきた。それでもフリーター時代も、この会社でも、顔立ちについて触れられた経験はある。幸い同僚たちとの関係はいつも概《おおむ》ね良好だったので、嘲笑されたことはないけれど、「うっちーって、実は美形だよね！」とか、「その気になれば絶対モテるよ！」などと言われても嬉しくないし、反応に困るだけだ。人の外見にどうこう言う現象自体、この世から消え去って欲しいと常に切に願っている。

由依は言わない。彼女との付き合いも何ともう八年以上になるのだが、その間、由依が僕の顔立ちについて触れたことは、ただの一度もない。前髪の長さについても、何か言われたことはない。

まだ興奮覚めやらない状態だったが、さっきより強く「うっちー」と村岡さんに腕を引っ張られて、とりあえず腰を下ろした。肩を動かし呼吸を整えて、石丸と向き合う。

「すみません。製作ショーの時に髪を切って欲しいと言ったことは撤回しますので……」

気を取り直してといった感じで、石丸はまた淀《よど》みなく言葉を繰り出してきたが、「はい」と僕は途中で遮った。

「髪は切りません。製作ショーもしません」

きっぱりと言い放った。

「製作ショーをするのが条件なら、こちらも撤回します。この仕事はお受けできません」

「え？」と石丸と村岡さんが、同時に声を発した。


石丸が帰ったことを確認してから、会議スペースから出て行くと、オフィスにいた従業員たちが一斉に、僕に視線を寄越《よこ》してきた。

「うっちーの、頑固で職人肌なところが見事に出ちゃったわねえ」

松田さんが先陣を切って、呆《あき》れ笑いしながら話しかけてくる。会議スペースといってもパーテーションで区切っているだけだし、パートとバイトを含めても二十人程度の小さな会社で、オフィスもワンフロアなので、石丸とのやり取りは皆に筒抜けだったはずだ。

「確かにちょっといけ好かない感じの人だったけどな。でも、あそこまで怒らなくても」

「そうだよ。石丸さんは、ああいうフランクな感じがテレビでもウケてるんだよ」

他の従業員も、次々に話しかけてくる。そんな中、ふうっと大きな溜息《ためいき》が響き、村岡さんが「で、本当に断っちゃうの？」と、僕の顔を見つめてきた。

付き添ってくれたことと、場を取りなしてくれたことには、とても感謝している。「社全体で相談しまして、後日改めてお返事しますので、今日のところは」と仕切って、石丸を帰してくれたのだ。しかし、「製作ショーはできませんよ」と、そこは譲らなかった。

「だって、社の方針から外れるじゃないですか。ねえ、社長」

一番奥の社長席に視線をやる。六十代のメガネの男性社長は、村岡さんから預かった石丸の資料に目を通していたが、「うん？」と顔を上げた。

社長のすぐ後ろの壁には、「縁の下の力持ち」という社訓が書かれた額縁が掲げられている。過去に作った技術品を持参して、面接のためにこのオフィスに入った際、僕はこの額縁を見て、心の中でガッツポーズをした。そして小人論について熱く語り、「いいね。君のその理想は、うちの方針とよく似ているね。いい出会いになりそうだな」と、社長に言わしめたのだ。

「そうだねえ」と社長は間延びした声を出し、メガネの隙間から人差し指と中指を差し入れ、眉間をぎゅっ、と押さえるようにした。悩んでいる時の社長の癖だ。

「立場上、方針を破っていいよとは言いづらいよね。でも、このギャラを捨てるのは惜しいかな。これが手に入れば、みんなに臨時ボーナスを出してあげられるよ」

え、嘘！　ボーナス？　と、途端にオフィス中がざわついた。「ボーナス？　それは欲しいな」

「間違いないっすね」と、空港ディスプレイチームの三十代男性社員二人が頷き合う。一人はこの春、上のお子さんが私立高校に入学する。もう一人は夏の終わりに、三人目の子供が生まれるのだ。

「ボーナス、欲しいな。夫の会社、パンデミックになってから出てないんだよね」

「うちは元々、もらえることの方が少ないよ」

既婚女性二人も、顔を寄せて囁《ささや》き合っている。パンデミックの打撃は我が社も当然受けていた。単発の仕事が幾つか立ち消えになったし、定期契約の打ち切りもあった。ボーナスは、パンデミックが始まってから、うちも一度しか出ていない。

どうしていいかわからなくて、視線を泳がせていたら、松田さんが近付いてきて、僕の肩にぽんと手を置いた。

「受けちゃえばいいじゃない。うっちーだって、もうすぐ物入りでしょう」

「それはそうですけど。でも、個人的な事情を持ち込んで、方針を曲げるなんてよくないんじゃないですか」

「うーん、そう言われちゃうと」と、松田さんは口を尖らせる。その後しばらく、オフィスには沈黙が漂った。

「いいんじゃないの？　個人的な事情、持ち込んでも」

破ったのは村岡さんの、低い声だった。

「持ち込む必要がある時は持ち込んで、その都度、仕事のやり方を変えるのもありなんじゃない？　柔軟さは大事だよ」

そう言って、また僕を見つめる。現在五十歳の村岡さんは、三十五歳の時にこの会社に入った。それまではお父さんから受け継いだ小さな印刷会社を、奥さんと二人で経営していたそうだ。けれど、デジタル化が進みお父さんの時代と比べて印刷業が不況になっているのに、「自分たちの思いにそぐわない仕事は受けない」という方針を頑《かたく》なに守り続けたために経営難に陥り、ついには廃業してしまったのだという。

「宗教の会報誌とか、近隣住民から建設を反対されてるマンション群のチラシとかね、大口の契約だったから、受けてたら持ち堪えてたかもしれないなって、今でも思うよ」

と、一年半ほど前だろうか。残業でこのオフィスで二人きりになった時に、語ってくれたことがある。

「うっちーも、長所ではあるけど、頑固なところがあるからさ。柔軟さは大事にしなよ。後悔のないようにね」

嚙《か》み締めるように、そう言われた。三十代前半は資金繰りに、後半は生活の立て直しに奔走して、村岡さんは子供を持つことができなかったのだそうだ。

「でも空港の仕事は、うっちーがもう責任者だから。どうするのかは、自分で決めるといいよ。さあ、仕事！」

低い声のまま言い放って、村岡さんは自分の席に着き、パソコンに向き合った。

社長も「そうだな、仕事仕事！」と僕に石丸の資料を手渡し、場をまとめにかかる。

従業員たちの視線が、徐々に僕から離れていった。


翌日は休みで、昼近くなるまで眠っていた。シフト制の休みで平日なので、両親と弟はもうとっくに出勤している。

父の店は、弟が継ぐことになるだろう。僕と同じ工業高校を出たあと調理学校に入り、卒業と同時に、父の店で働き出した。調理師免許も既に取得している。ラーメンやチャーハンなどのメインメニューはまだ父が担当しているようだが、シソ餃子だとか炙《あぶ》りチャーシューだとか、弟が新しいつまみメニューを次々と考案していて、常連にもなかなかの人気だそうだ。

由依が恋しくて、布団を被ったままスマホを操作し、チャット画面を開いた。でも現在は小さな商社で事務員をしていて平日出勤なので、この時間帯は話せない。ふうっと息を吐いて布団から這《は》い出て、適当に朝食を作る。

一年半ほど前、由依と婚約をした。村岡さんが身の上話をしたのは、僕が長く付き合っていた彼女と婚約したと、二人になったのを機に、社内で最初に報告をしたからだった。

パンデミックで初めて長く会えない日が続き、僕には彼女が必要だと実感し、電話で話していた時に、勢いで「結婚しよう」と申し込んだ。夜景の見えるレストランでとか、あのテーマパークでなど、由依が喜ぶようなシチュエーションは用意してあげられなかったけれど、すぐに由依は「ありがとう！　嬉しい」と洟《はな》を啜《すす》りながらも、いつもの明るい声で、受け入れてくれた。

しかし僕らはまだお互いに実家住まいで、婚約中のままで、結婚は実行されていない。

「古いのかもしれないけど、私はウェディングドレスも着たいし、小さくていいから結婚式も挙げたいし、高い場所じゃなくていいから新婚旅行も行きたいな。でも今は無理だよね。もう少しパンデミックが落ち着くまで、待たない？」

と、由依が言ったのだ。古くても何でも僕は、普段つつましい生活をしているから、結婚の時ぐらいは綺麗《きれい》なドレスを着て、大切な人たちに祝ってもらって、思い出作りに旅行に行きたいという、由依の真っ直《す》ぐで素直な心が好きだ。だから、従った。

先に入籍を済ませて、一緒に住まないかという提案もしたが、それも「人生の大事な区切りだと思うから、ちゃんと結婚してからがいいな。もう少し実家暮らしをして、その間に少しでもお金を貯めよう？」と言われて、反対しなかった。

朝食を食べ終えて、身支度をし、家を出た。目的地は決めていなかったが、気が付けば最寄り駅から電車に乗って、数駅先のターミナル駅で降りていた。駅前のデパートの、婦人服売り場に向かう。三年ほど前に、ここの休憩スペースのディスプレイを、僕が中心になって手掛けたのだ。イギリスのバラ園をイメージして欲しいとの依頼で、休憩スペースの随所に造花のバラと蔓《つる》を張り巡らして、床にはシルエット風のバラの花の絵を幾つも描いた。

マスクをしていてもしっかりとした化粧を施している、三十代、四十代の女性たちが何組か、ソファで談笑していた。しかしお喋りに夢中で、誰も床のバラにも、ソファの肘掛け脇のバラにも、ちらりとも目をやらない。

エスカレーター近くの壁にもたれて、スマホを操作する振りをしながらしばらく眺めていると、ヒールをカツカツと鳴らして僕の前を通り過ぎた女性が、新たにソファに腰を下ろした。肘掛け近くのバラを触るような素振りをしたので、注目してくれたのかと胸が騒いだが、バッグを置くのに邪魔だったらしい。煩《わずら》わしそうな表情をして、バラを奥に押しやり、バッグをどんと置いた。

僕は逃げるようにして、その場を後にした。

再び電車に乗って次に向かったのは、学生街の中にある商店街だ。真ん中辺りの元は公園だった場所が、数カ月前に屋根付きの待合スペースに改装され、ディスプレイをうちが担当した。中央に安定させるのに苦労した造りものの木があり、その枝々には、白い雲や色とりどりの風船を模したオブジェをディスプレイしてある。大学生たちが友達や恋人と待ち合わせをしながら、相手と会ったら何を話そうか、どこで何をして遊ぼうかと、ワクワクしている気持ちを表現したつもりだ。まだ授業時間かと思ったが、待合スペースには大学生らしき若い男女がそれなりの人数、点在していた。けれど見事に全員下を向いてスマホを触っており、誰一人として木や枝を見ていないし、見ようとする素振りもない。

木の下に立っていた小柄な女の子の元に、彼氏なのか男の子がやってきて、声をかけ合った。

直後、女の子が上に目線をやったので俄《にわ》かに緊張したが、背の高い彼氏が被っていたキャップに何か言っただけのようで、そのまま二人で去って行ってしまった。僕は今度は、とぼとぼとその場を後にした。

また電車に乗って辿《たど》り着いた先は――、空港だった。国際線ターミナルの四階、江戸フロアの通路の柵にもたれかかって、吹き抜けを見下ろす。やはり僕の足音一つでも響き渡る夜とは、まったく雰囲気が違う。CAさんや警備員さんだと思われる制服の人たちが忙《せわ》しく走り回っていて、トランクを引いた観光客やビジネス客も、フライト情報の取得のためかモニターを見上げたり、人波を縫うようにして急いでいたりと、活気がある。

そんな中、上を向いた際に「あっ」というように視線を止めて、スマホを向けたり、隣の人の肩を叩いて指を差したりと、僕のディスプレイに注目してくれる人たちがいる。「ワオ！」「ビューティフル！」と、すぐ脇から僕でもわかる英語が聞こえた。白人の家族連れが柵越しにディスプレイを指差して、オリガミ？　オウ！　などと叫んでいる。

お父さんがスマホではなく、肩から下げていた望遠レンズ付きのカメラを、僕のディスプレイに向けた。お母さんは小学生ぐらいの女の子に、チェリー、ジャパニーズ何とか、などと興奮気味に教えている。嬉しいのはもちろんだが、安堵《あんど》感が体中を駆け巡った。

僕は夜の小人。表には出ない職人。いつ誰が作ったのかなんて、注目されなくていい。朝になって皆が喜んで眺めてさえくれれば――。日々、本心からそう思って仕事をしているが、「朝になって喜んで眺めて」さえもらえない時もあることを、知っている。街中の休憩スペースなどの、日常の中に組み込まれた場所だと、人はそこに何か飾り付けが施されていても素通りしがちなのだ。

けれど、空港は違う。交通機関のターミナルではあるが、飛行機に乗るまでには時間がかかるし、旅の始まり、もしくは終わりに通る、日常から少し逸《そ》れた場所だからか、しばし装いに目を留めて、何かしらの思いを抱いてくれる人が多いように思える。だから僕は、ここ、空港のディスプレイの仕事に、一番愛着を持っているのだ。

背後でトランクを引く音に混じって、「何あれ、変なの」「見ない方がいいよ」という若い男女の声が聞こえた。反射的に振り返る。確かに、「変」で「見ない方がいい」と思わされるものが、視界に飛び込んできた。江戸フロアの入口辺りの何もない空間の片隅で、ほとんど這いつくばった状態で、デジカメで写真を撮っている男性がいる。

ベージュのジャケット、細身のパンツ。そして、ドイツのメーカーの革靴——。石丸だ。もうすぐあの空間に、自身が考案した江戸風の舞台が設置されるから、あらゆる角度から眺めて、正確に空間を把握したいのだろう。僕も自身が手掛ける現場には、何度も足を運んで沢山写真を撮るから、わかる。

しかし気付かれたら、挨拶をしないわけにもいかないので面倒だ。退散することにして、柵から離れてエスカレーターの乗り口に向かった。飛行機の顔出し写真パネルの前を横切った時、何かがぐらりと揺れる気配を感じた。

バタン！　と大きな音がして、肩に鈍痛が走った。蹲《うずくま》りながら、パネルが倒れてきて、自分が下敷きになったのだと理解した。肩に伸《の》し掛かったパネルを持ち上げながら、立ち上がる。目の前に白人の女の子の動揺した顔があった。僕と目が合った瞬間、火が点いたように泣き出す。

さっきの白人家族の女の子だ。両親がディスプレイを見ているので飽きて、ここに遊びに来てパネルを倒してしまったのだろう。

「大丈夫ですか？　え？　内田さん？」

騒ぎに気付いた石丸が、僕の元に駆け寄ってきた。女の子の両親も気が付いたようで、「オー、ノー！」「エリサ！」などと叫びながら走ってくる。

両親が女の子をなだめながら、顔を青くして、僕に何やらまくしたてる。事態を察して、謝罪されているのだろうが、話ができない。僕は石丸の顔を見た。

「僕、英語できないんです。石丸さん、訳してもらえませんか。大丈夫ですって伝えてください」

「え？　僕も英語できないです。ドイツ語ならできるんですが」

思わぬ返事をされて、「は？」と声を上げてしまう。英語もペラペラと繰り出せるのだろうと思ったのに。

「お困りですか？　通訳しましょうか？」

トランクを引いて脇を通りかかった、僕と同じぐらいの歳格好の男性が、足を止めて話しかけてくれた。いや、女性だろうか。体格と声質は男性のそれだと思うのだが、喋り方と首を傾げる仕種がかわいらしく、女性かもしれないと思わされた。トランクに丸めた旗のようなものが差してある。「ツアー旅行の、添乗員さんかな」と、石丸が僕に耳打ちする。

甘えることにして、少し肩に当たっただけで、怪我《けが》もないので大丈夫だと伝えてもらった。添乗員さんらしき人はすぐに通訳してくれたが、両親が謝り倒していて、医務室へ、とか、お詫《わ》びをするから連絡先を教えてくれ、などと言っているという。

「いや、本当に大丈夫なんですよ。困ったな」

呟いた後に、思いつくことがあり、「訳してもらえますか？」と添乗員さんに頭を下げた。

「ご両親、ディスプレイを夢中で見ていて、お子さんから目を離したと思うんですよ。あのディスプレイを作ったの、僕なんです。だから嬉しかったので、本当にもういいんです」

えーっ！　と添乗員さんが目を丸くして、口に手を当てて叫んだ。

「ディスプレイ作った人？　僕、毎回楽しみにしてるんですよー！　同業者もみんな！」

なんだ？　という風に、両親が視線を僕に、添乗員さんにと動かす。やがて添乗員さんが訳すと、「リアリィ？」「ユー？　オー！」と、吹き抜けの僕の作品を指差し、そのあと興奮気味に、代わる代わる僕の手を取った。ひゅう、と石丸が僕の隣で、口を鳴らす。

「おお、ここから見ると、桜吹雪みたいに見えるんですね。すばらしい。綿密に計算しているんですね。本当にカッコいいです」

石丸がまた、くすぐったくなるような褒め言葉を次々と放出する。反応に困って、僕は無言でコーヒーを啜った。

白人家族と添乗員さんは、僕に何度も「すごい！」「会えて嬉しかった！」などと伝えた後に、去って行った。二人でその場に残されて、石丸に「お茶でも飲みますか？」と言われて断れず、一昨日の夜に里見さんと向き合った同じ席で、今は石丸と向かい合っている。

「内田さんは、この空港のヒーローですね。皆が内田さんの作品に心を奪われたり、癒やされたりしてる。すごいですよ」

　またヒーローだとか、心を奪われるとか、普通は日常生活で使わないような言葉を、ごく自然に口にする。しかし石丸は急にそこで喋るのを止めて、真顔で「すみません」と僕の顔を見た。

「内田さんはきっと、ヒーローは嬉しくないんですよね。昨日もあんな空気にさせてしまったし、製作ショーは無理ですよね。諦めます。新しい企画を考えなきゃ」

　え、と僕はまた口に運びかけていたコーヒーカップを、テーブルに戻した。

「うちが断ったら、他の業者に依頼するんじゃないんですか？　だって建設会社は、もうOKしてるんですよね」

「そうですが、ここのディスプレイはずっと内田さんたちが作ってきたのに、ショーだけ別の会社に頼むのは違うでしょう。里見さんも、ぜひ内田さんでと仰ってるし」

　ゆっくりと、またコーヒーカップを持ち上げる。いかにも調子が良さそうに見えるけれど、もしかしてこの人は、しっかりと筋や信念を持って仕事をしているのかもしれない。依頼をメールではなくて、直接の訪問でしてきたことと、資料が紙だったことから、少しそういう予感はあった。里見さんから話を聞いて、アナログを好むうちの社風に合わせたのではないか、と。

「ついでのようで失礼かもしれませんが、お顔立ちや髪型について話してしまったことも、改めてすみませんでした」

　今度は勢いよく頭を下げられて、動揺した。

「実は、髪型については失礼だったとすぐにわかったんですが、お顔立ちの話の方は、帰り道でも何故あんなに怒られたのか、ピンと来てなかったんですよ。どうしても、褒めたのにという思いがあって。でもその夜に会った人に、内田さんが全面的に正しい、初対面の人の外見に何か言うなんて、褒めていたとしても絶対にしてはいけないことだって叱られて、反省しました。その人、ビジネスマナーの講師をしていて、あなたは周回遅れだって、かなりこてんぱんに」

「叱られたんですか。奥さんですか？」

勢いでそう聞いてしまって、すぐに反省した。「すみません」と今度は僕が頭を下げる。僕こそ、ほぼ初対面の人のプライベートについて、質問するなどと。既婚の男性同僚たちが、よくオフィスで妻に叱られた話で笑い合っているので、そういうノリでつい口にした。

石丸は気を悪くした風はなかったが、「そうです。どうしてわかるんですか？」と不思議そうな顔をした。

「まだ妻ではないんですけどね。婚約中で、今年の秋に結婚するんです」

同い年の女性で、八年ほど付き合っていたのだと、淡々と説明をされた。八年、今年の秋——と、反芻《はんすう》してしまう。

そのあと会話が途切れて気まずかったので、「あの、その靴」と、テーブルの下に目線をやり、石丸の足を指差してみた。

「一年ぐらい前の新作モデルですよね。そのメーカー、好きなんですか？」

「ああ！　そうなんですよ。ご存知ですか？」

はい、と自分の右足をテーブルの外に出して見せた。

「内田さんも！　気が付かなかったです」

僕は気が付いていた。昨日、石丸がオフィスに入って来たのと同時に、すぐに目が行った。実はフラッシュを焚かれた際も、上からだったので自信はなかったが、多分あそこの靴だと見つめていた。

「僕のは七年も前のモデルですけど、同系のですよね。昔から憧れてて、今の会社の初任給で、その時の最新のを買ったんです」

「七年前の！　綺麗に履かれてますね」

「ほぼ毎日履いてますけど、ここのは物がいいので、修理に出したり、普段から手入れしていれば、長く履けますよ」

「さすがです。僕は小学校の高学年の頃、親の仕事の都合でドイツに住んでいたんです。このメーカーの前身の工房が近所にあって、ガラス越しに職人さんたちが靴を作るのが見られたんですよ。カッコいいなあって憧れて、学校の行き帰りに毎日眺めてました。職人になりたかったんですよね、僕」

コーヒーを口に含んでいたのに、ええ！　と声を出して、あやうく噴き出してしまうところだった。驚くべき情報が一気に入ってきて、頭が追い付かない。

「ドイツにいたんですか？　ここの工房の近所だったたって、すごい！」

さっき、ドイツ語ならできると言われた時は、英語ができない後ろめたさから適当なことを言ったかと疑ってしまったのだが、本当だったようだ。

「石丸さんも靴職人になりたかったんですか？　じゃあ、どうしてプロデューサーに」

僕の質問に、石丸さんは「ははっ」と高らかな笑い声を上げた。

「それは、なれなかったからですよ。僕、壊滅的に手先が不器用なんです。自分で言うのもなんだけど、勉強も運動もまあまあできたし、饒舌《じょうぜつ》で何かを企画したり、仕切ったりするのも得意なんで、学級委員や生徒会長なんかは、よくやりました。でも絵も字も下手、工作も料理もダメ、車の運転も苦手です。何でも器用にできそうに見えるだけに、がっかりされることが多いですね」

僕と真逆ではないか。色んなパターンがあるものだ。そして、僕が憧れていた靴職人になれなかったのは、経済力と環境が伴わないからだと思っていたが、どちらも持っていたとしても、別の理由でなりたいものになれないこともあるのだと知った。勉強になった。

「いやーっ！」と、近くで叫び声が響いた。石丸さんと同時に、声のした方に顔を向ける。

「壊れちゃったんだもん、仕方ないよ。他にも飛行機、いっぱい持ってるでしょう」

「でも、これがすきなの！　やだ！」

隣のテーブルに、四、五歳ぐらいと思われる男の子と、お団子頭のお母さんが座っていた。男の子は手に二十センチぐらいの大きさの、プラスチックの飛行機のオモチャを持っている。翼の下に付いている車輪の、出し入れができなくなってしまったようだ。半泣きになりながら一生懸命動かそうとしているが、途中で止まってしまう。

「本屋さんに寄って帰ろう。新しい飛行機の本、あるかな？」

石丸さんに目配せをして席を立ち、ゆっくりと隣のテーブルに近付いた。「ちょっと、見せてもらっていいですか？」と親子に話しかける。え？　とお母さんが体を後ろに引いたが、僕に付いてきた石丸さんが、「このお兄さん、職人さんなんだよ。ほら、あれ作った人なの」と吹き抜けのディスプレイを指差しながら、男の子ににこやかに話しかけると、お母さんの表情から警戒心が消えた。

「え？　あのディスプレイの方？　すごい！　この子が飛行機が大好きで、よく空港に来るんですけど、いつもディスプレイ楽しみにしてるんですよ！　さっきも、変わったね、大きな折り紙すごいね、って話してて！」

ありがとうございます、と会釈をする。男の子が飛行機を渡してくれたので、観察した。車輪の付け根が歪《ゆが》んでしまったのか、上手《うま》くハマっていないだけのようなので、すぐに直せそうだ。

「針金みたいな、何か硬くて細いものがないかな。フォークの先じゃ、ちょっと太いな」

「あ、ヘアピンはどうですか？」

お母さんがお団子頭からピンを一本抜き取り、おしぼりでさっと拭いて、僕に手渡した。

「いいですね。ちょっと待っててね」

中腰で作業にかかるが、男の子が僕の手許《てもと》をあまりにも凝視するので、緊張した。

「ごめんね。あっちでやってくるね」

自分のテーブルに戻ろうとしたが、「ダメ！」と手を引っ張って、引き留められた。

「つくるところ、見たい！」

「作るじゃなくて、直すだけど、そう？」

仕方なく、元の体勢に戻す。お母さんに座るように促されたが、すぐに終わると思うので遠慮した。

男の子だけでなく、お母さんと石丸さんまで僕の作業を凝視するので、少しだけ手間取ったが、一分もかからず直してあげることができた。

「うわあ、すごい！　お兄さん、カッコいいね！　ほら、ありがとうは？」

飛行機を受け取った男の子が、何度も車輪を出し入れさせた後、「ありがと」と惚《ほう》けたように僕を見上げる。

「大きくなったら、でしゅぷれいの人に、なりたい」

飛行機、僕、後ろのディスプレイと、忙しく視線を動かしながら呟いた。

「あら。なりたいもの、また増えたね。パイロットさん、管制官さん、本屋さん、ディスプレイの人。いっぱいだね、いいね」

共に満面の笑みで、「本当にありがとうございました」「ありがとございます」とお辞儀をして、親子は店を出て行った。

まだコーヒーが残っている僕と石丸さんは、元の席に戻る。腰を落ち着けると、石丸さんが口を開く気配があった。わざと遮り、「あの」と僕は姿勢を正した。

「製作過程に興味を持つ人がいるというのは、よくわかりました。それに、僕と石丸さんは、真逆のようで、共通点が色々あるみたいです。だから、髪は切りませんが……」

えっ、と石丸さんが声を漏らす。表情がみるみる明るくなっていった。

「製作ショー、一度だけならお受けします」

嘘みたいな手早さで、建設会社の作業員たちが、僕の目の前に江戸風の舞台を創り上げた。約一時間半前まで、ここに何もなかったなんて信じられない。まるで魔法で、ずっと口を開けて眺めていた気がする。客席から大きな拍手と歓声が沸き起こり、僕も脇から参加した。

「皆さん、お楽しみいただけましたでしょうか？　では次は、装飾ショーに移ります！」

マイクを通した石丸さんの声が響き渡る。里見さんが僕らの元に駆け寄ってきて、「さあ、皆さんお願いしますね！」と両手を胸の前で握った。

「う、うん。やだ、足が震えてきちゃった」

「実は俺も、足が」

僕と違って、最初から製作ショーに乗り気だったくせに、空港ディスプレイチームの面々は、どうやら緊張しているようだ。リーダーの務めとして、「大丈夫。いつも通りやりましょう」と声をかける。

石丸さんに呼ばれて、おのおの道具を持ち、出来上がったばかりの舞台に上がる。一列になって礼をすると、また客席から大きな拍手が上がった。

それぞれ担当の位置につく。僕はまず前方の柱の、あの金銀の和模様を描く。柱を触って位置の確認をしていたら、客席の最前列に座っていた、驚くほど顔が小さい黒人の女性と目が合った。にっこりと微笑まれ、僕も軽く笑い返すと、隣に座る男性に、嬉しそうに何やら話しかけた。

「楽しみだね」という感じか。男性の方は、アジア系の顔立ちだった。

「あ、やっぱりいた！　オモチャのお兄さん！」

女性の声がして、視線を動かす。黒人女性の数列後ろに、今日もお団子頭のお母さんと、飛行機の男の子が並んで座っていた。男の子が、僕の直した飛行機を振ってくれる。軽く手を振り返しておいた。

更に後方の立見席で、僕に手を振ってくる人がいた。通訳をしてくれた添乗員さんだ。今日もトランクを引いている。会釈をすると、笑顔で、隣に立つ小柄な女性に何か話しかけた。同業者の人だろうか。

立見席には、空港のスタッフと思われる人たちの姿もちらほらとあった。あまり時間がないのか、時計を気にしながら見ている女性二人組は、CAさんらしき制服を着ている。一人が背後を通りかかった警備員の男性に、「お疲れさま」とでも言うように、手をひらひらさせた。僕たちも飛行機を洗浄する人たちと雑談する仲になったし、いつも同じ場所で働いているスタッフ同士、割と交流があるのかもしれない。

そのすぐ近くに立っている緑色のラインの入ったエプロンをつけている女の子は、すぐそこの本屋の店員さんだと思う。由依と婚約をした直後、ウェディング情報誌を買ったら、思いがけずレジで「おめでとうございます」と言ってもらえて、驚いて、つい色々喋ってしまったので、よく覚えている。女の子は僕を見ていないが、舞台のあちこちに視線を動かし、楽しんでくれているようだ。

本屋の女の子から少し離れた場所で立ち見をしている、背の高いきりりとした印象の女性が、舞台に向かって軽く手を振った。しかし、これは僕にではなかった。饒舌に僕らの作業の実況を始めている石丸さんが、マイクを持っていない方の手を、こなれた仕種で女性に向かって、さっと振った。この秋に結婚するという、婚約者さんだろう。

まず銀の絵筆ですうっとカーブを、その後に反対側から対称になるように金のカーブを。今度は両手に筆を持って、双方から編み込むように――と、僕は赤い柱に模様を織り成していく。

「案外、落ち着いてるね。もっと緊張してるかと思ったのに」

「いやー、でも内心はきっとドキドキですよ」

よく知っている二つの声がどこかから聞こえて、集中力が途切れて、筆を一瞬止めた。

恥ずかしいから絶対に来るなと伝えてあったのに。それで隠れたつもりなのか、前方柱と後方柱の間ぐらいの中ほどの列に、由依と母が仲良く並んで座っていた。僕が気付いたことに気が付くと、肩をすくめて顔を寄せ合い、楽しそうに笑う。後ろの二席には、父と弟もいた。

身内なのでそちらには手を振らず、柱に向き直った。しかし何故か視界が滲んでしまって、上手く焦点が合わせられない。赤い柱を見ようと思うのに、延長線上にある、由依の首の痣の赤で視界が染まってしまう。

石丸さんが、きりりとした女性と結婚するのとほぼ同時期に、僕と由依もようやくささやかな結婚式を挙げる。翌日には、この空港のここ、国際線ターミナルから、初めての海外旅行、グアムへと旅立つ。でも、由依にもまだ話していない計画が、実はもう一つあるのだ。

僕の大好きな童話、『小人の靴屋』は、なんとなくのあらすじは知っていても、結末までしっかり覚えている人は少ないだろう。夜にせっせと働いて、靴を作った小人たちは、おじいさんとおばあさんから、ご褒美に素敵な服をもらった——。

本屋で買った情報誌に載っていた、あるドレスに、由依と僕は一目惚れをした。店に出向いて試着してみると、「嘘！　すごい！　きれい！」「唯一無二の花嫁さんですよ！」「こんなこと初めてです！」と担当してくれた人だけでなく、店中のスタッフが集まってきて騒いだほど、そのドレスは由依に似合っていた。

ハイネックで、首から鎖骨の部分が繊細なレース編みになっていて、由依が着ると、左半分の痣の赤がレースの編み目から覗いて、まるで美しい花のように見えるのだ。

けれど、上質なレース編みを使用しているからか、他のドレスよりもレンタル料が高く、僕らの予算をオーバーしていた。「結婚式の費用を削るのは嫌だし、旅行も行きたいし、仕方ないね」と、由依は諦める決断をした。

そっと深呼吸をして、柱に焦点を合わせる。絵筆に力を込めて、しかし慎重に繊細に、僕は模様を紡いでいく。

このショーを成功させて、臨時ボーナスをもらったら、すぐにあの店に出向いて、あのドレスを予約するつもりだ。

夜の小人は、一生懸命に働いたご褒美に、世界で一番素敵な服を手に入れる。

第六話

This is the airport

体がぐらりと揺れるのと同時に、ギュィィーッと鈍い音が響いた。

「急ブレーキ、申し訳ありません」

運転手の体も揺れたのだろう。マイクを通した声が割れている。

バスはいつの間にか、トンネルに入っていたようだ。横浜《よこはま》駅から乗り込む時、すぐに高速に乗って海が見えてくるはずだから、せっかくなので景色を楽しもうと思ったはずなのに、まったく実行できなかった。走り出してすぐに、心ここにあらずになったようだ。

「事故車両がありますので、しばらく徐行いたします」

運転手が、今度は割れていない声で言う。事故と聞いてざわっとしたが、すぐに近付いてきた現場を見る感じ、大事ではなさそうだ。車が二台路肩に寄せられていて、パトカーも来ているが、大破している様子はない。前後で軽くぶつかった程度だろう。

「遅れたりはしなさそうだね」

「うん。よかった」

背後で若い男女の声がした。駅でバスに乗り込む際に、私に「お先にどうぞ」と言ってくれた、感じのいい二人だと思われる。カップルなのか、夫婦なのか。歳《とし》の頃は――、「あの時」の私ぐらいだろうか。今から「そこ」を通って、どこに行くのだろう。旅行なのか、それとも――。

「ご心配をおかけしました。事故車両を通り過ぎました。到着時間に影響はないと思われます。

当バスの目的地の到着時刻は――」

運転手がまた、マイクを通して喋《しやべ》る。律儀な性格のようで、出発時にもした到着時刻の案内を、再度アナウンスしてくれた。

それによると、バスは約十分後には、海沿いの「そこ」に到着するらしい。横浜駅を出発してから、まだ十五分程度しか経っていないのに。

あとたった十分で、私は「そこ」に着いてしまう――。「あの時」以来だから、実に二十年以上ぶりである。

前方に微《かす》かに光が見えてきた。トンネルの出口だろう。到着時刻に影響はないと言ったのに、運転手がなぜか速度を上げる。

エンジンの音が体に呼応し、自分が今から飛び立つ飛行機に乗っているかのような錯覚をした。ならばここは、今いるこの道は滑走路か――。

そんなことを考えてしまうのは、そこ、空港が近付いているからに他ならない。


私が初めて空港を利用したのは、二歳の時らしい。母方の祖父母も一緒に、長崎に家族旅行をしたそうだ。「瑠美《るみ》ちゃんが飛行機の中で泣き止《や》まなくて、大変だったのよ」と、子供の頃、しつこく祖母に聞かされた。三歳下の妹の朱美《あけみ》がまだ赤ちゃんの頃には、家族四人で北海道に行った記憶もうっすらとある。いずれも、もう五十年近くも前の話だ。

昨今では、長引く不況にパンデミック、止まらない物価の上昇などで、飛行機で旅をするのは、経済的に余裕のある、一部の人だけの娯楽になりつつあるらしい。五十年以上も生きると、時代が一周も二周もするのを体感できるのだなあと、しみじみする。私が二十代、三十代の頃は、パック旅行や格安航空会社《LCC》の台頭で、卒業旅行に、恋人や友達との旅行、短期留学にワーホリと、若い世代でも割と気軽に皆、飛行機で旅をしていたように思う。

十代や幼少期まで遡《さかのぼ》ると、まだ航空会社や空港が少なく、運賃も高かったことから、飛行機に乗ることが生活に組み込まれている人は、きっとごく少数だった。そんな時代に私は幼少期だけで、二度も飛行機に乗っている。それは私が、経済的にかなり恵まれた環境で育ったという証拠だろう。

父は大手飲料メーカーの本社勤務で、私は父が三十歳の時の子だが、小学校に上がる頃には既に課長で、中学に上がる頃には部長になっていた。父より五歳下の母は、短大を卒業した後、父の会社で事務職をしていたそうだ。父に見初められ二十四歳で結婚、退職。二十五歳で私を、二十八歳で朱美を産んで以来、七十代後半の現在までパートさえしたことがない、完全なる専業主婦だった。

私が生まれた頃は都内で社宅住まいだったらしいが、記憶にはない。朱美がお腹《なか》にいる時に、父の会社まで一時間で出られる横浜の住宅街に庭付きの一戸建てを新築し、私と朱美は小学校入学と同時に、二階にそれぞれ自分の部屋をもらった。二階には他にも、母の洋服やバッグを置くためだけの部屋もあった。

私は真面目で成績も良く、周囲の大人から「しっかりしている」と言われる子供だった。「瑠美ちゃんなら絶対に受かると思うの」と母に勧められ、四年生から塾に通い、私立中学を受験した。その地域で一番偏差値が高い中高一貫の女子校に入り、中学では学級委員や吹奏楽部の部長を、高校では生徒会の副会長を務めた。

東京の有名な私大の経済学部に進学し、卒業後は全国と海外にも支社を持つ、証券会社に就職した。私の歳でももう就職率の急下降は始まっていたが、五年後には更に十%近くも下がったことを思うと、それなりの会社に入れたことも、とても恵まれていた。

東京の本社勤務で、最初はマーケティング企画部に配属されたが、ようやく仕事に慣れたと思えるようになってきていた三年目に、広報部に異動になった。広報部は新規契約のための接待飲み会や、泊まりの出張が連日で、三日に一度は終電を逃す日々になり、二十五歳で初めて実家を出て、会社近くにアパートを借り、一人暮らしを始めた。

恋愛はあまり上手ではなかった。大学の時は同級生の男子と付き合っていたが、東海地方の彼がUターン就職し、遠距離恋愛が続けられず別れてしまった。就職二年目の時に、同僚に引っ張って行かれた合コンで知り合った三歳上の商社マンとも付き合ってみたが、広報部に異動になり会える頻度が減ったら、「他に好きな人ができた」と振られた。

後に夫となる裕也《ゆうや》と出会ったのは、二十七歳の年の年度末だった。関西支店の営業部にいた同期の男子が四月から本社に異動になるから歓迎会をする、とリーダーシップのある本社の同期に招集をかけられ、出かけて行った。

やって来る木下《きのした》裕也という同期は、一年目から関西で成績のトップ争いをしており、海外支社赴任を堂々と表明しているというから、どんなギラギラした人が来るのかと身構えていたが、現れたのは小柄で細身、地味な顔立ちの男子で、拍子抜けした。しかし、そういうところが好成績に繋《つな》がっているのか、腰が低く気も遣う性格のようで、出席した同期全員と話せるようにか、さりげなく席を移動しながら飲食しており、私は話す前から彼に好感を持った。

「広報部の藤井《ふじい》さんだよね、よろしく。ねえ、今、小林《こばやし》さんに聞いたんだけど、T駅近くに住んでるんだって？　僕もT駅でアパート借りたんだよ。商店街を抜けた辺り」

彼は私のところに来る際に、取っつきやすい話題を用意してくれていた。

「そうなんだ。じゃあご近所さんだね」

「うん。安くておいしい定食屋があったら、教えて」

「わかった。でも木下君、海外支社勤務希望なら、またすぐいなくなっちゃうんじゃないの？　一年目からトップ争いしてたなら、すぐに叶《かな》いそうだよね。失礼かもしれないけど、全然そんな風に見えないのに、どうして海外希望なの？」

「ああ。僕、二歳の時に父親が交通事故で亡くなって、母子家庭育ちなんだよね。兵庫の公営団地で母一人、子一人の生活で、まあ貧乏でね」

軽い気持ちで聞いただけだったのに、突然重い話が始まって、私は狼狽《うろた》えた。しかし裕也の口調は、淡々としていた。

「勉強は好きだし得意だったんだけど、塾や私立には行けなくて、ずっと公立だったの。大学では奨学金ももらってね。だから大学時代のバイト代は全部、奨学金の返済のための貯金と生活費に充ててて、同級生たちが夏休みや卒業旅行で海外に行ってても、僕は行けなかったんだよね」

どう反応していいのかわからず、私はただ小刻みに頷《うなず》きながら、裕也の語りを聞いた。私は高校二年の時に、初めて海外旅行をした。行き先はロサンゼルスで、父が親しくしている同僚が当時ロスに赴任しており、家族で会いに行こうという名目だった。大学二年の夏休みには、同級生の仲良し女子三人組で、ハワイに行った。卒業旅行では一人増えて、四人でフランスとイタリアを回った。ハワイと、フランス、イタリアは、大学時代にずっと塾講師の補助のアルバイトをしていたので、その給料も使ったが、それだけでは足りず、親からまあまあの額を助けてもらっていた。

「でも就職活動してる時に、気が付いたんだ。海外に支社がある会社に入って、海外赴任になれば、会社のお金で海外に行ける！　旅行どころか、海外に住める！　って」

説明を終えて、裕也は朗らかに笑い、ビールを飲んだ。私も倣《なら》ってビールを飲んで、苦みが喉元を通り過ぎるのを待ってから、「そうなんだ」と呟《つぶや》いた。

「そんなこと考えたこともなかったから、びっくりしたけど、なるほど。でも木下君が海外に行ったら、お母さん一人になっちゃって、淋《さび》しがるんじゃないの？」

「ああ、母は亡くなったんだ。一昨年《おととし》、脳梗塞で」

背後から誰かに、思い切り後頭部を殴られたかのような衝撃があり、今度こそ私は絶句した。すぐ隣にいる裕也の横顔を、仰ぎ見るようにしばらく眺めてしまった。同い年で同じ会社の同期で、今、同じ場所で同じビールを飲んでいるこの男子は、自分には想像もつかないような人生を歩んできたのだと嚙《か》み締めたら、胸が震えた。何一つ不自由がなかった自分のこれまでの恵まれた人生に、罪悪感のような思いも芽生えた。

「そうだったんだ。あの、ねえ」

やっとのことで口を開き、私は彼の横顔に話しかけた。

「安くておいしい定食屋、いつ行く？　来週は？」

翌週、約束通り裕也を定食屋に連れて行き、更に翌週は駅の裏通りにある、雰囲気はいいが安く飲めるバーに誘った。会社で顔を合わせれば声をかけ合い、夜に他愛《たわい》ないメールを交わし、帰りが一緒になれば飲みに行くという仲に、すぐなった。

歓迎会から二カ月経《た》つ頃には、飲んだ後に初めて裕也のアパートに行き、コーヒーを淹《い》れてもらった。次に飲んだ時には裕也が私のアパートに来て、その日はそのまま泊まっていった。裕也の異動から半年後には、社内で「二人って付き合ってるの？」と聞かれたら、共に「はい」と答えるようになっていた。大所帯なので社内には他にも付き合っているカップルが何組もいたし、特に問題とされることはなかった。

その年の冬頃に、私はお互いのアパートを行き来するのも面倒だから、一緒に少し広い部屋を借りないかと、同棲《どうせい》の提案をした。しかし、裕也は了承しなかった。私と会う日以外は、接待飲み会などでどれだけ夜遅くなったとしても、家で外国語の勉強をしているのだという。海外支社は約十カ国にわたって存在するので、どの国に赴任になったとしても、日常会話ぐらいは、その国の言語でできるようにしたいから、とのことだった。

それを聞いて私はすぐに引き下がり、以来、自分からはあまり裕也を誘わないように心がけた。そして、裕也のように何カ国語もとはいかなかったが、私も通信講座で英語の勉強を始めた。

裕也に念願の海外赴任の辞令が出たのは、本社に来てから、一年半が経った頃だった。

「次の春からニューヨーク支社だって。準備期間が必要だからって、僕は今日聞いたんだけど、正式辞令はまだだから、内密にしてね」

私の部屋で夕食を食べている時に報告してきた裕也の声は、いつになく小さく、心なしか肩もすぼめていた。後から聞いたところによると、いざ夢が叶ったら畏《おそ》れも感じて、この時はまだ夢うつつの状態だったらしい。私は彼のそんな繊細な感情をよそに、「すごい！　やった！　おめでとう！　しかもニューヨーク！　マンハッタンだよね？　一番の花形じゃない？　すごいすごい！　やった！」と、自分事のように大きな声を出し、手を叩《たた》いて狂喜乱舞した。

実際に、数分後には自分事になった。「ありがとう。そうだよね、喜んでいいんだよね」とだんだん表情がほぐれていった裕也が、食事を終えた後に、「それで、できれば瑠美にも、一緒に来て欲しいんだ」と言ってくれたのだ。片付けに取りかかっていた私は、「ちょっと待って。一旦、待ってね」と食器を全部シンクに下げてから、改めてテーブルに着き、裕也と向き合った。

「それは、プロポーズと思っていい？」

裕也は、「うん」と深く頷いてくれた。

「本当なら、夜景の見えるレストランとかで、こうやって指輪を出すところかもしれないんだけど、ごめん」

指輪ケースを掲げるジェスチャーを始めた裕也を、「いい、そんなの」と私は止めた。裕也と出会う前の自分には、確かに、いつか良い人と出会ってプロポーズを受けることがあれば、そういうロマンチックなシチュエーションがいいかな、なんて思いもあったかもしれない。でも、それまでの裕也との一年半の付き合いで、そんな価値観はきれいさっぱりなくなっていた。

尊敬できる大好きな人が、夢を叶えようとしている時に、「一緒に来て欲しい」と言ってくれるなんて。それ以上に誇らしく、ロマンチックなことなんてあるだろうかと、心から思った。

「ありがとう。よろしくお願いします」

姿勢を正して、私も深く頷いた。

裕也は、私もマンハッタン支社で何らかの仕事に就けるように、もしくは、私はしばらく休職にできるようにと、会社に掛け合うつもりだったらしい。しかし私は、きっぱりとそれを断った。

「私は退職する。あなたを、支えたい。いい？」

その思いは、一年半付き合っていくうちに、確固たるものになっていた。「会社のお金で海外に住めるから」と嘯《うそぶ》いていた裕也だが、それだけではないことは、もう知っていた。裕也はとてつもなく向上心が高く、努力家で、大きな理想を持っていた。

本社に来てから裕也が開拓した顧客には、シングル家庭の支援事業をしている団体や、安価で通える学習塾の設立を試みている投資家など、これまでの人生で裕也に立ちはだかったのであろう壁を、取り払おうとしている人たちが多かった。裕也は世の中が良くなって欲しいと強く願っていて、そのために自分はもっと広く世界を知らなければ、もっと力を持たなければと思っていることが、この一年半で窺《うかが》い知れた。

「あなたはパワフルで何でもできるけど、初めての海外で仕事も生活もってなると、さすがに全部完璧にとはいかないでしょう。仕事に集中するために、海外赴任が叶う時が来たら、生活についてては私が全部やってあげたいって思ってたの」

「それはありがたいけど……。瑠美から仕事を取り上げていいのかな」

裕也が遠慮していたのは、私もそれなりに努力家で、仕事でも成果を出していたからだろう。けれど私には、裕也のように自分から何かをしたいと思ったり、大きな理想を抱いたりした経験がなかった。二十八歳で初めて抱いたそれが、「裕也を支えたい」で、だから迷いなどは一切なかった。

「うん。だって私がそうしたいんだから」

力強く私は言い切った。

話がまとまり、半年後には渡米だから少しでも早い方がいいと、私は翌日にもう会社に退職の意向を伝えた。次の週末には、裕也と共に私の実家に出向いた。家族にはこれまでにも何度か裕也を会わせており、みな彼の人柄に惚《ほ》れ込んでいたので、結婚も渡米も、手放しで祝福と応援をしてくれた。

準備で忙しくなるから結婚式は挙げないと伝えたのには、両親、特に父親が残念がったが、「ウェディング姿なら、そのうち朱美が見せてくれるよ。ねえ?」と妹に託したら、無理強いまではされなかった。結婚式はしないと決めたのは、私だ。忙しくなるからというのも本当だったが、裕也に家族がいないことに配慮した。

朱美は顔はそっくりだと言われるのに、私とはタイプが違い、勉強があまり好きではなく、塾も中学受験も拒否して、地元の高校を出た後、服飾系の専門学校に進んでいた。二十五歳だった当時はまだ実家住まいで、化粧品の販売員や、アパレルショップの店員など、職を転々として過ごしていた。私が実家に顔を出す度に、「朱美もお姉ちゃんみたいに、しっかりしてくれないと」と両親から小言を言われていたが、下の子らしく天真爛漫《らんまん》で甘え上手なので、実のところ両親は、私よりも朱美を、より溺愛していた。

結婚指輪はその朱美が、高級ブランドではないがデザインのセンスがいいメーカーを教えてくれて、二人で対《つい》のものを購入した。これから物入りにもなるので、手頃な値段で気に入ったものを揃《そろ》えることができて、裕也もいたく朱美に感謝していた。

社内で裕也の辞令が正式に発表になるのと同時に、私の寿退社も公表され、同期が中心になり、同僚たちが祝賀パーティーを開いてくれた。「二人とも白ベースの服で来て。瑠美は絶対ワンピースね」と言われ、従って出向いたら、サプライズで結婚式の真似《まね》事の余興をしてくれて、思わぬ嬉《うれ》しい出来事になった。

有休消化期間に入り、入籍を済ませると、私は寝る間も惜しんで、渡米準備に全力を注いだ。パスポートやビザの申請、海外にも対応してくれる引っ越し業者の選定、銀行口座やクレジットカード、その他諸々《もろもろ》の契約の整理、健康診断に予防接種に——と、やるべきことは、気が遠くなるぐらいあった。でも、裕也本人にしかできないこと以外は、私が二人分すべてやるのだと、意気込んでいた。

書店でニューヨークの生活事情について書かれた本や、観光書、地図帳などを大量に買い込み、端から順番に読みふけった。まだ、少しネットを覗《のぞ》けば潤沢な情報が得られる時代ではなく、調べものには時間も手間も労力もかかった。

一番肝心なあちらでの住居を、会社が世話してくれたことには、とても助けられた。既にマンハッタン支社に駐在している、川上《かわかみ》さんという先輩男性社員が、幾つかアパートの候補を挙げてくれて、契約手続きもほぼ済ませてくれた。ミッドタウンウエストというエリアにある、よく言えば味がある、悪く言えば古いアパートを私たちは選んだ。賃料が許容範囲内だったこと、川上さんもそのエリアに住んでいること、マンハッタン支社に近くはないが、アクセスは悪くないことなどが、決め手だった。

マンハッタン支社は、ツインタワーがそびえるワールドトレードセンターのほど近くで、住むことになるミッドタウンウエストは、ブロードウェイの演目の広告が立ち並ぶことで有名な、タイムズスクエアが徒歩圏内だった。これまで特にニューヨークに興味があったわけではない私でも知っている、有名観光地やランドマークのすぐ近くで暮らすのだと思うと、深夜に眠い目を擦《こす》りながら資料本を読むのも、苦労ではなかった。

川上さんの存在はありがたかったが、四十代半ばで、かつ単身赴任で妻は帯同していないとのことだったので、私は自分と年齢や立場が近い日本人女性とも事前に繋がっておきたいと、コネ作りに奔走した。あちらの生活に慣れるまで、半年から一年ほどは子供は控えようと裕也と話していたが、二人ともいつかは欲しいと思っていた。三十歳も目前なのであまりのんびりするつもりはなく、ニューヨーク滞在中に出産する可能性が高いと思ったので、あちらで出産、育児をしている人との繋がりを、強く希望していた。

翠《みどり》という高校時代に仲良しだった元クラスメイトのお姉さんが、留学先で知り合ったアメリカ人男性と結婚して、ニューヨークに住んでいて子供もいると、数年前に聞いたような気がしたので、紹介してくれないかと連絡を取ってみた。私の勘違いで、お姉さんはフロリダ在住だったが、お姉さんの夫にニューヨーク在住の友人が何人かおり、うち一人の妻が日本人だというので、繋いでもらった。

アユミさんというその女性は、三十二歳の専業主婦で、五歳と三歳の子供がいる。下の子はニューヨークで産んでおり、同じくミッドタウンのイーストの方に在住と、繋がりたい相手として完璧だった。

「瑠美さん、メールをありがとう。四月からニューヨークに来るのね。友達が増えるのが楽しみ！　私にできることは何でもするから、遠慮なく頼ってね」

しかも気さくで面倒見が良い人のようで、私は彼女から最初のメールをもらった時、神様に深く感謝をして、ガッツポーズをした。

かくして、完璧だろうと思える準備をした上で、裕也と私は三月の終わりに、いよいよニューヨークへ旅立った。当日は空港に、家族と、仲が良い同期が数人見送りに来てくれて、「全力を尽くしてきなさい」「淋《さび》しくなるけど、あなたたちなら大丈夫よ」「出世しろよ！」「遊びに行かせてね！」などと、各々はなむけの言葉をくれた。

その日は春の嵐だったのか、なんとか飛行機は飛んでいたものの雨風が強く、出発ターミナルの窓から見える空と海は、灰色一色だった。それでも私は、その日、「そこ」、空港という場所は、なんて煌《きら》びやかで眩《まばゆ》くて、希望に満ち満ちた場所なのだろうと、心から思った。その時は、本当にそう思ったのだ。

裕也の本社での仕事納めの日がなかなか決まらず、チケットの手配が直前になってしまったので、ニューヨークまでの直行便がある千葉の空港からではなく、海沿いの空港から台北《タイペイ》を経由するルートで向かった。なかなかの長旅だし、雨風で発着が遅れて、あわや乗り継ぎ便に間に合わないと、台北のターミナルでは全力疾走させられた。けれど、そんなトラブルさえどこか楽しく、滑り込んだ乗り継ぎ便の中で、私は高揚感に包まれていた。

やっと到着したニューヨークのJFK空港は、想像をはるかに超える広さ、かつ人の多さで、乗ることを予定していた、マンハッタンの中心地まで行くエアポートバスの乗り場を探すのにも一苦労した。やっと見つけたバス停で先頭に並んだが、とてつもない数のタクシーやバスが目の前をどんどん通り過ぎて行くのに、私たちが乗りたいバスは、予定の時間を過ぎても一向にやってこなかった。

これからここに住むのだから、怖気《おじけ》づいている場合ではないと、私はバスターミナルの整備係だと思われる、ユニフォームを着た有色人種の初老の男性に話しかけた。

「マンハッタンに行くバスの乗り場は、ここで合ってますか？」

「合ってるよ。でも渋滞で遅れてる。悪いね」

英語が通じたことにホッとしながら、私が「OK, Thank you」とお礼を言うと、整備係の男性は首を竦《すく》めて、私と裕也に向かってニヤリと笑い、こう言った。

「This is the airport!（これが空港さ！） This is New York!（これがニューヨークさ！）」

何か込み上げるものがあり、次の瞬間、私の目には涙が滲《にじ》んだ。

ニューヨークに、そこに住む人たちに、受け入れられた、と思った。働きにきた裕也だけでなく、彼を支えるためにやってきた私も、歓迎された、受け入れてもらえた、と。

到着翌日にはもう、川上さんが早速訪ねてきてくれて、挨拶もそこそこに荷ほどきを手伝ってくれた。街にも連れ出してくれて、地下鉄やバスの乗り方に、白タクの見分け方を教えてくれた。

裕也はマンハッタン支社までの行き方の指導も受けた。

翌々日には、アユミさんが訪ねてきてくれた。お勧めのスーパーやカフェ、治安的に近付かない方がいいスポット、アユミさん好みの美形の男性店員がいるコーヒーショップまでと、生きた情報を沢山与えてくれた。

アユミさんは翌週末には、自宅で歓迎パーティーも開いてくれた。夫のジェレミーさんは、ヒスパニック系の白人で、不動産会社勤務。オフィスはワールドトレードセンター内とのことで、裕也もすぐ近くで勤めるのだと話したら、「じゃあ仕事帰りの一杯に良いバーを紹介するよ！」と、すぐに打ち解けてもらえた。夫妻の五歳の男の子と、三歳の女の子は、共に天使と見紛《みまが》うほどの可愛《かわい》らしさで、一生懸命練習したのであろう日本語で、「ユウヤさん、ルミさん、よろしく」と言ってくれた時には、私はまた涙ぐみそうになった。

ほどなくして、裕也の仕事が始まった。覚悟していたので、私自身が落ち込むようなことはなかったが、日本で働いていた時と違って、必死に食らいつきさえすれば、すぐに結果が出せるというわけではないようだった。本社勤務の頃にはそんなことはまったくなかったが、仕事を終えて帰宅すると、ぽろぽろと弱音をこぼすのが、日常的になっていった。

営業先で契約はしないから早く帰ってくれ、と取り付く島もなく言われたとか、現地雇用の日系人の先輩社員に、英語力が中学生レベルだから、早く上達してくれと叱られたなど、やはりコミュニケーション文化の違いや、言語の壁にまつわる弱音が多かった。私は具体的に何か言ったりはせず、「そうなんだ」と相槌《あいづち》を打ったり、「それはこたえるよね」と、気持ちを受け止めてあげるだけに留《とど》めるのを徹底した。むやみに肩を持ってあげれば気持ちよくなれるタイプでもないし、一度気持ちを噛み締めれば、自分で浮上できる力があることを知っていた。

その代わり、仕事以外では常に穏やかに健康に過ごせるように、家をきれいにすることと、栄養価も高くおいしい食事を作ることは、一切手を抜かずにやった。食事は味に飽きないように、日本から持ち込んだ食材とアユミさんに教えてもらったスーパーで買えるものとを駆使して、和食、洋食、和洋折衷と、バリエーションを常に意識した。裕也は炭水化物が好きなので、アユミさんも誘って短期のパン教室に通い、自宅で何種類ものパンを焼いてみたりもした。

休日の過ごし方にも、緩急を付けた。裕也が疲れていそうなら、「今日は一日ゴロゴロしてていいよ」と気遣い、仕事が気になっていそうなら、「私は買い物に行ってくるね」と外に出て、家で仕事がしやすい環境を作ってあげた。刺激を求めていそうなら、「せっかくニューヨークにいるんだから、観光しよう！」と外に連れ出した。

観光は、何年駐在できるかわからないので今のうちにと、王道を順番に回った。晴れた日には近所のカフェでブランチを買い、セントラルパークでピクニックをした。雨の日には、恐竜の化石で有名な自然史博物館、ヨーロッパ名画の多いメトロポリタン美術館と、文化スポット巡りをした。

エンパイア・ステートビルの展望台で、「落ちちゃうよ！」というポーズでチープな記念写真も撮ったし、もちろん自由の女神にも行った。女神の王冠部分まで上る階段の前に並んでいる時に、係の男性スタッフが、「昨日王冠まで上った観光客は百人。でも下りて来られたのは九十五人だ。それでも本当に行く？」と大真面目な顔でジョークを言った。一緒に並んでいた他人種の観光客たちと、手を叩いて笑い合った。

東京では二人とも、観劇などしたことはなかったが、ブロードウェイにも何度か足を運んだ。クリスマスの頃には『オペラ座の怪人』を観《み》て、演者の美声と華麗なダンスに酔いしれながら、終演後「あたたかい物が食べたいね」と、グランドセントラル駅に移動した。駅構内にある、有名なオイスターバーのカウンターに座り、その日のお勧めのカキを一皿と、マンハッタン・クラムチャウダーを二人分、ワインをボトルで一本、注文した。

観劇中に仕事用携帯に留守電が入っていたようで、「ちょっとごめん」と裕也が電話を始めた。芳しくない内容だったらしく、電話を終えた裕也は苛立《いらだ》った様子で、私がグラスに注いでおいたワインを、まだ乾杯もしていないのに、勢いよく飲んだ。料理が運ばれてきた隙に、私は裕也のグラスを、そっと食器の向こうに押しやった。

「あれ？　頼んだの、クラムチャウダーだよね。これ、ミネストローネじゃない？」

目の前に置かれた赤いスープを見て、裕也が言った。

「そう思うでしょ？　マンハッタンのは赤いんだって。私たちが知ってる白いクラムチャウダーは、ボストンのなの」

つい最近アユミさんから仕入れたばかりの知識を、私は得意げに披露した。何にでも勉強熱心な裕也は、こういう雑学が好きだった。

「そうなんだ。知らなかった」

大きなピアスを幾つも開けた、若い黒人の女性スタッフが、「何か問題があった？」と不安げに私たちに話しかけてきた。「ごめんなさい、違うの」と私が話していたことを説明すると、女性スタッフは裕也と同様に、「へえ、知らなかった！」と興味深そうにしてくれた。

「日本から来たの？　私、日本のアニメが大好きなのよ。あと、日本食も好き。ええと、タコヤキ？　あれ、すごくおいしいよね」

「あら。夫はたこ焼きが有名なエリアの出身だから、たこ焼きにはうるさいのよ。ねえ？」

「あはは、確かに。こだわりはあるかも」

裕也は女性スタッフと談笑を始めた。すっかり機嫌は直ったようだし、グラスに手を伸ばす頻度も、適度になっていた。

私はそんな裕也を眺めながら、自分のグラスを取ってゆっくり回し、ワインをそっと口に運んだ。三十年近く生きてきた中で、間違いなく一番おいしいお酒だった。

私も、ニューヨークに仕事をしにきたのだ、と思いながら、程よく酔った。そして私はその仕事を、完璧にこなせている、と。

この時は、本当にそう、思ったのだ。


朱美から気になるメールが送られてきたのは、ニューヨークに来てから一年五カ月ほど経った、八月の終わりだった。

「お父さんがまた尿管結石で入院したの。石はもう取れたんだけど、最近夏バテ気味なのか食欲もなかったから、念のため色々検査するって。大丈夫だと思うけど、一応報告ね」

また、というのは、父はその年のゴールデンウイーク頃にも、尿管結石で入院していた。深夜にお腹が痛いとのたうちまわるので、母と朱美が焦って救急車を呼んだら結石で、痛いらしいから本人は可哀想《かわいそう》だけど、人騒がせだったよ、と朱美から報告を受けていた。

夕食時に裕也に伝えると、「検査入院？　ちょっと心配だね」と眉をひそめて、しばらく考えた後に、「一時帰国する？　夏休み取ろうか？」と言ってくれた。私もそうしたかったので、「いい？　ありがとう」とすぐに話を進めた。まずはニューヨークの一年を丸ごと味わいたいと、私たちは渡米して以来、まだ一度も帰国していなかった。年明けを機に子作りを解禁したが、残念ながらまだ妊娠には至っておらず、けれど帰国するなら身軽な今のうちではと、昼間に一人で考えていた。

裕也が休みを申請しているうちに、朱美から父はもう退院して、仕事にも行っていると連絡が来た。それならと、実家に一週間滞在した後、二泊三日で台湾《たいわん》旅行をする行程を計画した。大学時代の友人の麻子《あさこ》が、その年の四月から台北に住んでいたので、メールをしてみた。ハワイや卒業旅行に一緒に行った一人で、卒業後は大手建築会社の営業職に就き、技術職の同僚男性と二十七歳の時に結婚した。その夫が台湾赴任になったので休職し、帯同すると聞き、渡米時に台北の空港で全力疾走した良い思い出があるので、いつか訪ねていきたいと考えていた。

「瑠美、旦那さんと来てくれるの？　嬉しい！　観光案内するよ！」

麻子も喜んでくれたので、行きは千葉の空港への直行便、帰りは渡米時と同じルートで、航空券を手配した。

しかし、荷造りも終わりかけていた出発三日前に、裕也が「ごめん。今回は僕はキャンセルで」と言い出した。川上さんの大口の顧客との間で、契約上のトラブルが発生したから、処理の手伝いをしたいという。残念だったが川上さんへの恩義を思うと、ビジネスマンとしては当然の判断なので、裕也の分の航空券はキャンセルをかけ、私は一人でニューヨークを発《た》った。

千葉の空港には、日本時間の午前中に到着した。飛行機を降りるとすぐに携帯の電源を入れ、裕也に無事に着いたとメールをした。荷物が出てくるのを待っている間に、朱美から電話がかかってきた。運転好きの彼女が、父と母を乗せて迎えに来てくれることになっていたのだが、「ごめん、行けなくなった」と言う。

「悪いけど電車で来てくれる？　私たちがどこにいるかわからないから、横浜に入ったら連絡をちょうだい」

声が低く緊迫していて、何かあったのだと思わされたが、とりあえず言われた通り、電車に乗って実家へ向かった。横浜駅から連絡をすると、「家にいる」というので向かい、約一年半ぶりに「ただいま」と実家の門をくぐった。父がおらず、母と朱美はリビングのソファで、茫然《ぼうぜん》としていた。

「ごめんね、瑠美。はるばる帰ってきてくれたのに、歓迎もできなくて」

母がか細い声で言った後、朱美から事態の説明がなされた。昨日の夜、私が飛行機に乗った直後ぐらいだと思われるが、父が嘔吐《おうと》して倒れたという。熱も四十度近くあったので、また救急搬送になった。尿路感染と診断され、今も点滴処置を受けている。朝になって医師から、「先日の検査の結果が出ているから、話を」と呼ばれた。食道がんで、既にステージ4。何もしなければ余命半年あるかどうか、抗がん剤治療をして、二、三カ月延ばせるかどうかと説明された、と。

私はトランクの持ち手を握ったまま、朱美が説明を終えた後も、動けずにその場に立ち竦んでいた。

翌朝、三人で父の病室を訪れた。父はまだ点滴を受けていたが意識はあり、「おお、瑠美。帰ってきたか」と私を見て言った。しかし父のものとは思えないぐらい弱々しい声で、はっきりとやつれてもいたし、ああ、これは確かに大病なんだと、納得させられてしまった。

私たちがしなければいけないのは、余命も含めて父に宣告をするかどうかと、抗がん剤治療をするかどうかを決めること、と医師に言われ、相談しているうちに三日が経った。四日目に、宣告をする、抗がん剤は父の意思に従うと結論を出して、五日目に全員で父に伝えた。

父は絞り出したような声で、「そうか」とだけ言った。抗がん剤は、医師の意見に従うという。医師は急なことなので、本人と私たち家族が心の準備をするため、少しでも延命させたい、抗がん剤を使うことを勧めると言ったので、準備を進めてもらうことにした。ただし、ステージがもう進んでいるので強いものを使うから、副作用なども強くなる可能性が高いということは、何度も念押しをされた。

翌日私は、もう明後日《あさって》に日本を発つ予定だったが、どうしたらいいかと母と朱美に訊《たず》ねた。二人はしばし顔を見合わせていたが、「裕也さんも麻子ちゃんも待ってるだろうから、予定通りにした方がいいんじゃない?」「うん。もう結論は出したから、言い方は何だけど、後はすることもないし」と、ぼそぼそと言った。

余命宣告された父を置いて発つのは抵抗があったが、「後はすることもない」のは事実だった。父を看取《みと》りたいと思っても、医師の言った通りの時期に、その時が来るかなんてわからない。いつ来るかわからない「その時」のために、今の生活から無期限で離脱するのは、現実的でないように思えた。

裕也にも、腰を据えた状態で伝えなければという思いもあったので、二人の言う通り、一旦予定通りに日本を発つと決めた。せめて麻子との旅行はキャンセルしようかとも思ったが、航空券の手配をし直す気力がなく、とりあえず台北にも向かうことにした。

出発の前日から関東に台風が直撃し、当日の昼過ぎぐらいまで、雨風が激しかった。昼間の便だったけれど台風で遅れたのか、元より夜に出発の便だったのか、もう忘れてしまったが、私が空港へ足を踏み入れたのは、夕食を済ませてからだった。台風の影響か人がまばらで、空港全体がどんよりしているような印象を受け、渡米時と同じターミナルのはずなのに、ここは本当にあの眩かった場所だろうかと、ぼんやりと思ったことを覚えている。

その夜は台北の空港近くのホテルに泊まり、翌朝から麻子と会う予定だった。今から飛行機とホテルで一人になれるのは、頭と心を整理するのにいいかもしれない。そんなことを考えながら出国手続きを済ませ、搭乗ゲートの待合スペースの椅子に腰かけた。

搭乗が遅れているというようなアナウンスがあり、私の前に座っていた中年の男女の女性の方が、「やだ、本当に飛ぶの?」と溜息《ためいき》を吐《つ》いた。それから十秒後だったのか、一分後だったのか、五分後だったのか、もうわからないが、同じ女性が「え、やだ、何あれ!」と上ずった声を出した。

反射的に顔を上げ、私は彼女の目線を追った。そこにはテレビがあり、画面に見覚えがある気がする、高いタワーが映っていた。そのタワーの上部の方から、黒い煙が上がっている。画面右の方から飛行機の影のようなものが、すーっと近付いてきて、タワーの中腹辺りに突っ込んだ。
橙色《だいだいいろ》の炎と、新たな黒い煙が上がった。

え、え、と声になっていない声が出て、私はその場で立ち上がった後、固まった。あれは、あのタワーは、ワールドトレードセンターではないか――。

「映画か？　映画じゃないか？」

中年の男性の方が言い、そうか、映画か、と一瞬納得をしかけた。しかし背後からも、「え、何？」「爆発？　ニューヨーク？」「え？　テロ？」「何々、どういうこと？」と、沢山の上ずったり、震えたりしている声が聞こえてきた。

振り返ると、隣のゲートのテレビが目に入った。ワールドトレードセンターと思われるタワーが映っており、上部から煙が出ていた。画面右から飛行機の影のようなものがすーっと近付いてきて、ビルの中腹辺りに突っ込んだ。橙色の炎と、新たな黒い煙が上がった。画面に、ニューヨーク、高層ビル、航空機、などという文字が読み取れた。映画ではない。

自分のゲートのテレビに向き直った。カタカタカタカタカタ、という不思議な音を聞いた。自分の歯が震えている音だと、すぐには理解できなかった。手足も震えていた気がするが、私は必死に体を動かし、テレビに近付いた。

画面右から飛行機の影のようなものがすーっと近付いてきて、ビルの中腹辺りに突っ込んだ。橙色の炎と、新たな黒い煙が上がった。

裕也！　と叫んだ気がするが、声が出ていたかわからない。足に激しい衝撃があった。テレビの前で私は、崩れ落ちたのだと思う。

その後のことは、詳細には覚えていない。「どうしましたか？」「大丈夫？」などと声がして、誰かが、おそらく乗ろうとしていた航空会社のスタッフや、搭乗を待っていた人たちが、私に駆け寄って、体に手を添えてくれたり、抱き起こしたり、してくれた気がする。

「ゆうや、お、夫が。あそこに、あのタワーの近くに」

全身を震わせながら私が声を絞り出すと、えっ、うそ、しっかり、など、あちこちから声が上がった。

その後、誰かが私を抱えて、ベンチに座らせてくれたのだろう。私は座った状態で、震える手でバッグの中から携帯を取り出し、ゆうやゆうやゆうやと唱えながら、彼に何度も何度も何度も電話をかけた。けれど、一回も繫がらなかった。

航空会社のスタッフに、飛行機には乗らないと伝えたのは、何となく覚えている。朱美から、「お姉ちゃん、ニュース！　見た？　裕也さんは？」と電話があったことも。朱美が車で迎えに来てくれることになり、震える足を震える手で押さえながら、立ち上がった。

どういう手順を踏んだのかわからないが、搭乗ゲートから出してもらい、ロビーのベンチに座って、また裕也に何度も何度も電話をかけたが、繫がることはなかった。裕也にかけている合間に、麻子からのメールを受信した。全文は覚えていないが、ニュースを知っている風で、「旦那さんは大丈夫？」とあったので、「わからない。そちらには行けない」とだけ返した。

朱美がロビーまで走って迎えに来てくれて、抱えられるようにして車に乗り込んだ。発車してからも、私は裕也に電話をかけ続けた。高速に乗った頃だったか、朱美に「お姉ちゃん、裕也さんもかけてるかもしれないから、一度かけるのやめよう」と言われ、返事はできなかったが従った。

それから、どれぐらい経ってからだったのかはわからないが、携帯が鳴った。国際電話であることを示す番号が画面に表示されていて、私は「ゆうやっ、ゆうや！」と吠《ほ》えるように叫びながら出た。

「瑠美？　ニュース見た？　無事だから！　僕は無事！」

音は酷《ひど》く割れていたが裕也の声が聞こえた。体から力が抜けて、私はまたその場に崩れ落ちた。後部座席に座っていたのだが、前の席との隙間に転がり落ちて、過呼吸のような状態になっていたそうだ。朱美が「裕也さん、電話そのまま繫げてて！」と叫び、一番近くの出口から高速を降りた。

朱美は車を路肩に付け、私を座り直させて、携帯をスピーカーにし、裕也と話をしてくれた。二機の飛行機がタワーに突っ込んだのは午前九時前後。普段なら出勤している時間だが、裕也は今朝はフレックスにしていて、近所のカフェで朝食を食べていたから無事だった。マンハッタン支社には出勤している社員もいたが、全員避難をして無事。今は自宅待機を命じられていて、従っている、という情報が得られた。

「ジェレミーさんは？」と私が聞くと、「無事」と微かに聞こえた気がしたが、そこで電話が切れてしまった。国際電話だからなのか、ニューヨークが大変な状況になっているからなのかはわからないが、ずっと電波が悪かった。

「家に帰ろう。あ、お母さんに電話する。取り乱してたから」

朱美が手短に母に連絡をして、車を発進させた。帰宅すると母は、「瑠美！　なんてこと！　裕也さん無事でよかった！　でも、なんてこと！」と泣きながら、私に縋《すが》り付いてきた。二人で倒れ込みそうになり、朱美が必死に支えてくれた。

リビングで、三人でテレビのニュースにかじりついた。日付はもうとうに変わっていたが、ニュースはずっと流れていた。飛行機がタワーに突っ込む映像が何度も流れ、その度に歯がカタカタと震えたが、目を逸《そ》らすこともできなかった。得られた情報は少なかった。実際にまだわからないことが多かったからか、私の頭が回っていなかったからかは、わからない。

ワールドトレードセンターに、二機の飛行機が突っ込んだ。タワーは炎上、爆発、崩壊した。おそらくテロである。現場は混乱している。わかったのは、これぐらいだ。それでも私たちは、明け方までずっとニュースに見入っていた。誰も寝ようと言い出さなかった。

窓の向こうが白んできた頃、裕也から再び電話があった。携帯をローテーブルに置き、テレビの音を消した。携帯はまたスピーカーにして、三人で取り囲んだ。やはり電波が悪く何度も途切れ、音も割れるので、会話は酷く要領が悪かった。

ジェレミーさんは外回りをしていて無事だった。消防車とパトカーの音が鳴り止まない。十四丁目より南は立ち入り禁止。念のため部屋の窓を閉めている。アユミさんがショッキングなものを見たから、自分が子供たちを世話している。ジェレミーさんと連絡が取れない。

などと裕也は話したが、なぜ、いつ、何が、がわからないものが多いし、どこにいるのかも読めないし、無事なのに連絡が取れないなど、矛盾しているように思えることもあった。質問をしても、聞こえないのか、裕也も混乱しているのか、きちんと返ってこなかった。

「アユミさんは大丈夫？　ショッキングなものって？」

私が掠《かす》れ声で訊ねたこの質問は聞こえたようで、一呼吸置いてから、「人が」と低い声で応答があった。

「人が、沢山タワーから、飛び降りるのを、見たって」

ひっ、と母が悲鳴のような声を上げた。朱美が手を口に当てながら、「なんで、どうして」と呟いた。

「多分、火災や爆発で、逃げようとしたのか、パニックになったのか……」

視界がぐにゃりと曲がり、体が地の底から引きずられるような感覚に襲われた。次の瞬間には、体のどこかに鋭利な痛みが駆け抜けた。瑠美！　お姉ちゃん！　と声が聞こえた。私はソファから転がり落ちて、顔がローテーブルを掠って、頬を切ったようだった。瑠美？　とひび割れた裕也の声も聞こえたが、絨毯《じゅうたん》に転がったまま呼吸をするのが精一杯で、返事ができなかった。

唸《うな》るように、私は泣いた。エンパイア・ステートビルの展望台で、「落ちちゃうよ！」というポーズで写真を撮った時と、自由の女神に上った人と、下りてきた人の数が違うというジョークに笑った時の自分の姿が、頭をよぎった。はしゃぐ自分が、とんでもない悪ふざけをした、いや、とてつもない大罪を犯したような気がして、必死に呼吸をしながら、胸をかきむしった。

「裕也、帰ってきて。早くそこから逃げて。日本に来て。逃げないと」

声を絞り出した。瑠美、大丈夫？　何？　何て？　遠くから裕也の声が聞こえて、朱美が「日本に避難した方が、って言ってます」と中継した。

日本に？　いや、空港が――。閉鎖。アメリカは全部――。飛行機――。飛んでない。

途切れ途切れに裕也の声が聞こえた。意味は理解できた。できたから、打ちのめされた。視界が徐々に、暗く、狭くなっていくように感じた。

視界が徐々に、明るく、広くなっていく。

トンネルの出口が近付いている。バスがまた少し速度を上げた。飛び立とうとしている機内にいて、滑走路でじらされているような気がしてしまう。いっそのこと、もう早く飛び立って欲しい。いや、やはり止めて欲しい――。

トンネルを抜ける時、目を瞑《つぶ》りそうになったが、必死でこじ開けた。飛行機が二機、開けた視界の中に侵入してきた。ひゅっ、と喉が鳴る。いよいよ、そこ、空港が近付いている。

大きい方の飛行機が、ゆっくりと動き出す。滑走路に向かうのか。そして、飛び立つのか――。

飛び立って、どこへ向かうのか。アメリカ、ニューヨーク、マンハッタン――。あの高い、二本のタワーを目指すのではないか。

やめて！　と叫びそうになるのを、懸命に堪《こら》えた。胸に手を当て、私は呼吸を整える。

飛行機が突っ込んだワールドトレードセンターから飛び降りた人がいると聞いた時、私の視界はぐにゃりと曲がった。空港が閉鎖されたから、裕也が避難して来られないと知ると、視界は徐々に暗く、狭くなった。

私はこの時、世界がすっかり変わってしまったのだと思った。つい一週間前まで私が住んでいた、あの何もかもがクールで、色彩豊かで、華やかなニューヨークは、もうどこにもないのだと。

私は二度と、あの魅力的な街に戻ることはできないのだと、そう思った。

そして、その時の思いは、「戻ることはできない」においては、現実となった。

「ご注文の確認をさせていただきます。ざる蕎麦《そば》が一人前、天ざる蕎麦が一人前。あと、出汁《だし》巻き卵が一皿でお間違いないでしょうか」

後に日本ではアメリカ同時多発テロと呼ばれるようになる、あの凄惨な事件から約一年後。私は東京と神奈川の境目辺りの商店街にある店で、連日、蕎麦の注文を取っていた。

「あ、そうですね」「うん、間違ってないです」

ビジネスマン二人組のお客が、苦笑いしていた。頬がカッと熱くなり、「失礼します」と踵《きびす》を返した。また硬かっただろうか。既に店主の敏恵《としえ》さんから何度も、「瑠美ちゃーん、うちは、さあ昼休みだ！　蕎麦でも食うかあ！　ってお客さんばっかりだから、硬い硬い！　もっとくだけてくだけて！」と言われていた。

「ざる蕎麦一丁、天ざる蕎麦一丁！　あと出汁巻き卵一皿です！」

くだけた口調を意識して、厨房の敏恵さんに告げた。「はあい！」という敏恵さんの元気な声に、どこからともなく響いた、ゴオーッという音が被《かぶ》った。少しだけ体をびくっとさせてしまって、胸に手を当てた。大丈夫、と念じながら、ゆっくりと呼吸を整える。

視界が暗く、狭くなった後から三日間ほど、私の記憶は途絶えている。母と朱美に聞いたところによると、食事と入浴、トイレ以外の時間は、ずっと自室のベッドにいたそうだ。

テロから四日目の明け方に、トイレに起きた後、何故《なぜ》か部屋に戻らず、リビングに入り、テレビを点《つ》けた。ザッピングをして、テロのニュースを流している局を見つけ、そこで止めた。アメリカ政府がテロの容疑者を特定したとアナウンサーが読み上げ、アラブ系だと思われる、彫りが深く面長の男性の顔が映し出された。私はしばらく、薄暗いリビングで一人、その顔をぼんやりと眺めていた。

画面が変わり、ＪＦＫ空港らしき場所が映った。滑走路の飛行機も大写しになり、鼓動が速くなりかけた。しかし、「北米方面の運航が再開」というテロップが出て、立ち上がった。走って自室に飛び込み、枕元に置いていた携帯を摑み、裕也に電話をかけた。

「もしもし、瑠美？　もう大丈夫なの？　お義母《かあ》さんたちから、ずっと具合が悪くて寝込んでるって聞いて、心配してた」

ニューヨークが今何時なのかなど考えずにかけたが、裕也はすぐに出てくれた。

「ゆうやっ！　私は大丈夫。ねえ、今ニュースで、アメリカの空港が再開したって、飛行機が飛び始めたって言ってた！」

だから、早くこちらに避難してきて欲しいと言いたかったのだが、久々に喋ったからか、舌が上手《うま》く回らなかった。一拍置こうと黙ったら、「うん、そう。飛行機、また飛び始めたらしいよね」と、裕也が先に口を開いた。

「だから瑠美、戻って来られるかな？　いつぐらいになりそう？」

次の裕也の言葉で、私は固まった。危うく携帯を、手から落としてしまうところだった。

「もちろん、まだこっちも大変な状況だから、すぐにじゃなくていいんだけど。でも、ジェレミーさんの職場で行方不明の人が二人いて、彼、毎日現場に行って血眼で捜索を……。アユミさんもまだ本調子じゃ……。この後も家のことを手伝いに行こうかと思ってるけど、僕もショックは受けてるから……。うちのオフィスもまだ閉鎖中なんだけど、仕事は立て直さないと……。川上さんも体調が……」

また電波が悪くなったのか、途中から裕也の声は途切れ途切れで、はるか遠くから響いてくるかのように聞こえた。

「だから、瑠美に戻ってきてもらえると、すごく助かる……」

「私は、戻れないよ！」

気が付いたら、大声で叫んでいた。えっ、と裕也が激しく狼狽えたのがわかり、焦ったら、次は「だって、お父さんが余命宣告されてるから」と口にしていた。

「えっ、お義父《とう》さん？　余命宣告？　え？」

裕也が更に動揺し、その様子を感じ取ったら、反対に私は、少し落ち着きを取り戻した。

「そう。そっちに戻ってから話そうと思ってたから、言えてなかったけど、お父さんが」

私はその後、父の状態を切々と語って聞かせた。裕也は終始困惑している様子だったが、真剣に話を聞いてくれた。

「そうか。じゃあ僕も、一度お義父さんに会いに帰った方がいいね。すぐには無理かもしれないけど、調整してみて、連絡する」

裕也がそう言ったところで仕事の携帯が鳴ったようで、「わかった」「うん、じゃあ」と言い合って、電話を切った。枕元に携帯を戻した私は、さっきは一瞬にして凍り付いたかのようだった自分の体が、徐々にほぐれていくのを感じていた。

ベッドには戻らずそのまま起きて、その日の午後は母と朱美と三人で、父の病室を訪ねた。抗がん剤治療がもう始まっていた父は、副作用で怠《だる》かったのか、終始横になったままだったが、心なしか表情や眼差《まなざ》しは、前回に会った時より、しゃきっとしていた。もしかして、自分の余命を受け止めたのかもしれないと感じた。

父は私を認めると、「おお、瑠美」と寝そべったまま、片手を軽く上げた。

「ニューヨークで大変なテロがあったみたいだな。こっちにいる時で良かったな。裕也君も無事で、本当に良かった」

「うん。ありがとう。裕也が、お父さんのこと、心配してたよ」

「そうか。自分も大変なのに悪いな。瑠美、早くニューヨークに戻ってあげないと」

え、と掠れた声が出た。今度は父の言葉で固まってしまった。

「何言ってるの。今戻るのはまだ不安よ」

「そうだよ。お父さんだって入院中だし」

私が何も言えないでいると、母と朱美が両脇から何やら言ってくれた。けれど父は、私をしっかりと見つめたまま、続けて言った。

「でも、裕也君を支えるために、ニューヨークに行ったんだろう？」

この後のことは、また記憶が曖昧だ。父が急に激しく咳《せ》き込み始め、看護師さんを呼んで処置をしてもらい、少し落ち着いてから病室を後にしたような気がする。駐車場で車に乗り込む時、飛行機が頭上を飛んでいることに気が付いて、悲鳴を上げてその場でふらついてしまい、二人に抱えられたことはうっすらと覚えている。

「でも、裕也君を支えるために、ニューヨークに行ったんだろう？」

はっきりと覚えているのは、これが父が私に発した、最後の言葉になったということだ。この数日後に、父は亡くなった。抗がん剤を投与すると、初期の頃にがくっと免疫力が落ちるそうで、私たちが病室を訪ねた時は既に、風邪をこじらせていたようだ。そして誤嚥性《ごえんせい》肺炎を起こし、あっという間に逝《い》ってしまった。深夜に父の容態が危ないと連絡をもらい、駆け付けた時にはもう息を引き取っていた。

私たちはただ呆然《ぼうぜん》とするばかりで、通夜や葬儀は、集まってくれた親族や父の会社の人たちが取り仕切ってくれた。特に私は、その場に存在しているだけで精一杯で、裕也に連絡を取ることもままならなかった。母と朱美も、すぐに帰ってこられる距離ではなく、テロもあったからか、裕也の名前を出すことはなかった。

葬儀が済んで数日経ってから、私はようやく裕也に電話で、父の死去を伝えた。裕也はこの間の倍ぐらいの音量で「ええっ!」と叫んだ。

「お義父さん、そんな。何とかそちらに帰れないかと調整してたんだけど、葬儀にも出られずに……。ごめん」

「葬儀のことはいいの。私が連絡しなかったんだから。でも」

すうっと息を吸ってから、私はその時の自身の思いを、正直に裕也に吐露し始めた。

「私は、もうニューヨークには戻れない。テレビに飛行機が映ったり、空を飛行機が飛んでるのを見るだけで、動悸がしたり、ふらついたりするの。お父さんもこんなことになったし、この状態で、またそっちで暮らせる気がしない。だから、裕也に帰ってきて欲しい。一時的じゃなくて、帰国して。日本で生活を一緒に立て直したい」

裕也はしばらく沈黙したが、やがて低い声で、「瑠美の気持ちは、わかった」と言った。

「時間をくれないかな。僕はどうしたいか、どうしたらいいか、じっくり考えさせて欲しい。僕たちは今、とても普通ではない、相当に過酷な状況にあるから、お互いに時間をおいて、冷静に考えることが必要だと思う」

裕也の言葉に、私もしばらく黙ったが、最後には「わかった」と返事をした。帰国して欲しいという私の希望に、すぐに応じてもらえなかったことには、少なからず傷付いた。でも自分たちが今、「とても普通ではない」「相当に過酷な状況にある」というのはその通りだと思ったので、了承した。

そして私たちは、時間をおいた。私は待つ立場だと解釈して、その思いに従っていたら、二カ月半が経っていた。

二カ月半ぶりの電話で、裕也は最初に私に、「瑠美の気持ちは変わらない？」と聞いてきた。

「変わらない」と私が答えると、「そうか」と呟いた後、電話の向こうで、息を吐いたのがわかった。

溜息ではなく、何か行動を起こす前の気合のように思えて、私はこれから起こることを予測して、目を伏せた。

「僕は、ニューヨークに残りたい」

予想した通りの言葉が、裕也から放たれた。

「ジェレミーさんの職場の人は、二人とも亡くなっていた。一人は、右腕しか見つからなかったって。ジェレミーさんとアユミさんは、今回のテロで近しい人を亡くした人たちのための、自助グループを立ち上げようとしているみたい。何かできることがあれば、僕も手伝いたいと思ってる。他にも、遺族や、まだ家族が行方不明の人たちを助ける活動とか、色々立ち上がってるみたいだから、そういうのも調べてみようと思ってる」

うん、と頷いて、私は先を促した。

「自然史博物館に行った帰りに、雰囲気の良さそうなアラブ料理店を見かけたこと、覚えてる？　行ってみたいねって言って、結局行けてなかったけど。この間あそこの前を通ったら、やってなくて、石でも投げられたのかな、窓ガラスが粉々に割れてたんだ。他にも、モスクに火炎瓶が投げられたとか、時々、聞く。そういうのを見聞きすると、僕もその夜は上手く眠れなかったりする」

うん、と私はまた頷いた。

「でも、テロ以降、いいなと思うこともあって。電車や街中で知らない人と目が合った時に、ハーイ、ハロー、調子はどう？　とか、挨拶を交わすことが増えた気がするんだ。前は、ニューヨークはみんな忙しそうに、せかせか歩いてるなあって思ってたんだけど。一緒に頑張ろう、また立ち上がろう、って言ってくれてる気がする」

次に「うん」と頷いた時、私はもう、自分の睫毛《まつげ》が濡《ぬ》れていることを感じていた。

「だから僕は、ニューヨークに残りたい。この街が今からどうなっていくのか見届けたいし、立ち直るために、微力でも僕も力になりたい。元よりそのつもりで来たし、ここでまだまだ成長させてもらいたいとも思ってる」

次は頷くことができずに、目を伏せた。睫毛を伝って、涙が後から後から溢《あふ》れ出た。

重く、深い話をしているのに、裕也の口調は淡々としていた。その語り方を、私はよく知っていた。初めて会った時に自身の生い立ちを、恋人になってからは海外で働く夢について、いつもその口調で語っていた。静かなようで、その実、とても熱い、確固たる思いがそこにはある。つまり、その口調で語るということは、もうその思いはどうやっても覆らないのだろう。

「でも、あんな凄惨なことがあったから、もう戻って来られないっていう、瑠美の気持ちもよくわかる。無理強いも、しちゃいけないと思う。……それなら」

待っていた二カ月半の間に、裕也が帰国しないなら、しばらく遠距離で結婚生活を続けるのはどうだろうと、考えたこともあった。けれど、いつまでになるかわからないし、私たちは早く子供が欲しいと願っていた。遠く離れた場所から、お互いに「いつまで」と不安がり、欲しいものが手に入らない不満を抱えながら、夫婦としての繋がりを強めていけるとは、とても思えなかった。物理的な距離が、心の距離にもなる未来しか、想像ができなかった。それなら――。

裕也が、今度は息を吸うのがわかった。そして、その言葉が吐き出された。

「僕たちはもう、一緒に生きることは、できないんだと思う」

頬を通り過ぎた涙が、顎や首にまで、止めどなく流れ続けた。私はそれを拭うこともせず、最後の「うん」を喉の奥から絞り出した。


離婚届は、私が一人で日本で出した。こちらから用紙を郵送して、裕也が記入して送り返してという手順を取ったので、少し時間はかかったが、新しい年になる頃には離婚が成立していた。

裕也は父に線香を上げるのと、母と朱美に挨拶をするために一度帰国すると言ったが、私が断った。会ってしまったら決心が揺らぐ気がしたし、私たちは、とても普通ではない、相当に過酷な状況ゆえに離婚することになったのだから、普段の常識に従わなくてもいいように思えた。

母と朱美は「離婚する」と伝えると驚いていたが、二人でしっかり話し合った結果だと言ったら、反対も、何か言うこともしなかった。以来、二十年以上経った今でも、二人が私の離婚に言及したことは、一度もない。

離婚後数カ月間は実家で、起床して、食事をして、家事をして、夜になったら寝るという、酷く規則的な生活を黙々と送った。裕也からの連絡を待っている二カ月半も同じような状態だったので、合わせると、半年ほどもそうしていたことになる。母も父の死後は似た感じで、実家には重苦しい空気が延々と流れ続けていた。

その流れを断ち切ったのは朱美だった。春が来て、桜がすっかり散り終えた頃のある日の夕食の席で、付き合っている男性との子供を妊娠していて、今四カ月である。結婚して、実家近くのマンションに住む。子供が生まれたら母に育児のサポートをして欲しいと、宣言した。当時の朱美はデパートの化粧品売り場で販売員の仕事をしていて、恋人の男性はそのデパートの社員ということだった。私が渡米した直後から付き合っていたらしく、父と母は既に親しくしていたらしい。

後日挨拶に来たら、父の葬儀の時に、会社の人にお茶を出してくれたり、高齢の参列者をさりげなく介助してくれたりしていた若い男性がいたのだが、その人だと気が付いて、私も好感を持った。母は「嬉しいわねえ、赤ちゃんが！」と手を叩いて喜んでいた。私は一言、二人に「おめでとう」と言った。

翌日から私は、朝食を食べ終えると実家を出て、あてもない散歩に勤《いそ》しむようになった。朱美が素敵な人と結婚して母になることを、心から祝福していた。でも一方で、テロがなかったら今もニューヨークで裕也との結婚生活が続いていていて、私も既に妊娠していたかもしれないという思いもちらついて、不安になった。その思いの先にあるものは、きっと朱美への美しくない感情で、そこには絶対に辿《たど》り着いてはいけなかった。

テロ以降、見聞きした場面、音、言葉などが、私の頭と心に頻繁に侵入してきて、攻撃をしかけていた。カタカタカタと震える歯。かけてもかけても繋がらない電話。落ちちゃうよ！　とはしゃぐ醜悪な自分の姿。裕也君を支えるために、ニューヨークに行ったんだろう？　僕たちはもう、一緒に生きることは、できないんだと思う――。

それらの攻撃の仕方は、あの飛行機の影のようなものに、よく似ていた。どこからともなく現れて、すーっと近付いてきたと思ったら、衝突されている。それでもこれまで何とか踏ん張って、橙色の炎や黒い煙は発生させずにいたのだが、そこに朱美への美しくない感情が加わると、いよいよ危険だと怖かった。散歩をしていれば攻撃されないわけではないのだが、体を動かしていると頭も心も整えやすく、衝突は避けられたり、衝突されても、大事にはならないような感覚があった。

最初の日は、家を出て商業道路を南に曲がり、隣の駅まで。二日目は北に曲がり、反対隣の駅まで。次は南に曲がり二つ目の駅まで。北に曲がり二つ目の駅。南に曲がって途中で脇道に逸れて、隣町の私鉄の駅まで――と、私はどんどん歩く距離を伸ばしていった。

途中で適当に昼食を済ませたり、疲れたら少し電車に乗ったりもするようになり、ふと気が付いたら、見知らぬ土手で犬の散歩をする人たちに交じって、夕日を眺めていたこともあった。母と朱美は最初の頃、「どこに行ってるの？」と心配したが、「散歩してる。少し気が晴れるの」と話すと、翌日から「行ってらっしゃい！」と手を振って見送ってくれるようになった。

梅雨の時期に入っていたが、雨は降っていなかった、とある日のことだ。歩いているうちに蒸し暑さが辛《つら》くなってきて、通りかかった私鉄の駅から電車に乗った。数駅分揺られて涼んだが、また歩きたい欲が出てきて、適当な駅で降りた。

駅前に商店街があったので、まずはそこを歩いていたら、突然、ゴォォーッと地響きのような音がした。驚いて目線を上げたら、巨大な飛行機が視界に飛び込んできた。ひっと声を上げ、ふらついてしまって、側《そば》にあった道路標識のポールに摑まった。飛行機は轟音《ごうおん》を響かせながら、やがて視界の端から消えていった。

鼓動がどんどん速くなるのを感じながら、どうして街中にあんなに大きな飛行機が？　暑さで幻でも見たのだろうか？　と考えた瞬間、また地響きのような音がした。今度は背後からで、反射的に振り返ると、また巨大な飛行機が飛び込んできた。雑居ビルの屋上や民家の屋根の間を縫うように飛んで、視界の端から去って行く。尾翼が民家の屋根を掠めそうな近さだった。

近くの電柱の住居表示が目に入り、幻ではないことを理解した。空港の近くの街に、降り立ってしまっていたようだ。出発ロビーで一人で搭乗を待っている間に、テロのニュースを目にした、あの空港だ。

三度目のゴォォーッが聞こえてきて、私はすぐ脇の建物の軒下に、身を潜めるように移動した。直後、ガタッという音がして建物の扉が開き、「あー、ごめんなさい。今日はもう終わりなの」

と、朗らかな声が聞こえた。目の前に人の好《よ》さそうな顔立ちの、小柄な女性が立っていた。

「あら、でも雨が降りそうね。んー、お姉さん一人？　私が食べる分を今茹《ゆ》でてたから、一人分なら何とか出せるけど」

遠ざかっていく轟音の下で女性が言ったが、意味がわからず困惑した。でも何故か、扉を開けて「どうぞ」と中に招かれたら、従ってしまった。「そこ座ってね」と入口近くのテーブルを指され、さっと室内を見回して、どうやらここは蕎麦屋で、客に間違えられたのだと理解した。

「オクラとまいたけの天ぷらも出せるから、それで天ざる蕎麦でいい？」

女性が水を出しながら言った。まだ動揺していたが、お昼を食べていなかったので、「はい。お願いします」と頭を下げた。

水を飲んで一息ついていたら、すぐに料理が運ばれてきた。つゆには刻んだきゅうりと茄子《なす》が、最初から入っていた。「いただきます」と手を合わせて一口食すと、「あ、おいしい」と声が漏れた。

「おいしい？　さては、つゆが？」

女性が私の顔を覗き込んだ。

「あ、はい。あ、お蕎麦もおいしいですけど、この野菜の入ったつゆ、いいですね。出汁が効いてて」

「本当？　ありがとう。じゃあ夏の間はこれで出そう！　さっき思い付いたのよ」

女性は上機嫌で、厨房に引っ込んでいった。つまり私は味見係にされたのかと苦笑したが、嫌な気はしなかった。

満足して食べ終えて、「ごちそうさまでした」と席を立った。レジで財布から千円札を引っ張り上げた時、室内なのでさっきよりはずっと小さいけれど、また轟音が聞こえてきた。けれど女性の手前、何も感じていないふりをした。

「はい、お釣り五百円ね」

「え、天ぷら蕎麦、七百五十円でしたよね」

「味見してくれたから、サービス。おかげで夏のメニューが決まったし」

女性が五百円玉を、私の手に押し込んだ。「何も感じていないふり」を成功させてもらえたことも含めて、「ありがとうございます」と頭を下げて、受け取った。

女性が顔を傾けて、入口のガラス扉に目を凝らした。レジカウンターの壁の、貼り紙が目に入った。

「雨、降らなかったね。このままだといいけど。どこまで行くの？　傘はある？」

女性が顔を戻し、何か訊ねてきたが、ちゃんと聞いておらず返事ができなかった。聞き返すべきか迷ったが、実行しなかった。代わりに私は、「アルバイト、募集してるんですか？」と聞いた。

接客業も飲食業もまったくの未経験なのに、三十歳にして蕎麦屋でアルバイトだなんて、この日の行動には、勢いだったとはいえ、私自身が驚いていた。

「S駅近くのなごみ庵《あん》っていう蕎麦屋さんで、アルバイトすることになった。明日《あした》一応、履歴書は持っていくけど、もう採用だって。三十代の女の人が一人でやってる小さな店なんだけど、おいしいし、雰囲気もよくてね」

でも帰宅して母と朱美にそう報告すると、「アルバイト？　いいじゃない！」「女の人がやってるなら安心だね。大賛成！」と、大喜びしてもらえた。喜んでいる風にしているけれど、実際は「安心した」が強そうで、やはり二人には長い間、多大な心配をかけていたのだと実感した。

そして、私も自分自身を心配していて、だから思い切った行動を取ったのかもしれないと考えた。飛行機がすぐ上を飛ぶ場所で働くのは恐怖でしかないが、このままでいいとも思ってはいなかったので、これは荒療治なんだと言い聞かせた。

女性店主は敏恵さんといい、私より五歳上の、当時で三十五歳。なごみ庵は敏恵さんの生家で、三年前に脳卒中でお父さんを、一年半前に心筋梗塞でお母さんを亡くしてからは、一人で切り盛りしている。シングルマザーで、圭太《けいた》君という小学校五年生の男の子を育てているので、営業は昼のみ。この春に商店街の近くに食品メーカーの社屋と工場が引っ越してきて、昼休みのお客が急激に増え、アルバイトを募集したということだった。

翌日持参した履歴書に目を通している時、一瞬だったが、敏恵さんが眉をぴくっとさせた。会社を辞めて以来、現在までの二年以上が空白になっているので、怪訝《けげん》に思われたかと身構えたが、問題にはされなかった。「瑠美ちゃんって呼んでいい？　私は敏恵でいいよ。じゃあ、よろしくね」と言われただけで、胸を撫《な》で下ろした。

未経験なれど、私はメニュー、価格、テーブル番号にレジの使い方もすぐに覚えたし、料理も得意なので調理補助もできたし、最初から賃金に見合う働きはできていたと思う。接客態度、特に言葉遣いについては、初期の頃に「硬い！」と注意されたが、残暑が去って、ざるよりもかけ蕎麦の注文が増えてきた頃には、くだけた口調もだいぶ板についてきていた。

　近隣の会社の昼休みの時間帯は、連日水を飲む暇もないほどの忙しさだった。おかげで飛行機の音が聞こえても、少しびくっとはするものの、ふらついたり、動悸がしたりということは、徐々に少なくなっていった。テロから一年の日も、きっとニュースなどでは盛んに取り上げられていたと思うが、「気にしてなんていられない」状況を成立させてくれて、ありがたかった。

「ねえ、お正月は比奈《ひな》ちゃんと過ごしたんでしょ？　新しい写真、見せてよう」

　お正月明けの、最初の営業日の閉店後。「ちょっと休憩」とテーブルで水を飲んでいた敏恵さんが、別のテーブルを拭いていた私に、朱美の娘の写真をねだってきた。

「クリスマスのも見せたじゃないですか。そんなに変わらないですよ」と言いながらも、エプロンのポケットから携帯を出して、渡してあげた。敏恵さんが赤ちゃん赤ちゃんと、はしゃいでくれるので、私も美しくない感情には何とか行き着くことはなく、生まれてきた姪《めい》っ子を純粋にかわいいと思えていたので、感謝の気持ちがあった。

「あらー、豆大福みたい！　もう食べちゃいたい！　でも、すぐおませになっちゃうんだろうなあ。まあ、それもかわいいんだけどね」

　ありがとう、と携帯を私に戻し、敏恵さんは洗い物をするため、厨房《ちゅうぼう》に去った。「圭太君も、赤ちゃんの頃は豆大福でした？」と厨房に向かって、声をかけた直後だった。足許《あしもと》がぐらりとした感覚があり、咄嗟《とっさ》に胸に手を当てた。飛行機の音がしたのかと思ったが、違う。敏恵さんが忘れていったコップの中の、飲みかけの水が揺れていた。「あ、地震？」と私は慌ててコップを回収した。

揺れはすぐに収まり、「大したことなくて良かったですね。そっちは大丈夫ですか？　食器とか」と、厨房の敏恵さんに声をかけた。しかし返事がなく、代わりにタッタッタッという不審な音が聞こえてきた。

「敏恵さん？　わっ！　どうしました？」

厨房を覗いて、叫んでしまった。敏恵さんがキッチン台の下の狭い空間に潜り込んで、顔面蒼《そう》白《はく》で体を震わせていた。片足が床を、タッタッタッと叩いていた。

「瑠美ちゃん、ごめん。腰が抜けた。立ち上がらせてくれる？」

震える声で言われ、困惑しながら手を貸した。肩も貸し、テーブルに座らせて、さっきのコップを差し出した。敏恵さんは「ありがとう」と水を飲んだ後、「びっくりさせて、ごめん。あのね」とまた声を震わせた。

「こんなところ見られちゃったから、告白させてね。私ね、阪神《はんしん》・淡路《あわじ》大震災で、被災したの」

え、と私の声も少し震えた。

飲食店の娘らしく、子供の頃から料理が得意だった敏恵さんは、高校卒業後、都内の著名な調理学校に入った。お兄さんが一般企業に就職後、県外勤務になり、そちらで家庭を築いたこともあり、両親も自分も、いつかなごみ庵を継ぐんだろうと思っていた。けれど、学校卒業後に都内の和食屋で修業をしている時に、同じく修業中の二歳上の男性と、恋人関係になった。彼は神戸《こうべ》の老舗の料亭の跡取り息子で、やがて実家に戻ることになったので、敏恵さんも結婚してついていくことにした。両親は、少し淋しそうにしながらも、「うちのことは気にしないでいい」と、笑顔で送り出してくれたという。

　嫁入りして若女将《わかおかみ》として修業をしながら、やがて圭太君を産んだ。子育てをしながらの修業は大変だったが、やりがいも感じていたところに、震災が起こった。

「家が半壊したの。明け方だったから、すぐに行動を起こせなくてね。圭太、まだ三歳だったし、あの子を抱っこして外に逃げるのが精一杯で、誰のことも助けられなかった」

　気になる言い回しをしたので、私は恐る恐る、「被害、大きかったんですか？」と聞いてみた。

「離れで寝てた、夫のおばあちゃんが亡くなった。そっちは全壊でね。みんなで駆け付けた時は、まだ声がしてたんだけど。あと、お義父さんがタンスの下敷きになって、料理人なのに、右腕が使えなくなった」

　返事を聞いて、血が出てしまうかと思うぐらい、強く唇を噛んでしまった。そうしないと、私も取り乱してしまいそうだった。

　料亭の方も半壊し、泊まりで仕込みを担当していた、ベテランの料理人の男性も亡くなったという。他、知り合いでは、圭太君のかかりつけの小児科の若い女性看護師、近所のアパートで一人暮らしをしていた、顔を合わせれば挨拶をしてくれる、感じのいい大学生の男の子も亡くなった、と。

　家族でしばらく仮設住宅に移り住んだが、ライフラインの復旧が遅かったので、敏恵さんと圭太君だけ、一旦、実家に避難した。一旦のつもりだったが、両親と共に圭太君を育てて、なごみ庵を手伝っているうちに、もうずっとこっちにいたいと思うようになった。

「でも夫は、跡取りの責任感で、家も店も街も、自分たちが立て直すんだって意気込んでてね。

一緒にこっちに住んで欲しいなんて、言えるわけなかった。あっちも、戻りたくないっていう私を、受け入れられなくて」

話し合いはずっと平行線で、徐々に心の距離も広がり、ついには離婚することになった。

「ごめんなさいって思ってるの、今でもずっと。元夫にも家族にも、店の人たちにも、街の人たちにも。私、あっちで幸せだったのに。ずっとあそこで生きていくって思ってたのに。自分だけ逃げてごめんなさいって」

敏恵さんは、洟《はな》を啜《すす》りながら、涙も拭った。

「でも私、怖かったの。とにかく、怖かった。だってもう八年も経つのに、さっきみたいな軽い地震でも、あんな風になっちゃうのよ。あの街に戻ってまた地震があったら、今度は圭太を助けられないいんじゃないかって、怖かった。夫の家に戻ったら、おばあちゃんの声がだんだん聞こえなくなった時のことを思い出して、店でも、圭太の病院でも、大学生が住んでたアパートが立ってた前を通るだけでも、さっきみたいに震えて立てなくなるんじゃないかって、怖かったの」

うっ、と唸り声のようなものを出して、敏恵さんは手で口を押さえた。その後、「ごめん」と「ありがとう」を交互に何度も口にした。

「話させてもらったら、少し落ち着いた。急にこんな話で驚かせたよね。もう大丈夫だから、片付けしよう」

敏恵さんは笑顔を作って立ち上がったが、私が動けなくなっていた。ついに体が震え出して、涙もこぼれた。そして「わかります。私も怖かった」と、呟いた。「え?」と、敏恵さんが私の顔を覗き込んだ。

そのあと私は、履歴書に書けなかった空白の二年以上に起こったことを、すべて告白させてもらった。母と朱美にも話していなかった、裕也から返送されてきた離婚届に同封されていた、手紙についても語った。

アユミさんとジェレミーさんからで、「Lumi　楽しい思い出をありがとう。幸せに生きて」と書かれていた。本人の直筆ではなかったが裕也のメモ書きで、川上さんからの「おいしい料理を御馳走《ちそう》さまでした。お元気で」という伝言もあった。普段お世話になっているお礼にと、川上さんには何度か夕食を振る舞ったが、その度に「おいしい！　すごい！」と褒めてくれていた。

それを受け取った日の夜は一睡もできず、朝までベッドで声を押し殺して泣き続けた。ごめんなさい、ごめんなさいと、ずっと唱えていた。三人だけでなく、「This is the airport! This is New York!」と言ってくれた空港の整備係の男性や、日本が好きだと言ったオイスターバーの女性スタッフにも、何度も何度も謝った。あなたたちのおかげで、楽しく過ごしていたのに、私もニューヨークが大好きだったのに。私は直接の被害を受けたわけでもないのに、一人だけ逃げてごめんなさい。

天国にいるはずの父にも謝った。死の床でのことだから、どれぐらいの冷静さと熱意で、私にああ言ったのかは、わかる由もない。けれど結婚する時に私が自分で、「裕也を支える」と語っていたのは間違いなく、遂行できず、夫を残して自分だけ逃げた、情けない娘でごめんなさいと、朝まで謝り続けた。

「ごめんなさい、って、きっと一生思い続けます。それでも、私は戻れなかった。だって、怖かったから。怖かったんです」

すべて語り終えて、そう吐き出した。頭の上に、何か柔らかい感触があった。

「うん。怖かったね」

正面に座る敏恵さんが、手を伸ばして、頭をやさしく撫でてくれていた。

「離婚が成立した時にね、両親が、怖かったね、って、こうやってくれたの。そしたら圭太も真似して、同じことをして」

自分の中で、何かが決壊するのを感じた。私はその後しばらく、子供みたいにわんわん声を上げて泣いた。


告白をし合ってから一月《ひとつき》ほど後に、敏恵さんは都内で開催されている、阪神・淡路大震災の被災者の、自助グループの例会に参加した。私が飛行機が怖いからこそ、なごみ庵で働くことにしたのを、「偉いなあ」と何度も褒めてくれて、「私なんて何もしてこなかったから。今からでも何かしないとね」と思ったそうだ。告白をし合ってから十日後が、阪神・淡路大震災から八年の日だったので、そこにも触発されたのだと思う。

離婚後、相次いで両親を病気で亡くし、一人で育児と経営をやってきたのだから、何もできずにいたのは仕方ないと思えたが、今からでも何かすることには賛成だった。私が来る前に、営業中に地震が起こって、お客さんの足許に蕎麦をぶちまけたこともあるらしいし、圭太君と二人でいる時に、この間のような状態になったらと思うと、私も不安だった。

自助グループへの参加を提案し、行けそうな場所のものを探してあげたのも私だった。離婚の際、ジェレミーさんとアユミさんが立ち上げようとしていると裕也から聞き、何となくの概念は知っていたが詳しくはなかったので、後から調べていた。アメリカで生まれた、共通の課題を持った当事者の集まりのことで、自身の体験や思いについて、語り合うことでの克服を目指すスタイルのものが多いようだ。人好き、お喋り好きの敏恵さんには合いそうな気がして勧めてみたら、本人も興味を持った。

定休日の日曜の、圭太君が友達の家に遊びに行っている間に出かけたので、翌月曜の朝、私はいつもより早く出勤し、「どうでした？」と敏恵さんの顔を見るなり訊ねてみた。しかし敏恵さんは、「せっかく言ってくれたのに、ごめんね」と顔を横に振った。

「皆さん感じよく歓迎してくれたし、震災に関係ないプライベートの話で盛り上がったりもしてて、好きな雰囲気だったのよ。でもそのグループは、月に一回、十二回で一クールで通うってスタイルでね。毎月、圭太を預かってもらって一年も通うのは無理かな」

敏恵さんがその気なら、私が圭太君を見てあげてもいいと思ったが、遠慮するだろうし、圭太君本人がどう思うかもわからないので、言えなかった。圭太君とは顔を合わせれば口はきく仲で、嫌われてはいないと思うが、懐かれているというほどでもなかった。

「そっか。いいと思ったんですけどね。残念」

「あ、でも、同じ初めての参加だった大学生の女の子と仲良くなってね。終わった後にお茶して、メールも交換したの。その子も大勢だと緊張するから、グループはまた行くかわからないけど、私とは話しやすいって。あちらからしたら私なんて、お母さんみたいなものだろうけどね。その子とだけでも、付き合えるといいな」

「大学生ってことは、震災時は子供ですよね」

「中一だったって。家が全壊して、両親と妹が亡くなって、自分だけ助かったんだって。東京のおじいちゃん、おばあちゃんに引き取られて、今は大学も行かせてもらっててありがたいんだけど、そのぶん幸せでいなきゃってプレッシャーが、って言ってた」

また私は唇を噛んだ。今度は本当に血が滲んでしまった。

その大学生が、翌週、なごみ庵にやってきた。オーダーストップ直前に、めずらしく若い女の子が一人で入店したと思ったら、厨房からたまたま出ていた敏恵さんが、「ミカちゃん！　本当に来てくれたの？」と声をかけ、私に「自助グループの子」と耳打ちをした。

彼女の食後、敏恵さんはテーブル脇に立ち、話し相手になっていた。時々声が聞こえてきたが、「朝まで起きずに寝られた日は、震災以来、一度もないです」「仲良くなった友達がいても、妹がいるってわかると付き合えなくなる」「暗くさせちゃうから、大学では被災者って内緒にしてる」など、聞くともなしに耳に入った話としては、重過ぎる内容ばかりだった。その日の片付けは、すべて私がやった。

翌週も同じ曜日、同じ時間帯に彼女はやってきて、今度は私が片付けをすべて終えても、まだ話が終わらないようだった。敏恵さんも、他のお客がすべて去ってからは、座って話していた。

「圭太君、帰ってきた音がしましたよね。私、見てましょうか」

厨房に水のおかわりを注《つ》ぎにきた際に、小声で敏恵さんに聞いてみた。「お願いできる？」と、敏恵さんは顔の前で手を合わせて、申し訳なさそうにした。

何度かお邪魔したことがある住居スペースに、「こんにちは」と、足を踏み入れた。圭太君は自分で出してきたのか、居間でお煎餅をかじりながら、早くも宿題を広げていた。

「おかえりなさい。お母さん今、大事なお客さんと話してるから、瑠美ちゃんがここにいていい？」

訊ねると、口をモゴモゴさせながら、「わかった」と短く返事をされた。頷いて、しばらく宿題をする彼の隣で座っていたが、真面目な子だし、もう五年生だし、別にここにいる意味はないかもしれないと、思い始めた頃だった。「ねえ、お母さんから聞いたんだけど」と、不意に圭太君が話しかけてきた。

「瑠美ちゃんって、H大学に行ってたんでしょ？　めっちゃ頭いいよね。やっぱり、すげえ勉強した？」

履歴書には書いていたが、敏恵さんから出身大学についての話をされたことがなかったので、圭太君に話していることに驚いた。

「まあ勉強はした、かな。私立の中学受験をしたから、四年生から塾に行ってて」

「塾かあ、いいなあ。やっぱり成績上がる？」

「ええと……。圭太君、塾に行きたいの？」

「たくさん勉強をして、成績を上げたい。うちは私立は無理なのはわかってるけど、公立でも、いい高校、いい大学に行った方が、将来、給料の高い仕事に就ける確率が上がるよね。お母さん、自営業だから、ボーナスも退職金もないからさ」

胸にさわさわっと、くすぐったい感触が走った。五年生にして自身の環境を受け入れて、理想を抱き、実現するための建設的な思考を組み立てている。かつ、それを冷静に語る。誰かを思い出さずにはいられなかった。

ダンダンッと足音がして、「瑠美ちゃん、ごめんね！　圭太、おかえり！」と、敏恵さんが勢いよく居間の扉を開けた。

「瑠美ちゃん、ちくわの磯辺揚げと出汁巻き卵、タッパー詰めにしたから持って帰って！　好物でしょ？」

「いいんですか？　うん、大好き」

敏恵さんの作るつまみメニューは、どれも本当においしい。本人も自信があるようで、よく作るのだが、昼営業だけなので飲酒する人が少なく、余ってしまうことが多かった。

「先週も今日もありがとうね。ミカちゃんには、もうここには来ないように言ったから」

「そうなんですか。大丈夫かな」

まだ知り合って間もないけれど、敏恵さんを拠《よ》り所にしているのは、傍《はた》から見ても明白だった。

それに、敏恵さんも応えてあげたがっているように見える。私と告白し合った時もそうだったが、それこそ自助グループのように、話すことでお互いにいい効果が生まれているように思えた。

「うん。でも先週も今日も、大学の授業をサボって来たって言うから、それはダメでしょ。あ！圭太、お煎餅、何枚目？　夕ご飯、食べられなくなるよ！」

敏恵さんの怒鳴り声と、圭太君の「バレた」という表情に笑った時、すとん、と何かが脳内に降りてきたような感覚があった。とてもいいことを、思い付いたような気がした。


その夜、実家の自室で調べものをした。私が希望した通り、いや、希望以上の成果が手に入り、こんな奇跡ってあるだろうかと、思わずパソコンの前でガッツポーズをした。その時、既視感を覚えた。以前にもこうやって、パソコン前でガッツポーズをしなかったか。

　渡米前に、翠が繋いでくれたアユミさんから、好感触のメールが来た時だと思い出し、途端に気持ちが沈んで目を伏せた。テロの後、数日記憶が途絶えている間に、翠や麻子をはじめ親しい友人たちや、元同僚たちからも、安否確認や、心配してくれている内容のメールや電話が沢山来ていた。

　後から一度「無事です」とだけ皆に伝えたが、それ以降は全員に今日まで音沙汰なしにしてしまっている。翠や麻子にさえ、帰国していることも、離婚したことも伝えていない。

　後ろめたさから一転、また何かが降りてくるような感覚があり、私は顔をゆっくり上げた。翠、麻子――。もしかして、更なる奇跡が起きないだろうか。

　翌日の閉店後、「話があります」と敏恵さんにテーブルに着いてもらい、広報時代さながらのプレゼンを開始した。まずは昨日、圭太君と話したことを伝えると、「あの子、そんなこと言ったの？　でもうちには塾に行かせるお金なんて」と、敏恵さんは想定通りの反応をした。元夫から養育費はもらっているそうだが、あちらも震災からの立て直しで物入りなので、余裕が持てるほどの額ではないようだ。そこで私は、プリントしておいた広告をさっと取り出した。

「この塾なら、他よりだいぶ安いです。できたばっかりだけど、創設者のキャリアと理念がしっかりしてるから、悪い所でもないと思います」

　創設者は、本社勤務時代の裕也の顧客だ。長く塾講師をしていた人で、経済的に余裕のある家庭の子しか塾に通えず、学力格差が広がる現状を憂慮し、安価で通える塾の創設を目指していた。ニューヨーク赴任になったので、途中で裕也は担当を降りたが、叶えてくれていた。まだ創設二年目で、教室数は少なかったが、首都圏には幾つかあり、うち一つがこの商店街のバス停から、乗り換えなしで二十分という好立地で、奇跡だと思った。

「ほんとだ。でも、恥ずかしいけどこれでもまだ、余裕で出せるってわけじゃ……」

次の反応も想定内だったので、「これを機に、夜営業を始めませんか」と私は言った。

「将来的には夜営業もしないと厳しいって、前々から言ってましたよね。閉店作業は私がすればいいし、例えば調理師を一人雇ったら、圭太君の塾のない日はその人に任せて、塾のある日は、敏恵さんは圭太君が帰ってきたら上がりとか、柔軟にできると思います。敏恵さんのおいしいつまみメニューを食べながら、ちびちび飲んで、敏恵さんとお喋りもしたいってお客さん、多いと思いますよ。それなら、ミカさんもまた通えますよね。震災の時に中一なら、もう成人してますよね？」

一気にまくし立てたからか、敏恵さんは途中から、口をぽかんと開けていた。

「えっと、うん、それは確かにいいかも。でも瑠美ちゃん知ってるでしょ。私、お金の管理や利益の計算とか、得意じゃないの。今でも何とか必死にやってる状態なのに、夜もってなったらできるかな」

「そうですね。税理士さんを付けないと難しいかなと思います」

「でしょ。それに、このテーブルの配置じゃ、お喋りできないよね。カウンターがないと」

「うん。改装が必要でしょうね」

二度頷いて、私はふうっと息を吐いた。

「そこについては、まだ動いてないので、できるって言いきれないんですけど……。税理士の友達がいます。建築会社勤めの友達も。お願いしたら、何か力になってくれるかも」

翠と麻子だ。二人とも大手勤務なので、直接なごみ庵を世話してもらうことは難しいだろう。けれど頼み込めば、下請けや孫請けを紹介してくれたりはするかもしれない。二人が、私を許してくれるなら、だが——。


果たして奇跡は起きた。想像した以上の奇跡だった。動いていいかと訊ねたら、敏恵さんが「もうよくわからないから、一旦、瑠美ちゃんに任せる」と言ってくれたので、私は二人に早速メールを送った。

まずはテロ以降、音沙汰なしにしたことを丁寧に詫《わ》び、その後テロから今日までに、自分に起こったことを詳細に書いた。そして、なごみ庵の力になって欲しいとお願いした。無視されても仕方ないと覚悟していたが、翠は翌日、麻子は三日後に返信をくれた。

まず翠のメールには、業界最大手の税理士事務所勤務だったのが、転職して、今は四十代の女性が代表を務める、小さな事務所にいると書かれていた。高校時代から、あまり恋愛に興味がないと言い、二十代でも、結婚や出産願望が湧かないと漏らしていた翠は、傍から見ても、プライベートを犠牲にして、仕事に身を投じていた。でも幾ら身を粉にして働いて成果を出しても、この事務所では女性は一定以上の地位には就けない、就かせるつもりがないのだと気付き、三十歳を機に見切りを付けたのだという。

「給料はかなり下がったけどね。時間はできて、ライブ遠征もできるから、楽しいよ」

高校時代から筋金入りのロック好きで、好きなバンドのライブに行くために生きていると、豪語していた。そして、まだ自身の顧客が少ないから、なごみ庵の担当を、是非やらせて欲しいと言ってくれた。四十代の女性代表もシングルマザーで、話をしたら、「ぜひ協力させてもらいなさい」と言ったという。

麻子は、私からのメールで、「まだ台北にいる？ それとも帰国してる？」と聞いたのに対し、返信の冒頭に「帰国してる。実は私も離婚したの」と書かれていて、驚いて声を上げてしまった。私がテロ以降について詳細に書いたのと同じぐらいの分量で、離婚に至るまでの経緯が、事細かく記されていた。

恋人だった頃はまったくそんな素振りはなかったのに、結婚した途端に夫が豹変《ひょうへん》し、完璧な妻でいることを求めてきたのだという。麻子は仕事復帰する前提で、休職して帯同していたが、それも一旦の措置なのだから、早く辞めろと詰められた。食事は三食、手作りで手の込んだものを出し、家の中は隅々まで常にピカピカにしていないと、「家事もできない」「だらしない」と責められた。

テロが起こらなければ、私はニューヨークに戻る前に、台北の麻子を訪ねる予定だったが、その時に既に彼女は悩んでいて、私に相談をしたかったそうだ。その後、結婚する時にお互いに、「すぐにでも子供が欲しいね」と言っていたのに、なかなか恵まれないのを、「お前の健康管理がなっていないからだ」となじられて、スピード離婚を決意したという。

しかし夫が拒否したので時間がかかり、すべての縁を切りたいという思いから、会社も辞めた。今は派遣社員で、都内の中規模の建築事務所にいるという。

「建築の営業やってました、って名目で派遣してもらったんだけど、入ってから、実は建築士になりたいんです！　って、二級建築士の資格を取ったの。今は一級の勉強をしてる」

昔から建築マニアで、大学の卒業旅行で、フランスとイタリアに行こうと提案したのも彼女だった。モンサンミッシェルやシスティナ礼拝堂で歓声を上げ、「ねえ私って、どうして建築科に行かなかったんだと思う？」と嘆き、営業でもいいからと、建築会社に照準を絞って就職活動をしていた。

そして麻子も、今の事務所でそのまま建築士として正社員登用してもらうことを目指しているが、まだ実績が少ないからと、なごみ庵のリフォームを、自分に担当させて欲しいと言ってくれた。こんな奇跡があるだろうかと、私は二人からのメールを何度も何度も読み直し、本当に送られてきている、なごみ庵の担当をしたいと書かれている、幻を見たわけでも妄想したわけでもないと、確認をした。

かくして翌月から、現在のアルバイト先に旧友たちが集ってくるという、不思議な光景が繰り広げられるようになった。翠が高校、麻子が大学の同級生なので、二人は面識はなかったのだが、初対面時に「どうも！　高校時代の瑠美がお世話になりました」「こちらこそ。大学時代の瑠美がお世話になりまして」と言い合って大笑いし、あっという間に仲良くなった。

敏恵さんは、初めは挨拶もそこそこに、どんどん仕事の話を進める二人に、多少気後れしていたようだ。けれど、打ち合わせ終わりに敏恵さんが提供するつまみメニューや蕎麦を、二人がいつも、「おいしい！」「最高！」と大喜びしてぺろりと平らげたことから、徐々に打ち解けていった。私は友人たちが、揃って食いしん坊なことに感謝した。

しっかりと時間をかけて準備をし、なごみ庵の新装開店は、その年の九月の上旬に決まった。テロから二年の日もまた、「気にしてなんていられない」状況でいられそうで、私は密《ひそ》かに安心していた。調理師は、敏恵さんの調理学校時代の友達の伝手《つて》で、和食の修業をしたいという、二十代の女性が来てくれることになった。

新装開店を約二週間後に控えたその日の閉店後は、翠が敏恵さんと人件費の最終打ち合わせに、麻子が完成した内装の最終チェックに来ていて、私は一人で厨房で食器を洗っていた。「瑠美ちゃん、区切りが付いたら、ちょっと来てくれる？」と敏恵さんに言われ、「はーい」としばらく後にホールに出向いたら、三人が横一列に並んで、待ち構えていた。

「え、なんですか。みんなでかしこまって」

驚いていると、敏恵さんが一歩前に出て、茶封筒を私に差し出してきた。

「急でごめんね。これ、退職金。これまでの給料の一月の平均の、大体三カ月分が入ってる。二人に相談したら、賛成してくれたから決めたの。瑠美ちゃんがここで働くのは、来週いっぱいまででお願い。これまで本当にありがとうね。これからも店には来て欲しいし、友達としてはずっと仲良くしてもらいたいけど、仕事仲間としてはここでお別れにしよう」

訳がわからず、麻子と翠の顔を順番に見た。麻子は無言で頷き、翠はゆっくり口を開いた。

「もう新しいホール係も、決まってるの」

商店街の端にある、老舗の中華料理店が、経営者夫婦が高齢のため、今月で閉店するという。そこで長らく働いていたホール係の四十代の男性を、誰か世話して欲しいと、先月の商工会の定例会議で申し入れがあり、敏恵さんが手を挙げた。軽度の知的障害がある人で、一般の会社で働くのは難しいが、ホール係としては優秀で働き者で、力仕事も得意だそうだ。

「大柄な人でね。夜営業もとなると、従業員が女性だけだと防犯上の心配もあるから、そういう意味でも、その人は適任だと思う」

「瑠美には再就職して欲しいっていうのが、私たちの希望。私が登録してる派遣会社、マーケティングや広報系の派遣にも強いから、良かったら紹介する」

今度は麻子が言った。続けて敏恵さんも口を開いた。

「瑠美ちゃんは、蕎麦屋のアルバイトで終わる人じゃないでしょう。あ、誤解しないでね。私は蕎麦屋の娘から、蕎麦屋のおばさんになったことに誇りを持ってるのよ。でも、優劣じゃなくてね、適材適所って言うでしょう。瑠美ちゃんがアルバイトしたいって来てくれた時、猫の手も借りたい状況だったからお願いしたけど、履歴書で大学と前の会社を見てびっくりしたのよ。どうしてこんなエリートさんが、うちで？　って」

履歴書を読む敏恵さんの眉が、一瞬ぴくっとしたのを思い出した。反応したのは、空白の数年ではなかったらしい。

「そうしたら、夜営業に向けて、どんどんいい案を出してくれるし、こんなに仕事のできる人たちを、同級生だって連れてきてくれるし。ああ、やっぱり瑠美ちゃんは、私とは働く場所の世界が違う人だな、ここにいさせちゃいけないな、って思ったの」

敏恵さんは、私が受け取らないから宙に浮いた状態になっている封筒を、再度、私の方に押し出した。

「わかりました。再就職、考えてみます」

静かに、私は言った。まだ困惑もしていたが、一方で、突き放されて安堵《あんど》しているようにも思えた。新装開店をとても楽しみにしていたが、私はこれから一日中なごみ庵で過ごすのだろうか、それがいつまで続くのだろうという不安も、確実にあった。三十二歳になっていて、今日や明日のことだけじゃなく、この先の人生をどうやって生きていくのか、考えなければならない時期に来ていることにも、気が付いていた。

「でも、これは受け取れません。私、実家暮らしだし、貯金もあるからお金に困ってないので。これは圭太君のことに使ってください」

茶封筒を、私はそっと押し返した。圭太君はその頃、もう先だっての塾に通っていて、授業料は安くても、ある程度の入学金を払ったことを知っていた。

「ダメ。これは私の感謝の気持ちなんだから、受け取って」

「ダメです。受け取れません」

私と敏恵さんは、絵に描いたような押し合いをした。

「ねえねえ、じゃあそのお金で、みんなで新装開店おめでとう旅行にでも行くってのはどう？私と翠ちゃんはもちろん自腹で。敏恵さん、もうすぐ圭太君が林間学校だって言ってたよね？二泊三日？　それぐらいの二人分の旅費に、ちょうどいい額じゃない？」

「わあ、いいね！　私、その頃に福岡で行きたいライブがあるの。みんなで一緒に、飛行機でびゅーん！　と行っちゃおう」

麻子と翠が盛り上がり始めた。久々の感覚が胸に走って、私はそっと手を当てた。なごみ庵で働いて、轟音で動悸がすることは、もうほぼなくなっていた。けれど疲れている帰り道に、不意打ちで視界に侵入されたりすると、あの、飛行機の影のようなものに、衝突されそうになる感覚が、甦《よみがえ》ることはまだあった。

左足が、前にトンッと飛び出て、慌てて踏ん張った。ふらついたようだ。「ごめん！」と叫んだ。

「私、まだ空港や飛行機は、無理みたい」

「あ、そうか。ごめん、瑠美」

「じゃあ近場がいいね」

「そうしよう。だって林間学校、一泊だし。箱根《はこね》で温泉とかは？」

敏恵さんも、もうすっかり旅行に行く気になっていることに微笑《ほほえ》みながら、ゆっくり呼吸を整えた。

退職金は、箱根旅行の二人分の旅費と、新装開店祝いの花代と、これまで心配をかけたお詫びに、母と朱美にちょっとしたプレゼントを買うのに使った。新装開店の当日は、姪の比奈からうつった風邪で母が高熱を出したので、看病で私は行けなかったが、翠と麻子からの情報によると、まずまずの客入りだったそうだ。三日目には、早速ミカさんも現れたと、敏恵さんから報告があった。

私がようやく出向けたのは一週間後だったが、その日も充分と思える客の入り具合だった。なごみ庵の再スタートを見届けた後、麻子と同じ派遣会社に登録をした。前の会社を辞めてから、もう四年近く経っていたのに、ありがたいことに、すぐに数社のマーケティング部や広報部からオファーがもらえた。面談などを重ねて、三ヵ月ほど熟考した後、横浜に新事業所を建てたばかりの、大手機械メーカーのマーケティング部にお世話になることを決めた。

久々のオフィス勤務は相当に緊張したが、配属された課は、派遣社員とは一定の距離感を保つスタンスだったようで、対人ストレスが皆無で始められたのは良かった。仕事内容は、正社員のフォローという位置付けだったが、それでも覚えることはとても多く、足手まといにならないように必死に食らいついているうちに、あっという間に三年が経過した。

派遣社員が同じ職場にいられるのは三年までなので、この後はどうなるのかと不安を覚え始めた頃、部長から直々に呼び出しがあり、「ぜひこのまま社員に」と言ってもらえた。正社員になれば当然仕事量は増えるし、責任も伴うが、将来を思うとやはり安定を提供してもらえるのはありがたく、その場で「よろしくお願いします」と頭を下げた。

それを機に実家を出て、約七年ぶりに一人暮らしを始めた。主婦業において完璧主義の母が、就職して以来、何度「いい」と言っても私の夕食を用意したり、洗濯までしてくれるので、このままでは良くないと前々から思っていた。その頃、朱美が切望していた第二子を妊娠中で、部屋数が多いだけに、母はいつか朱美家族が実家に入ればいいと考えている節があり、朱美も義弟も満更ではなさそうな空気を漂わせていたので、ネックな存在になる前に、自ら退散したというのもある。

それぞれの都合がなかなか合わず、正社員になってから半年ほど後になったが、なごみ庵を貸し切りにして、敏恵さん、翠、麻子がお祝い飲み会を開いてくれた。麻子も一級建築士に受かった後、私の一年前に正社員になっていた。

その席で翠が、「瑠美のお祝いなのに、私の話で悪いんだけど」と言いながら、恋人ができたと告白した。その頃の翠は音楽好きが高じて、ミュージカルやオペラにも足を運んでおり、相手はそういった趣味の集まりで知り合った、四十歳の男性だという。

「離婚歴があって、元奥さんが育ててるけど子供が二人いるから、結婚はもうしないって決めてる人なの。私はやっぱり結婚や出産願望がないから、楽に付き合えてちょうどいい」

「出産願望もなんだ。私は前の結婚の時もすぐ欲しかったから、今も子供は欲しくて仕方ないよ。三十代後半に入って、正直焦ってる」

「あら、まだ産めるでしょ。付き合ってる人、いないの？」

「いないの。離婚の仕方があれだったから、男の人と付き合うのは抵抗があるんですよね。一人で妊娠して産めたらいいのに」

「そればっかりはねえ。ねえ、瑠美ちゃんは？　付き合ってる人とかいないの？」

「私も前からそれ気になってた！　瑠美は不仲で離婚したんじゃないから、いい出会いがあったら、また結婚もありなんじゃないの？」

麻子と敏恵さんが会話をした後、急に二人して私の方を見た。

「え、私？　考えたことなかったなあ。離婚してからは、一日ずつ必死に過ごしてたら、今になってたって感じだからなあ」

今度は翠が、「私も気になってたんだけど」と、私の顔を覗き込んだ。

「元旦那さんって、もう日本に戻ってたりしないの？　嫌いで別れたんじゃないから、もし日本にいたら、また、ってことも……」

「それはないよ」

キツい口調にならないように気を付けはしたが、途中で遮ってしまった。

「ちゃんと話し合って、別々に生きるって決めたんだから。それはない」

「うん、わかる。私も嫌いで別れたわけじゃないし、もしかしたら今ならもう神戸にも住めるかもって思うけど、元夫が再婚してないとしても、また、ってのはないな」

敏恵さんがわざわざジョッキを一度テーブルに置き、姿勢を正して同意してくれた。

「そういうものなんだ。ごめんね、繊細な話なのに。適当に言ったつもりはないんだけど」

翠も背筋を伸ばして謝るので、「ううん」と私は顔を横に振った。少し張り詰めた空気を払拭するためか、「そうだ、この間ね」と麻子が別の話題を振ってくれた。

新しい話題に相槌を打ちながら、私は心の中で自分に向かって、「そうだったんだ」と話しかけていた。思わず口から出た言葉だったが、自分が裕也とのことを、そんな風に思っていたのを知らなかった。

離婚から、五年以上が経過していた。


決してその日に「いい出会いがあったら、また結婚も」と言われたことに期待したり、翠が趣味の繋がりで恋人ができたことに、あやかろうとしたわけではないのだが、数カ月後、私は会社のウォーキング部に入部した。社員の生活向上のためのカフェテリアプランというものが、会社で導入されたのだ。福利厚生や、スポーツや文化的な活動、資格取得などに補助金が出る制度で、私はウォーキングウエアとシューズを買うのに利用した。

朱美の妊娠を機に始めた散歩は、なごみ庵時代も、就職してからも、余裕があれば通勤時に数駅歩くというスタイルでずっと続けており、もう少し本格的に趣味にしたいと思っていたところだった。部の活動内容は、月に二度、就業後に社屋のエントランスに集合し、その日の定められたコースを連れだって歩くのと、二カ月に一度の交流飲み会で、初めの頃は、皆勤賞で出席した。

そこで私より二歳下の、総務部の高島《たかしま》さんという男性に、積極的に話しかけられるようになった。二度目の交流会の後に、「今度、二人で映画でも行きませんか」と言われて、少し迷ったが応じてみた。強く惹《ひ》かれるようなところはなかったのだが、笑顔が爽やかで、語り口調も丁寧な人だと思っていた。

映画の翌月はSNSで話題になっていたというパンケーキのお店に、翌々月はリニューアルしたばかりの水族館に誘われて、一緒に出かけた。水族館の後に一人暮らしの彼のアパートで「休んでいきますか」と言われ、断れず部屋に上がって、その夜に関係を結んだ。付き合おうと言われていないのに体を重ねることには抵抗があったが、この歳でそんなことを言ったら引かれるだろうかと考えているうちに、流されてしまった。

付き合うことになるのだと思ったので、次に会った時に、私は自身の過去を告白した。会社でも、積極的に自ら語ったりはしないものの、ひた隠しにもしていなかったので、高島さんも私に離婚歴があることは把握していたようだ。けれど離婚理由がテロだと知ると、「あの、飛行機が突っ込んだ？　同時多発テロ？」と驚いていた。

しかしすべて話し終えると、いつもの、良く言えば爽やかな、悪く言えば張り付いたような笑みを浮かべて、「大丈夫だよ」と彼は言った。

「瑠美さんは何も悪くないから、気にしなくていいよ。それに僕、子供の頃から父親に、可哀想な女性には優しくしなさいって言われてたんだ。だから、大丈夫。大切にするよ」

続けて丁寧な口調でそう言われて、私も張り付いたような笑みを浮かべてしまった。このとき笑ったことを、後から激しく後悔した。

仕事帰りにイタリアンに来ていて、食事を終えるまでは、その後も何とか適当に話を合わせた。店を出ると「また、うちに来る?」と誘われたが、「明日早いから」と首を振り、それ以降の誘いも、「今、仕事が忙しくて」とすべて断った。その頃、関わっていた案件が大詰めを迎えていて、多忙だったのは本当で、ウォーキング部の活動も、しばらく休んだ。

そのうちに連絡が来なくなり、数カ月後に彼は九州の支店に異動になったと耳にした。気持ちの整理がつくまで更に二カ月ほど休んでから、ひっそりとウォーキング部には復帰した。

ほとぼりが冷めた頃に、高島さんとの一件を、なごみ庵でのいつものメンバーの飲み会で、「情けなかった話」として聞いてもらった。その際に翠からも、彼とは別れたと報告があった。何かあったわけではないのだが、徐々に会う頻度が減っていき、自然消滅してしまったそうだ。

三十八歳になった年に、麻子が妊娠、結婚をした。二年ほど前に結婚相談所に登録をして、引き合わされた三歳上の男性と、「子供を持つ結婚がしたい」と思いが一致。お互いに若くないので、妊娠したら結婚しようと決めて、一年前から付き合っていたそうだ。

出産時は三十九歳になっていて、今ではもう四十歳前後の出産もさほどめずらしくないのだろうが、当時はまだかなりの高齢出産という印象だったので、無事に生まれた時は敏恵さんと翠と、手を取り合って喜んだ。

お祝いを共同で購入して駆け付けて、赤ちゃんを抱かせてもらった時に、私は「自分は子供を持たない人生になったんだな」と思った。そこに何も思いがないわけではなかったが、強い抵抗や絶望感を覚えたということでもなく、ただ、「そうなったんだな」と静かに思った。

四十歳になる年の年明けは、いつもより繊細な気持ちで迎えていた。実家に顔を出したら、二年前から母と二世帯同居を始めていた朱美一家の長女の比奈に、「瑠美おばちゃん、今年の抱負は何？　新学期に学校で発表しないといけないんだ」と話しかけられ、余計に心を乱された。

その年の九月でテロから十年で、さすがにもう「気にしてなんていられない」ふりは、やめようと考えていた。きっと大規模な追悼式典があるだろうから、現地まで行ってしまおうかという思いもあった。けれど私は、空港に行き、飛行機に乗れるのだろうか。箱根の後も二度、四人で旅行はしたのだが、移動は新幹線や特急列車だった。あの日以降、私はまだ空港に足を踏み入れてさえいなかった。それに、もしニューヨークに行くとなると、やはりアユミさんとジェレミーさん、そして裕也が、どうしているかと気になってしまう。

休みが明けて仕事が始まってからも、暇さえあればニューヨークについて考えてしまう日々が続いた。三月中旬のその日も、お昼ご飯を食べた後オフィスの自席に着き、まだ昼休憩時間は残っているからと、誰かが付いてきてくれたら行けるだろうか、敏恵さんと育児中の麻子は無理だから、頼むなら翠か、あの空港からも今は直行便が出ているようだけど、旅費は幾らぐらいなんだろう、などと、ぼんやりと思いを馳《は》せていた。

その日は午前中の会議が延びに延びて、休憩に入ったのが十四時前後で、自席に着いたのが十四時四十分ぐらいだったと思う。

どこからともなく、カタカタカタカタと音がして、反射的に口に手を当てた。ニューヨークについて考えていたので、歯が震えてしまったのかと思ったのだが、違った。カタカタカタカタ――。だんだん音が大きくなり、突如、世界がぐわんと揺れた。ぐわん、ぐわん。

えっ、やだ！　地震？　大きい大きい！　いやーっ！　オフィスのあちこちから声が上がった。ぐわん、ぐわん。容赦のない揺れは座っているのもままならないほどで、私はデスクの端にしがみついた。

バタバタと音を立て、あちこちの棚やデスクから、書籍や書類が滑り落ちた。掛け時計も落下し、派手な音を立ててガラスが割れた。ぐわん、ぐわん、ぐわん。プツッと音がした後、照明が消えた。え、停電？　もうやだーっ！　方々から悲鳴のような声が飛んだ。

揺れが収まると、みな一斉に携帯を掴みにかかった。私もバッグを漁《あさ》り、取り出した後、母より朱美より先に、敏恵さんの番号を呼び出し、電話をかけた。しかし、繋がらない。二度、三度コールのキーを押したが駄目で、急速に鼓動が速くなっていくのを感じた。あの日の感覚が、甦りそうになっていた。

きゃーっ！　という誰かの悲鳴が聞こえたのと同時に、ぐわんぐわんと、また大きな揺れを感じた。胸に手を当てて呼吸を必死に整えて、揺れが収まってから、今度はなごみ庵の番号を呼び出した。

三回目で、ツーと接続音がして、しばらく後に呼び出し音が聞こえてきた。

「はい、なごみ庵です」

「敏恵さんっ？　瑠美です！　大丈夫？」

「瑠美ちゃん！　会社？　大丈夫？　こっちはみんな無事！　圭太からも今、大丈夫ってメールがあった！」

覇気のある声が聞こえてきて、驚いて一瞬、携帯を耳から離してしまった。

「あ！　棚があるから壁際には寄らないで！　カナエちゃん、バケツやボウル集めて！　ナオトさん、湿布わかった？　一番上の赤い缶の中ね！」

てきぱきと店内に指示を出している声が、携帯から響いた。カナエちゃんは二代目の調理師で、ナオトさんは新装開店以来ずっと勤めている、中華料理店出身のホール係だ。

「ごめん！　足をくじいたお客さんがいるから、切るね！　商店街の様子も見に行きたいし！　翠ちゃん、麻子ちゃんの無事が確認できたら教えて！」

「あ、うん。わかった」

「あ、瑠美ちゃん！　今日はこの後も余震が続くと思うから、安全確保しっかりね！　水道も止まるかもしれないから、帰宅したら水をためて！　あと食料と飲み物の確保も！　でも買い占めはダメよ！」

オフィスに向き直ると、課長が「今日はこのまま退社で、自宅待機になった！　みんな速やかに退社！」と指示を出した。同僚たちがすぐに帰り支度を始めたので、私は「あの！」と手を挙げた。

「今日はまだ余震が続くので、安全確保に努めてください。水道も止まるかもしれないので、水をためて、食料と飲み物の準備も！」

皆が一斉に驚いた顔で私を見た。「ええと、どこからの指示だ？」と課長に聞かれ、「阪神・淡路大震災の被災者の、友人からの指示です！」と叫んだ。しばし沈黙が流れたが、やがて課長が「そうか。ありがとう」と呟いた。

「みんな、藤井さんの言ったことを参考に！」

課長が言い、同僚たちがあちらこちらから、頷いたり会釈したりしてくれた。

その、東日本大震災と後に呼ばれる、地震による大災害の本震《ほんしん》があった日から、一カ月半ほど経った頃、翠と麻子となごみ庵に出向いた。首都圏でもまだまだ余震が続いていて、必要なことではあるのだが、報道も震災にまつわるものばかりで気が滅入《めい》っており、友人たちとの触れ合いを欲していた。翠と「会おうよ」と話した後、ダメ元で麻子にも声をかけたら、「行く！　子供は夫が見てくれるって。気分転換も大事だから、って」との返事で、久々に全員で集まれた。震災による客足への影響はあまりなかったのか、その日もテーブルはそこそこ埋まっていて、敏恵さんは忙しそうにしていたが、ときどき私たちのテーブルにも顔を出し、お喋りに付き合ってくれた。

「ねえ、ミカさんって今どうしてるの？」

本震の日から気になっていたことを、私は敏恵さんに聞いた。「ああ、そう言えば」「あの、被災者の子ね」と、翠と麻子も敏恵さんを見た。新装開店後はよくカウンターで一人で飲んでいたが、いつの頃からか、姿を見かけなくなっていた。

「元気にしてるよ。就職して結婚して、去年子供も生まれたの。地震の日に連絡取り合ったけど、しっかり子供を守ってたよ」

「そうなんだ」「もうお母さんかあ」と、しみじみ頷く麻子と翠の肩越しに、私は彼女がよく座っていた、カウンター席を見つめてみた。

そこで敏恵さんと語り合っていた頃は、二人して目を赤くしていることも多かったが、その時間が今回の地震の際に、二人を「しっかり」させたのだろうと思うと、感慨深かった。

敏恵さんに言われたのだろうが、途中から圭太君も顔を出してくれた。「うそー！　大きくなってるー！」「もう大学生だっけ？」と、翠と麻子がはしゃいで訊ね、「はい。大学二年になりました」と少し恥ずかしそうに、もう少年のそれではなくなった、顎の骨格を動かしながら答えてくれた。

私は「大学では、何の勉強してるんだっけ？」と訊ねた。私が薦めた塾に中学まで通い、公立の進学校を経て、横浜の国立大学に入ったところまでは知っていた。

「都市基盤学って言って、防災や環境についてですね。三年から更に選択分野が細分化されるから、どこに行こうか迷ってるんですけど。今回の地震を見て、水害の研究の方に進もうかなと考えてるところです」

全員で感嘆の声を上げた。あの日と同じ冷静で熱い語り口調に、私はやはり、微かに誰かのことを思い出してしまった。元の会社の人たちとは、その頃もまだ一切音信不通にしていたので、日本にいるのかどうかもわからなかった。彼も、この地震を体験しただろうか。

圭太君には阪神・淡路大震災の記憶はないそうだ。父親やその家族のことも、覚えていないという。

「でもそろそろ、どこで生まれて、お父さんがどんな人で、何があって私と二人で暮らすことになったのか、教えていこうと思う」

けれど、かつて私と過去を告白し合った後に、敏恵さんはそう語っていた。そして彼は、あの日私に宣言した通り、たくさん勉強をして、成績を上げて、今、防災研究をしようというところに行き着いたのだろう。目頭が熱くなって、誤魔化《ごまか》すためにビールを口に流し込んだ。

閉店後も、「あなたたちはまだいていいよ」と敏恵さんが言ってくれて、甘えて駄弁《だべ》らせてもらっていた。しばらく他愛もない話が続いていたが、何気なく店内をさっと見回した時、目に入った奥の壁際のテレビ画面に、私は釘《くぎ》付けになった。

導かれるようにすっと立ち上がり、テレビに近付いた。画面には、この十年間、私の頭の隅にずっと住み続けている男性の顔が、大写しになっていた。アラブ系の彫りが深い、面長の男性だ。彼がアメリカ軍により、殺害されたとニュースが報じていた。

「どうしたんですか?」「あ、え、そうなんだ」「ついに。ちょうど十年?」などと、背後で皆が話し始めたが、振り返ることはできず、CMに入るまで、私は瞬《まばた》きもせずニュースを見つめ続けた。

「ええと、何て言ったらいいか。どんな気持ち?」

「あの人のせいで、自分の人生が変わってしまった、って憎い? やっぱり」

テーブルに戻ると翠と麻子に訊ねられたが、すぐには返事ができなかった。

「そうやって、憎んでみようとしたことは、あった気がする」

ようやく、ぽつりと呟いた。テロ直後の、記憶がなかった数日間の後に、明け方のリビングで初めてあの人の顔を見た時には、確かにそういうことを考えていた気がする。この人のせいで、私は今こんな目に遭っている。ついこの間まで、あんなに幸せだったのに、と。

けれど、その憎しみの気持ちを育ててみようとしても、この十年、いつも上手くいかなかった。あの凄惨なテロ行為は決して赦《ゆる》されるべきではないが、そこに至るまでの経緯に目を向けると、国、民族、宗教などの、あまりにも長く深く重い歴史を無視するわけにはいかず、私のような「小さな一人」の手に負える感情ではなくなるのだ。憎しみの気持ちはいつも、空中分解したかのように、散り散りになって、やがて行方をくらませる。それを十年、ずっと繰り返してきた。

「だから、犯人がいる事件っていうより、それこそ大きな災害に巻き込まれたような気持ちでいるかな。私はずっと」

独り言のように言葉を漏らした。敏恵さんと圭太君を、順番に見つめてみた。テレビに目を向け直すと、ニュースは震災関連に切り替わっていた。大きな災害から、立ち直った人たちがいる。けれど新たに、とてつもない数の人たちが巻き込まれたところだ。

小さな一人が、大きな災いに巻き込まれることに抗《あらが》うのは、不可能だ。しかし、立ち直ること、立ち直ろうとすることは、できるのだろう。それならば、今私にできることは、新たに巻き込まれたとてつもない数の人たちが、一人でも多く、それを叶えることを、強く祈ること、だろうか。

ジョッキに手を伸ばすのを一旦やめて、私はゆっくり目を閉じてみた。

結局その年の九月に、ニューヨークに行くことはできなかった。梅雨の頃に下腹部に痛みを感じ、病院に行ったら子宮筋腫が発覚し、秋口に開腹手術をすることになったのだ。年齢もあるのだろうが、術後はなかなか体力が回復せず、自身が病後と捉えるような健康状態が、一年ほども続いた。

その後、同僚たちに沢山仕事をフォローしてもらったからと、仕事に精を出していたら、四十四歳の時に、まさかの課長に昇進した。マーケティング部で初の女性課長で、同世代や、一世代下の三十代の女性同僚たちが、こぞって大喜びしてくれた。しかし彼女たちを見回すと、多くが既婚で、子育て中で、私は、次は彼女たちの中から管理職を出すことを目標に掲げながら、辞令を受けた。

ミカさんをテレビで見かけたのは、四十六歳か七歳の時だったと思う。自宅で一人で夕食を食べながら、東日本大震災の特集を見ていたら、記憶にある顔が画面に映った。「被災地を巡る臨床心理士の佐藤美佳《さとうみか》さん。自身は中学一年生で、阪神・淡路大震災を経験」とテロップが出ていた。

すぐに四人のグループスレッドに、「テレビ見て！　震災特集！」と書き込み、翠や麻子と「びっくりだね」「わあ、本当だ」と、驚きを共有した。敏恵さんは、今度は自分が助ける側になりたいと、臨床心理士を目指して、試験に受かったことは知っていたそうだが、「二人目の子もいるのに、被災地に行ってるのね。すごいなあ、えらいなあ」と、感心しきりだった。

いよいよ五十代を目前に、人生ももう完全に後半戦だと、日々感慨深く過ごしていた頃に、半世紀近く生きていても、まったく想像だにしなかった、災害と呼べるかもしれない事態に、世界中が見舞われた。新しいウイルスによる、パンデミックだ。私が強いられた苦労は、在宅でも課の業務を回せるように手配することだけだったが、なごみ庵、つまり敏恵さんへの打撃は大きかった。

最初の二年間は休業し、給付金をもらい、感染対策をした上で短縮営業し、と何とか食い繋いでいたが、三年目の秋が深まった頃に、「もう限界。今年いっぱいで閉店することにしたよ」と電話で報告された。大学院を経た後、東北の建築コンサルタントに就職した圭太君にも、「もう十分頑張ったよ。しばらく休んでよ」と言われたという。六十歳になったら閉店しようと元々思っていたそうで、「数年早まっただけだよね」と敏恵さんは、淋しそうながらも、どこか晴れやかな口調で語った。その頃の調理師は四代目か五代目の男の子で、まだ若いから他の飲食店にすぐに就職が決まった。ナオトさんは敏恵さんより年上なので、仕事は引退して、今後は親族の家に住むことになったという。

翠と麻子と、お疲れさま会がしたいよねと話していたが、何せ集まって飲むことができないので、実行できないまま冬を迎えた、ある日のことだった。再び敏恵さんから電話があり、「お店に雑誌の取材が入ることになったの。私一人じゃ無理だから、瑠美ちゃんも付き添ってくれない？」と言われ、よくわからないまま出かけて行くと、取材陣を引き連れた美佳さんがいた。今度は雑誌に彼女の活動が取り上げられるのだが、「私が臨床心理士を目指す原点になった場所」として、閉店間近のなごみ庵を紹介したいとのことだった。

美佳さんが「ここで、同じく被災者の店主の敏恵さんが、いつも話を聞いてくれたから立ち直ることができて、東日本大震災が起こった時、今度は私も話を聞いてあげる側になろうと思いました」と語り、カチカチに緊張した敏恵さんが、「私とお客さんがお喋りできるように、改装をして夜営業をしようって言ってくれたのは、当時アルバイトだった彼女なんです。美佳さんと知り合った、自助グループを勧めてくれたのも」と私を紹介したので、小さくだが、私も顔写真と名前付きで記事に取り上げられた。記事の発表は年明け頃で、雑誌だけでなく、ウェブ配信もされると説明を受けた。

会社に「M証券のヒグチさんという方から」と私宛ての電話がかかってきたのは、雑誌と記事が世に出てから、二カ月ほど経った頃だっただろうか。総務から内線で繋がれ、受けた部下が会社名と相手の名前を口にした時、私は、えっ、としばらく固まってしまった。

二十年以上も前に退職した会社で、ヒグチと言えば――。黙っていたら、「課長？」と男性部下が戸惑った声を出したので、「ああ、ごめん。出ます」と、心の準備ができていないまま、受話器を取った。

「もしもし？　藤井さん？　瑠美ちゃん？　わかるかな。元同期の樋口《ひぐち》タカシです」

頭に顔を思い浮かべた、本人だった。声はだいぶ老け込んでいたが、少し早口の喋り方が当時のままだった。突然ごめん、記事を見て、まだ在籍している元同期で協力して瑠美ちゃんを捜し出した、と樋口君は言った。

数年前に、横浜に住んでいる同期の一人が、夕方にウォーキングをする集団に出くわし、その中に私に似た人を見たのだという。そして今回の記事が出て、私に連絡を取ろうとなり、交代で夕方の横浜に出向き、ウォーキング集団を探して、先週ついに遭遇。また私らしき人物がいて、この会社の前で解散するのを見届けたので、今自分が代表で電話をかけている、と説明された。

「ストーカーみたいなことをして、申し訳ない。実家に問い合わせるのも忍びなくて、でもどうしても連絡を取りたかったから。あの記事を見た裕也から、瑠美ちゃんにどうしても会いたいって、頼まれたんだ」

次の言葉で、私は更に固まった。鼓動が急速に速くなるのを感じたが、胸に手を当てることもままならなかった。

来月、私がテロに直面したあの空港の国際線で、裕也が飛行機の乗り継ぎをする。その際に会えないかと言っている。行ってあげてくれないか、と樋口君は語った。

「裕也、前にも一度、瑠美ちゃんのこと捜して欲しいって言ってきたことがあって。でもその時は見つけられなかったんだ。瑠美ちゃん、ＳＮＳとか一切やってないでしょう」

いつ、と私は、何とか一言だけ口にした。

「震災の時。瑠美が無事かどうかだけでも知りたい、って言われた」

途中から、樋口君の声は、はるか遠くから響いているかのようで、まだ何か言っていたが、よく聞こえなかった。

「ご乗車ありがとうございました。途中、事故渋滞で、ご迷惑をおかけしました」

最後まで律儀な運転手は、バスを停《と》める際に、自分は何も悪くないのにそうアナウンスした。

私は運転席の脇を抜ける時、「ありがとうございました」と丁寧に頭を下げた。ステップを一段一段、踏みしめるようにして、バスから降りる。他の乗客はトランクルームに荷物を預けているようで、ロータリーで待ち構えていたスタッフから受け取っている。けれど身軽な私はもうすることがなく、空港の入口に向かわざるを得なかった。

扉の前に立ち、深呼吸をした。バスの中では久々に飛行機を見て動悸がしたり、叫んでしまいそうになったりしたが、今はもう落ち着いているように思う。ここまで来たら、さすがにもう逃げられないと、覚悟が決まったのかもしれない。

樋口君から連絡をもらった後、たっぷり一週間は寝不足になりながら悩んだが、最終的に今日ここに「来る」と決めたのは、この機を逃すと、私はもう本当に生涯、空港に来られない、飛行機に乗れないかもしれないと、思ったところが大きい。テロから十年の年に機を逃して以来、管理職になって多忙な日々だったので、結局あの日から二十年以上、ここには来られていなかった。ここ、空港はずっと、こんなに私が暮らしていた、すぐ近くにあったというのに。

自動扉が開く。いざ、一歩を踏み入れた。途端に眩い光に全身を包まれた。目を伏せてしまいそうになったが、抵抗して、周りをぐるっと見回した。あの頃の構造や内装など、もう細かくは覚えていないが、随分と広く、綺麗《きれい》になったような気がする。案内板さえおしゃれで、光っているように見えた。

This is the airport!

遠い昔に、誰かに言われた言葉が、どこか遠くから聞こえた気がした。

裕也とは、四階のカフェで待ち合わせている。場所を確認した。時間ももう、ちょうどいいぐらいである。上りエスカレーターを見つけて、そちらに向かった。パンデミックの終わりの定義がよくわからないが、旅行する人もかなり増えてきているようだ。デイパックを背負った外国人観光客や、トランクを転がす家族連れなどと、短い道のりで多くすれ違った。

エスカレーターで上に運ばれている間に、頭と心が忙《せわ》しなくなってきた。もうすぐ裕也が現れるとなると、様々な思いが巡ってしまう。ここで乗り継ぎということは、ニューヨークから来るのだろうか。乗り継いで、どこに行くのだろう。いや、もう二十年以上も経つのだから、ニューヨークにはいないのではないか。でも、海外で仕事をしたいという意志が強かったし、あちらで役職などに就いているなら、まだ住んでいるのかもしれない。

そもそも、今もあの会社にいるのかもわからない。樋口君にはあえて、裕也が今どこで何をしているのかなど、一切聞かなかった。今日だって仕事での移動とは限らない。もしかして、家族旅行だったりして。一人で来るのではないのかも。いや、それなら私に会いたいなどと、言わないのでは――。

出発ロビーの三階に着いて、ふうっと息を吐いた。もう一階上に上るが、整然と並んでいるチェックインカウンターに、何気なく目をやった。二十数年前のあの日、あそこから台北行きの飛行機に乗る手続きをして、搭乗ゲートに向かったのだ。まさか、その後に、あんなことが起こるとは思わずに――。

「本当ですか？　ありがとうございます！　いやあ、良かった！」

雑踏の中、とある声が耳に刺さり、足を止めた。

「荷物の手配も、こちらで済ませましたので」

「助かります。何から何まで本当にありがとうございます！」

カウンターの端の方で、私と同世代だと思われる男性が、日本の大手航空会社のグランドスタッフの女性と、何やら話し込んでいる。

「保安検査場が、もう間もなく締め切りですので……」

「はい！　わかりました。急ぎます！」

男性はグランドスタッフに向かって、しっかりと腰を折った。白い襟付きの七分袖のシャツに、濃いグレーのズボンという姿だった。肩には黒いカバンをかけている。斜め後ろの角度から見ているが、小柄、細身、色白なのがわかる。そして、低姿勢で気を遣う――。

グランドスタッフが離れ、男性がこちらに体を向けた。目が合った。

「あ――。瑠美？」

やはり。裕也だ――。

頭が真っ白になりかけたが、パンッと音がして、我に返った。いつの間にかすぐ目の前に来ていた裕也が、顔の前で手を合わせて、頭を下げていた。

「来てくれてありがとう！　でも、ごめん！　本当にごめん！　事情が変わって、四十分後の飛行機に乗らなきゃいけなくなった！　もう行かないと！」

何か言おうと私は口を開きかけたが、裕也の肩からカバンがずるっと落ちかけて、そちらに気を取られている隙に、言葉が引っ込んでしまった。

「今、一緒に……してる……の、……が急な病気で、代わりに……へ。僕しか行ける人が……いなくて、時間ももう……」

ずり落ちたカバンを肩に戻したが、すぐにまた落ちて、また戻してと、何度も繰り返した。何故か気を取られてしまって、おかげで何を言ったのか、ほとんど聞き取れなかった。

「もう行かないと。こちらから呼び立てたのに、本当に申し訳ない。でも、一つだけ。あの記事を読んで、どうしても伝えたかったんだ」

裕也の肩から顔に視線を戻した。裕也は強い眼差しで、まっすぐに私を見つめてきた。

「君は、たくさんの人を支えたんだね。すばらしいよ。短い間だったけれど、君と夫婦でいられたことを、誇りに思う。僕と結婚してくれて、ありがとう」

しばらくその場で、動けなくなった。私も裕也の顔を、まっすぐに強く、見つめ続けた。

ありがとう、とやがて呟いた。そして、「いいの？」と保安検査場の方を目で指した。

「うん、行かないと。いい？」

大きく頷いた。よく聞こえなかったけれど、誰かを助けに行くのだということは、わかった。裕也らしい。私の大好きだった、裕也だ。

体の向きを変えようとする裕也を、「待って、私も」と引き留めた。

「私も。あなたと夫婦だったことを、誇りに思う。私と結婚してくれてありがとう」

頭を下げた。裕也は、一瞬驚いた表情を見せたが、すぐに朗らかな笑顔を見せた。

その目尻に皺《しわ》が見て取れて、ふふっと声を漏らしてしまった。こめかみには白髪も目立つ。でも、それはきっとお互い様だろう。

「じゃあ」と軽快に片手を上げて、笑顔のまま裕也は去って行った。

あっという間だった。今、どこでどうしているのかも、どこから来て、どこに行くのかもわからなかった。左手の薬指に注目してみるヒマもなかった。でも、いいか――。

もう用はなくなったのに、気が付けば上の階に運ばれていた。四階も過ぎ、導かれるように向かったのは、展望デッキだった。

一気に開いた視界の中を、赤、青、黄色と色とりどりの飛行機たちが、まるで悠々と泳ぐように行き来している。

「ほら、あの飛行機！　もうすぐ飛ぶよ！」

フェンスにしがみついている、四、五歳ぐらいに見える男の子が、歓喜の声を上げた。しかし、もう長い時間ここにいるのだろうか、近くにいる母親らしき女性は、「ああ、そうね」とつまらなそうに、スマホをいじっている。

近付いて、私は「あの飛行機？　もうすぐ飛ぶの？」と男の子に訊ねてみた。男の子はしばし戸惑った顔をしたが、すぐに「うん！　だって滑走路に入ったでしょ！」と嬉しそうに、白地に青のラインが入った飛行機を指差して見せた。隣の母親が、すみませんという顔で私に会釈を送る。

「ああ、本当だね。滑走路に入ったね」

「うん。今からゆっくり助走するんだよ。管制塔から、今パイロットさんたちに、飛んでもいいですよ、って指示してるんだよ」

「へえ、そうなんだ。詳しいね」

男の子の言う通り、青いラインの飛行機はゆっくり、とてもゆっくりと助走を始めた。さっきバスの中で、滑走路で飛び立つのをじらされているような気分になっていたことを思い出した。すぐ近くで過ごしながら、とても長い間、ここ、空港に来られなかったと思っていた。でももしかしたら、もっとずっと前から、私はここにいたのかもしれない。滑走路で助走を始めていたのかもしれない。時に自分の意志で、時に誰かから指示を受けながら、ゆっくり、そう、ゆっくりと――。

胸の鼓動が、速くなっていくのを感じた。でももう、胸に手を当てる必要はない。あの飛行機が飛び立つのを楽しみにして、私の胸は高鳴っている。

バッグを漁り、スマホを取り出した。四人のグループスレッドを呼び出す。なごみ庵が閉店してから、まだお疲れさま会を実行できていない。近々また四人で旅行に行こうと話していて、みな当然のように電車で行ける場所を候補に挙げてくれているのだが、「もういい」と伝えよう。次は飛行機で、ちょっと遠くまで行こう、と。海外でもいいかもしれない。

画面に指を置いた時、くいっと服の裾を引っ張られた。「もうすぐだよ。飛ぶよ」と、男の子が私を見上げる。「本当？　ありがとう」とスマホをしまった。あの飛行機が飛び立つのを、見届けてからにしよう。

本当だ。少し、また少しと、青いラインの飛行機は速度を上げている。

ゴォォォーッと、心地よい音を響かせて、今、飛び上がろうとする飛行機に、私は懸命に目を凝らした。

初出

外国の女の子　「小説宝石」二〇一五年六月号
扉ノムコウ（あの扉の向こうに　改題）　「小説宝石」二〇一四年六月号
空の上、空の下　「小説宝石」二〇一二年七月号
長い一日　「小説宝石」二〇一四年八月号
夜の小人　「小説宝石」二〇一四年十月号
This is the airport（ここは滑走路　改題）　「小説宝石」二〇一三年八月号、九月号

書籍化にあたり、加筆・修正をしました。

※この作品はフィクションであり、実在する人物・団体・事件などには一切関係がありません。

飛鳥井千砂（あすかい・ちさ）

1979年愛知県出身。2005年『はるがいったら』で第18回小説すばる新人賞を受賞しデビュー。著書に『君は素知らぬ顔で』『タイニー・タイニー・ハッピー』『女の子は、明日も。』『そのバケツでは水がくめない』『砂に泳ぐ彼女』『見つけたいのは、光。』など多数。

This《ディス》 is《イズ》 the《ジ》 Airport《エアポート》

2025年3月30日　初版1刷発行

著　者　飛鳥《あすか》井《い》千《ち》砂《さ》

発行者　三宅貴久

発行所　株式会社 光文社

〒112-8011　東京都文京区音羽1-16-6
電話　編　集　部　03-5395-8254
　　　書籍販売部　03-5395-8116
　　　制　作　部　03-5395-8125
URL　光　文　社　https://www.kobunsha.com/

組　版　萩原印刷

印刷所　新藤慶昌堂

製本所　国宝社

落丁・乱丁本は制作部へご連絡くだされば、お取り替えいたします。

ISBN978-4-334-10594-5